講談社文庫

月下蠟人（げつかろうじん）

新東京水上警察

吉川英梨

講談社

目次

主な登場人物

碇　拓真　五港臨時署刑事防犯課強行犯係・係長、警部補。離婚歴数回、娘三人

日下部　峻　五港臨時署刑事防犯課強行犯係・主任、巡査部長

高橋　宗司　五港臨時署刑事防犯課・課長、警部

藤沢　充　五港臨時署刑事防犯課強行犯係、巡査部長

太田（細野）由起子　五港臨時署刑事防犯課強行犯係、巡査部長

遠藤　康孝　五港臨時署刑事防犯課強行犯係、巡査長

玉虫　肇　五港臨時署・署長、警視

和田　毅　東京湾岸警察署刑事課強行犯係・係長、警部補

有馬　礼子　第二機動隊第一水難救助隊員と葛西署刑事課の刑事を兼任。元海技職員。巡査

月下蠟人（げつかろうじん）

新東京水上警察

第一章　蠟人形

二〇二〇年、東京は輝かしい一年になるはずだった。

年度初めの四月一日。日下部峻は顔の下半分を覆うマスクの位置を直しながら、ぶるっとひとつ、震える。

開いた窓から、レインボーブリッジのループを走るゆりかもめが見えた。その真下の芝浦船だまりでは、タグボートが出航していく。東京湾にそよぐ春の風が、警視庁五港臨時署の大会議室の窓から窓へ、通り過ぎていく。

壇上にて訓授を垂れていた玉虫肇署長が、無念そうに声を詰まらせ、言う。

「新型コロナウィルスの感染拡大のため、とうとう東京オリンピックも、延期の決断がなされた――」

寒い。

気温はまだ低いのに、会議室の窓を全開で、新年度署長訓授をやっている。参加者は三十人しかいない。各係の役職者のみが、全署員二百人を収容できる大会議室に、スカスカの状態で集っている。

新型コロナウィルスの感染予防のため、ソーシャルディスタンスを守るのだ。日下部の前後左右も一メートル以上あいている。現在は警視庁全職員も、勤務開始前の検温、マスク着用が義務付けられた。各道場の使用、並びに十名以上の集会も禁じられている。

ここ、五港臨時署は主に警視庁管内の水上を管轄とする所轄署で、前身は東京水上警察だ。警視庁管内に百三個ある所轄署のうち、最も広い管轄を有する。京浜港東京区の海上はもちろんのこと、荒川の船堀橋以南、隅田川の白鬚橋下流域など、河川も管轄となる。管轄区域は東京二十三区の七分の一の広さに匹敵する。

そもそも五臨署は、東京オリンピック開催に向け、水上のより一層の安全対策のために誕生した所轄署だ。名称は、署のある品川埠頭にかかる橋『五港大橋』から取っているが、東京オリンピック終了と共にその役目を終える臨時の署だから『五輪署』とか『オリンピック署』とあだ名されている。

玉虫署長が声を絞り出すようにして、訓授を続けている。

「東京オリンピック開催延期に伴い、わが新東京水上警察の臨時設置期間も、一年延期となった。再来年の令和三年度末までこの地にて東京湾を守るべく……」

日下部は胸元に気配を感じ、ジャケットの内ポケットのスマホを、触ってみる。バイブしたような気がしたのだ。

「落ち着かねぇな」

左隣から、ぼそっと揶揄が飛んできた。碇拓真だ。刑事防犯課強行犯係の係長で、日下部の直属の上司にあたる。碇もマスクで鼻から下が隠れているが、その下で口角を上げ、ニヒルに笑っているに違いない。

日下部は一メートル以上離れている碇のほうへ少し体を倒し、小さく尋ねる。

「そりゃー、初めての経験ですからね。百戦錬磨の碇さんにはかないませんよ」

「俺は二度だけだ」

「どうだったんです、妻の出産予定日の心境は」

「別に。捜査だ」

「そんなんだからバツ2になるんでしょー」

碇は今年四十七歳になる。歌舞伎の隈取りメイクでもしたのかと思うほど、くっきりとした顔に、中背のマッチョだ。体も顔も、顔のパーツもなにもかもがでかいから、碇のマスクは小さく見える。

もう五十路が見えてきたこの古臭いタイプの男、不思議と女にモテる。一人目の妻との間には十五歳になる長女が、二人目の妻との間には、今年小学校に入学する双子の次女・三女がいる。そして四ヵ月前、碇は三人目の妻をめとったばかりだ。

くれぐれもバツ3には――と揶揄しようとしたら、前に立つ高橋宗司課長が、こちらを振り返り、咳払いする。彼は強行犯係を含む刑事防犯課の長だ。日下部も碇もぴんと背筋を伸ばし、前を見た。

今日四月一日、日下部の妻の第一子出産予定日だった。去年の三月吉日に高嶺東子という警察官と結婚した。東子は元海上保安官という変わり種で、警視庁入庁後は水難救助隊員としての活躍が期待されていた。だが日下部との結婚であっさり退職してしまった。

いまどき公務員でも共働きのほうが老後は安心だ。日下部は正直、働いてほしかったし、その類いまれなる身体能力と経験を現場で生かしてほしかったのだが、東子はなんの未練もないという様子だ。独身時代は自由奔放で男遊びもひどかったのが嘘のように、いまは淡々と専業主婦をやっている。

「仕事も遊びもやりつくしたってことだろ。案外、理想的な妻になるかもな」

〝百戦錬磨〟の碇はこう東子を評価する。日下部の新婚生活は順調、妻の妊娠経過も至って良好で、体格がよく筋肉質な彼女は安産だろうと言われている。そしてとうとう、今日の予定日を迎えた。日下部はもう三週間も前から「陣痛が始まった」という連絡が来るのを、待ち構えている。

会議室の開けっ放しの扉から、腰を低くした男が入ってきた。同じ強行犯係の下っ端、遠藤康孝だ。先日、巡査長になったばかりの二十九歳で、さほど難易度は高くない巡査部長試験に苦戦する。日下部のかわいい後輩だ。

遠藤が腰をかがめ、碇と日下部の元へやってきた。

「すいません、湾岸署から大至急、警備艇で出動するように要請が出たのですが。青海埠頭です」

死体が上がったらしい。

碇が「水死体か」と聞く。遠藤が首を横に振った。

「陸で上がった死体なら、湾岸署だろ」

「それが、海の上で見つかっているんです」

「船の上か」

「いえ。海の上にぶら下がっているらしくて」

わけがわからない。

五港臨時署は品川埠頭の北側の東のすみっこにある。目の前は芝浦運河で、東京湾はセメント工場などを挟んだ反対側に広がる。署にある望楼まで上がらないと、東京湾は影も形も見えない。警視庁が有する警備艇全二十三隻は、芝浦運河の桟橋に係留されている。

警備艇を操船する海技職員はみな、五港臨時署の船艇課に所属する。船艇課配船第二係の君原(きみはら)主事が、桟橋を先導して歩く。君原は若手海技職員だ。やせっぽちでかしが海技の制服を着ているようだが、操船の腕は確かだ。

桟橋には全長二十メートルの最大警備艇ふじを筆頭に、十六メートル艇あおみ、十二メートル艇ひので、だいばが係留されている。

この四隻の警備艇は曰(いわ)くつきだ。最大警備艇ふじは、五臨署発足と同時に開催された水上観閲式で横転し、十二メートル艇ひのでは半グレに乗っ取られた。十二メートル艇だいばは台風警備の際に羽田(はねだ)空港沖で転覆した。十六メートル艇あおみは、豪華客船乗っ取り事件で大型船のスクリューに巻き込まれ、粉砕されてしまった。いま目の前にある警備艇だいばとあおみは、新たに建造されたものだ。

これらの転覆やら乗っ取りやらにすべて絡んでいるのが、碇拓真だ。最近では、船艇課職員が碇を〝五臨署のリヴァイアサン〟とあだ名している。旧約聖書に出てくる海の怪物のことだ。碇が「警備艇出してくれ！」というと、船艇課の面々が飛び上がる、というのがお約束の光景でもあった。さっきも君原は「すぐそこに行くだけですよね？　ボートチェイスとかじゃないですよね！」と碇にきつく念押ししていた。

碇が〝曰く〟をつけてしまった大型警備艇の後ろに、二列ずつで並ぶのが八メートル級の小型警備艇だ。警備艇あじさいの隣に、これから乗る警備艇なでしこが係留されている。一同は救命胴衣をつけ、警備艇なでしこに次々と飛び乗っていく。

タラップなどはない。日下部は、桟橋に等間隔に立つ太い柱から垂れたロープに摑まり、警備艇のデッキへジャンプする。ふと、いま摑んだロープが気になる。慌ててジャケットの内ポケットから消毒ジェルの小ボトルを出し、手にすりつける。自宅に帰れば出産予定日を迎えた妊婦がいるから、感染症対策は万全を期している。

君原が警備艇なでしこのエンジンをかけた。八メートル艇のこの船は、キャビンに座席が四つあるのみだ。日下部は係留索を桟橋の係留装置から外し、キャビンの窓から顔を出した君原にＯＫサインを出す。隣に係留されている警備艇あじさいの船腹を蹴って、桟橋から離れる。南を向いていた警備艇なでしこは芝浦運河で大きな円を描いてＵターンし、北の芝浦船だまりへ進む。右折し、レインボーブリッジを前に、いつきに加速した。

警備艇の船尾には、水上警察旗がはためく。警視庁警備艇のシンボルだ。桜の代紋の下に、黒線と赤線が横に一つずつ、その下に縦に三つの赤線が並ぶ。黒線は水平線を表し、縦横の赤線は保安のホと言われているが、いつから使われたのか、意匠の謂(いわ)れも不明というほど、この水上警察旗は歴史が古い。

桜が見頃のいまの時期、レインボーブリッジ周辺はプレジャーボート、屋形船、水上バスがひっきりなしに走る。今日は一隻もなかった。水上バスは三月末から運休しており、屋形船も観光船もすべてコロナ禍で営業を自粛している。頭上のレインボーブリッジも、車が少ない。観光バスの姿は皆無で、物流トラックがちらほら走る程度だ。ゆりかもめも、がらがらに見えた。

物流だけは、海の上でも動いている。今朝も、ありとあらゆるものを運ぶ外航船、内航船の接岸を手伝うため、タグボートが出ていく。海の力持ちと言われるタグボートは、大型船が岸壁に離接岸するのを助けて押したり、先導したりする。

会議室から東京湾に出て、日下部は爽快な気分になる。マスクを顎の下にやり、思い切り深呼吸した。遠藤がすぐ隣に立ったので、慌ててマスクを元に戻す。

「日下部さん、俺、すごいネタ聞いちゃったんですよ」

遠藤がちらりと、キャビンのほうを振り返る。碇が君原と話をしていた。遠藤は噂話が大好きだ。中でも碇に関するゴシップが大好物なのだ。

日下部は碇の相棒を務めてもう四年だ。遠藤から聞かされるゴシップを、碇から直接聞いて知っていることが多い。碇が昨年末にひっそりと入籍したときも、日下部には一番に報告があった。

相手が、日下部の元恋人だったから、というのもあるだろう。

有馬礼子。元海技職員で、船艇課の職員だった。四年前はよくこの警備艇なでしこを操船していた。礼子は三年前に警察官に鞍替えし、一昨年から第二機動隊の水難救助隊に所属している。船の操船もできるし、潜水もできる貴重な人材として、警視庁が重宝しているのは言うまでもない。

警視庁の海を守るシンボリックな存在だけに、一時は礼子が小笠原諸島の危険業務に就かされるという噂が流れた。バツ2で『生涯独身』を宣言していた碇が、慌てて礼子と入籍したのも、それが影響したと言われている。じっくり腰を据えて将来を共にという覚悟からではなく、勢いで入籍したように見えた。

遠藤が、耳を貸せ、と指先を動かす。どうせたいしたゴシップではないだろう。日下部は、聞き流すことにした。

「碇さん。じきにバツ3になるらしいっすよ」

日下部は、足をばたつかせるほどリアクションしてしまった。

「嘘だろ!? 礼子と入籍してまだ四ヵ月だよ」

言いながら、日下部はつい、にやけてしまう。礼子に全く未練はなく、自分は別の女性と円満な家庭を築いているとはいえ、ほんの少しは、碇に女を取られた恨みが残っている。だが恨みというよりも――。

やっぱり、稀代のモテ男・碇拓真のゴシップはおもしろいのだ。

日下部はソーシャルディスタンスも忘れて、遠藤の肩を抱き寄せる。

「いったいそれ、どこ情報だよ」

遠藤は、日下部が食い気味なのでしたり顔だ。

「第二機動隊の方から、ちらちらーっと」

「まじなの」

「まじみたいっす。とりあえず別居中なのはガチです」

碇は入籍後に運よく芝浦のファミリー向け官舎を引き当てた。築二十年の警視庁借り上げマンションだが、2LDKの広さがあり、夫婦二人には十分な広さだ。五階建てでエレベーターなしというのが難点らしいが、最寄り駅は話題の山手線新駅、高輪ゲートウェイ駅だ。華々しい新婚生活をスタートさせるに相応しい場所だった。

「別居はガチって、その根拠は？」

キャビンの扉が開く音がする。日下部はとっさに口をつぐんだ。碇がキャビンの狭い出入り口に肩をぶつけながら出てきた。双眼鏡で西側の空を見ている。

「また妙なトコからぶら下がってやがる」

え、と日下部は遠藤と西の空を見た。警備艇なでしこはすでに進路を南へ向けている。レインボーブリッジを背に、東京西航路を進んでいた。右手は品川埠頭、五臨署南にある巨大な清掃工場も、ここまで来ると小さく見える。左手はお台場で、球形の展望台を持つテレビ局や商業施設、観覧車がある。いつもは台場の防波堤内はウィンドサーフィンを楽しむ人や砂浜を散策する人々でにぎわっているが、今日は人の姿がまばらだ。

活況があるのは、自粛ができない海運業界が拠点とする岸壁だろう。品川埠頭も海側は、内航船——国内の物流を支える船の、コンテナ荷役場になっている。品川埠頭と運河を挟んで南側にある大井埠頭もコンテナバースだ。キリンのような形をした赤と白の巨大ガントリークレーンが立ち並ぶ。

更にその南には羽田空港が広がる。通常は五分に一回は飛行機が離着陸し、晴れた日には離陸を待つ飛行機の列が木更津方面にまで見える。旅客が減っているせいか、今日はあまり姿を見ない。

大井埠頭と、東京西航路を挟んでお向かいにある青海埠頭は、お台場と陸続きになっている。ここもまた、東京港を代表するコンテナバースとして、ガントリークレーンが並ぶ。その南側は中央防波堤内・外側埋め立て地だ。内側埋め立て地は東京オリンピックのボート会場として整備が進んでいる。外側埋め立て地のほうはゴミ処理場やコンテナ置き場で、原っぱも広がるが、大田区と江東区が領有権を巡って争っていた。大田区となった部分が『令和島』と名付けられたことで、話題になった。

碇が双眼鏡のレンズを向けているのは、青海埠頭のコンテナバースだ。

巨大なコンテナ船が停泊しており、ガントリークレーンが船に積まれたコンテナを持ち上げ、港におろしている。コンテナは規格で四十フィート（約十二メートル）と長さが決まっている。大型バスとほぼ同じ大きさだ。そんな巨大な物体が次々と宙に持ち上げられ、岸壁に下ろされていく。青海埠頭にはコンテナバースが五つあり、ガントリークレーンの数は十二基ある。

外航コンテナ船はだいたい一度の航海で二、三千個のコンテナを運ぶ。警備艇なでしこが青海埠頭に近づくにつれ、停泊中の巨大コンテナ船が日下部の目の前に壁のように迫ってくる。

　すぐ左手に、休館中の船の科学館が見えてきた。東京湾岸署のスタイリッシュな庁舎も隣に見えていたのだが、いまここに『東京国際クルーズターミナル』が完成し全貌は見えなくなった。豪華客船専用の桟橋が、今夏にオープン予定だ。東京オリンピック開催の十日前に開港予定で、もうほとんど建物はできあがっている。東京オリンピックの延期で、こちらも開港が遅れそうだ。

　東京国際クルーズターミナルの脇に、公共桟橋がある。警視庁警備艇のほか、海上保安庁の東京海上保安部の巡視船艇、東京税関の監視艇などが係留されている。

　日下部は双眼鏡を取りに警備艇なでしこのキャビンの中に入った。

　君原が無線を口に当てながら、舵取り（かじと）に苦慮している。巨大コンテナ船が目の前で荷役中だ。突然動き出すことはないとはいえ、巨大船から見た警備艇はアリンコ同然、無線で存在をあちらに訴えながらの航行となる。

　日下部は窓を開けて双眼鏡で外をのぞく。巨大コンテナ船の船倉に積まれたコンテナの番号が見えただけだった。

　日下部は青海コンテナ埠頭の地図を思い出す。

この青海コンテナ埠頭は、南から順に第○号バースから第四号バースまで並んでいたはずだ。三、四号バースは民間業者が、〇から二号は公共バースとなっている。その管理、運用は東京港埠頭株式会社が担っている。

一一〇番通報は、この東京港埠頭株式会社の港湾労働者からあったらしい。六時半のことで、東京西航路が内外航船でラッシュを迎える時刻だ。

桜田門の警視庁本部通信指令センターから、管轄の東京湾岸署に出動命令が出たのがほぼ同じ時刻だが、東京湾岸署から五臨署に応援要請が出たのが、午前八時過ぎだった。この一時間半の間、東京湾岸署の連中はなにをしていたのか、よくわからない。

「ガントリークレーンは先のほうが海に突き出しているからなぁ。死体がそこからぶら下がっているとなると、海から死体を揚収したほうが早いってことなのかな」

日下部のぼやきに、君原が肩をすくめる。

「またいつもの小競り合いが始まりそうですね」

五臨署は海、東京湾岸署は陸、と厳格に管轄が線引きされているようでいて、あいまいなところが多々ある。事件の主導権を巡り、東京湾岸署とはたびたび衝突してきた。

あちらの急先鋒に立つのは、東京湾岸署刑事課強行犯係係長の、和田毅だ。碇とよく似た巨体のマッチョで、碇と張り合おうとする。和田のほうは四十代中盤を過ぎたいまでも独身だ。なにかと五臨署に絡んでくるのは碇へのやっかみもありそうだが、いくつかの事件を通して親睦は深まり、いまでは碇と道場で共に汗を流す仲だ。事案発生時の管轄権争いは、死体が見つかったときのお隣さん同士の〝ご挨拶〟になりつつある。

全長四百メートルのコンテナ船の脇を、警備艇なでしこが通り過ぎる。ようやく目標物が、裸眼で見えてきた。

ガントリークレーンの先から、首を吊った人がロープでぶら下がっている。

ガントリークレーンはコンテナ船が接岸すると、荷役のためブームが降りて水平になる。ブームとは、ガントリークレーンをキリンに例えるならば、首の部分にあたる。荷役時はスフィンクスみたいな恰好になる。

停止中のガントリークレーンは、キリンがサバンナで周囲を警戒するように、ブームは天空に屹立している。コンテナ船の離接岸の邪魔をしないようにするためだ。現在稼働していない〇号から三号バースに九基あるほとんどのガントリークレーンが、首を空にもたげている。

〇号バースの南側にあるガントリークレーンだけが、船が接岸していないのに、スフィンクス状態だった。地上四十メートルくらいの高さから、人がぶら下がっている。

日下部はしばし観察したのち、ため息をついた。

「なるほど。湾岸署がぼけっとしている理由がわかったよ」

日下部はキャビンを出た。碇がデッキに仁王立ちでガントリークレーンを見上げている。隣の遠藤が肩をすくめた。

「アレ、人形っすね」

ガントリークレーンからぶら下がっているものは、髪の毛があり、顔があり、チャコールグレーのスーツを着用して革靴を履いている。だが、背筋がピンと伸びていた。バランスの問題で、体が斜めになっている。

ケンタッキーフライドチキンのカーネルおじさんの人形とか、大阪のくいだおれ人形の首にロープを回して吊り上げたら、ああなるだろうな、と日下部は思った。

人の死体は、あんな風にならない。首が前に出ることにより、猫背になる。顔は斜め前に倒れ、つま先も下を向くものだ。

「それにしてもずいぶんでかい人形だな。身長は二メートル近くありそうだ」

「人間だったら推定体重百キロってところでしょうか。足のサイズもでかそう」

碇と遠藤が次々と感想を述べる。

背後からサイレンの音と、波をバッサバッサと切る航行音がした。八メートル警備艇あじさいが駆けつける。キャビンの手すりに高橋刑事課長と、強行犯係の藤沢充(ふじさわみつる)巡査部長が乗っていた。藤沢は元鑑識捜査員だ。刑事としてスーツを着るいまも、鑑識作業用のアタッシェケースを下げている。

五港臨時署は鑑識係がなく、鑑識作業は近隣の東京湾岸署か愛宕(あたご)署頼みだ。なにかと藤沢に負担がいきがちなのだが、それを支えるのが、太田由起子(おおたゆきこ)という女性刑事だった。五臨署が発足した当初は細野(ほその)由起子という名前で、婚活に奔走するイタイおばさんだったが、仕事はできるし情報収集能力に長(た)けていた。

それが、あれよあれよという間に結婚し、妊娠した。いまはコロナ禍ということもあり、大事を取って早めの産休に入った。残念ながら代替要員を回せるほど、警視庁は人材が豊富ではない。三月上旬から、五臨署の強行犯係は男ばかりの四人体制だ。

警備艇あじさいが、なでしこのすぐ横に並ぶ。高橋が叫んだ。

「なんだよアレ、人形じゃないか」

ですね、と日下部は叫び返す。碇が双眼鏡を再び、構える。

「だが、顔がなぁ。えらいリアルなんすよ。皺、毛穴まで見える」

日下部も双眼鏡で頭部を観察した。人形のロマンスグレーの髪は七三分けだ。少し乱れて、潮風に吹かれている。げじげじ眉毛も白髪が混ざる。眉毛の一本一本が妙に長く、ぼさっとしていた。目は閉じている。眉間の皺、ふくらんだ鼻腔の付け根の皺、唇の縦皺、髭の剃り跡など、顔だけ見たら本物の人間と見まがうほど精巧だった。

「蠟人形ですかね」

日下部の問いに、碇が「だろうな」と即座に答える。遠藤が手を打った。

「マダム・タッソーの蠟人形館の人形じゃないっすか？」

蠟人形師として最も有名なマダム・タッソーの館は、イギリスが本場だ。日本では台場の商業施設のデックス東京ビーチに展示場がある。ほか、東京都内に蠟人形館と呼ばれるものはない。

「誰かがいたずらで台場から蠟人形を盗み出して、ここに吊り下げたってことすかね？」

遠藤の問いに、碇が首を右へ左へひねる。

「マダム・タッソー東京は有名人の蠟人形しか置いてないだろ。あのオッサンは、い

った い誰だ」

日下部は目を細める。船が揺れているし、四十メートル上空に吊り下がったものを双眼鏡で凝視するのは難しい。

「確かに。有名人じゃないですね。しかも目を閉じてますよ。眠っている蠟人形の展示なんかしていましたっけ」

「そうだな。しかも、ただのいたずらでもなさそうだぞ」

碇が双眼鏡をのぞきながら言った。警備艇なでしこはちょうど、ガントリークレーンの目の前に差し掛かっていた。吊り下がっている人形と正面から対峙する。日下部も初めて気が付いた。

「胸元に紙が貼ってありますね。ネクタイにクリップ留めされてます」

碇が双眼鏡から目を離し、キリッと眉毛をしならせる。

「ああ。９９６と書いてある」

人形をおろすため、警備艇なでしことあじさいは、東京湾岸署の裏にある公共桟橋に入った。ここから徒歩で青海埠頭の〇号バースまで行くにはあまりに遠い。コンテナ埠頭は端から端まで二キロあるのだ。東京湾岸署の捜査車両を借りたい。碇がその庁舎を見上げる。

「湾岸署、すべての窓が全開だな」

日下部は目をこらす。白い防護服のようなものを着た人の姿が、ちらりと見える。

「湾岸署がもたついているのは――まさか」

スマホを出し、日下部は和田の携帯電話番号にかけてみる。

「出られる状況じゃないのかもな」

碇がやれやれ、と首を掻いた。後から桟橋に接岸した警備艇あじさいから、高橋が桟橋に飛び降りる。

「いま第一方面本部から連絡がきた。湾岸署でコロナが出たそうだ」

「絶対、和田の奴ですよ」

つい最近まで、和田は道場通いをしていたと碇は言う。二月から警視庁の全道場には使用禁止のおふれが出ていたが、三月下旬から徐々に締め付けが緩くなっていた。警察は年度替わりに納会と称した稽古納めをする。終わったら道場にテーブルを並べて酒を飲み、街に繰り出して二次会、三次会、カラオケ、というのが定番だ。警察官は、とにかくよく酒を飲む。

「こんなときにガチで組み合ったら一発でうつる。やめとけって言ったのに、結局朝までコース。仕上げはカラオケだったみたいですよ」

碇が言った。高橋も「なにやってんだ全く」とため息をつく。

「ちょっと様子見てくる。庁舎の消毒作業をしてるなら、捜査車両も消毒が終わるまで使用できんだろ。お前ら先行って、人形下ろしてこい」

高橋ひとりが東京湾岸署へ向かった。捜査車両を使えないのなら、タクシーを呼ぶしかない。タクシーを待つ間、日下部は青海南ふ頭公園に入った。青海コンテナ埠頭の北側にある。第四号バースのガントリークレーンが目の前で見られる場所だ。いまも、数千個のコンテナを船から港へ降ろしている。ガントリークレーンの真下には、コンテナを乗せるためのトラックが待機していた。コンテナが大きな金属音を立てて荷台に置かれるや否や、トラックは走り出す。埠頭内にあるコンテナヤードへ一路、走っていく。

タクシーがやってきた。男四人で乗り込む。テレコムセンターの前を過ぎて、青海縦貫道路に入る。名前の通り、青海埠頭を縦に貫くまっすぐの道路だ。青海埠頭を抜けると海底トンネルに入り、やがて中央防波堤内側埋め立て地へ出られる。

コンテナバースの各入り口はすべて、青海縦貫道路沿いにある。倉庫や山積みのコンテナを道路の両脇に見ながら、しばらく走る。海底トンネルに入る手前で右折、ゲートの前でおろしてもらった。

警察の到着を待ち構えていたのだろう、コンテナバースのゲート脇に止まっていた管理車両から、つなぎ姿の男が降りてきた。碇が代表して警察手帳を出す。

「遅いっすよもう、人形だからってー」

男は港湾労働者らしい屈強な体つきをしている。スキンヘッドで色眼鏡をかけていた。やけにニヤついて、馴れ馴れしい。その筋の人間に見えてしまう。東京港埠頭株式会社はまっとうな会社なのだが、港湾労働は戦前まで暴力団の仕切りの下にあった。下請け会社には、中身は堅気だがスタイルが堅気には見えない人が、未だにいる。

男は小さな管理車両に日下部ら四人を詰め込んだ。すぐに到着するとはいえ、タクシーとは違って、窓も開けないので、日下部は『密』を気にしてしまう。鼻にあたっているマスクの上部をきっちりと押さえた。

「お兄さんは、東京港埠頭の方？」

助手席に座った碇が、それとなく男の身元を尋ねる。

「――に、派遣されている下請けガンマンっすよ。川田って言います」

ガンマンとは、ガントリークレーンを操縦する人のことを言う愛称だ。ガントリークレーンはコンテナの上部と合致するスプレッダーと呼ばれる吊り具を使って持ち上げる。鉤状の接続器具が四隅についており、これをコンテナ上部にある穴と接続して、コンテナ本体を持ち上げる。穴の位置がずれたら持ち上げられなくなるので、手元の操作レバーを数ミリ単位で微調整しながらクレーン操作を行う。一般的なクレーンの操作より、難易度が高い。

その上、巨大コンテナ船が出航するまでの決められた時間で、平均三千個のコンテナを荷揚げしなくてはならない。一分間に荷揚げする量も厳密に決められているので、一個のコンテナの移動に時間がかかったり、コンテナ船の入港が遅れたりすると、ガンマンに強烈なプレッシャーがかかる。

また、コンテナの上には接続器具を調整するための荷役作業員がいる。不注意に操作レバーを動かそうものなら、スプレッダーが作業員と接触、命の危険がある。高度な技術と判断力、集中力が必要となるだけに、クレーン運転士の資格を持っていても、なかなかその座を射止められない。故に、ガンマンは港湾労働の花形だと、日下部は聞いたことがある。

あっという間に〇号バースのガントリークレーンの真下に到着した。

日下部は改めて、岸壁側から吊り下げられた人形を見る。人形の後ろ姿を見る位置だ。頭が海側へ、斜めに傾いていることもあり、革靴の裏側がよく見えた。

碇が日下部の横に立ち、腰に手を当てる。まだ朝の八時半、東に登った太陽が背中に照り付ける。

「さて。どうやってあの大人形を下ろすかだな」

遠藤がそわそわと隣に立った。ガントリークレーンの脚部の脇に続く保守管理用の階段を指す。

「勘弁してくださいよ〜。地上四十メートルの高さまで階段を上れとか言わないですよね」

日下部はぞっとした。

「何段あるんです？　狭いしふきっさらしだし、あんなでかい人形を担いで降りられますか？」

「どうやって下ろすのか難儀するのなら、どうやってあそこまで人形を引き上げてぶら下げたのか、という問題も出てくるな」

碇が鋭く指摘する。背後から、ガンマンの川田が声を掛けてきた。

「とりあえず、上まで案内しますよ」

川田がクレーンの足元にある手動の扉をガラガラと開けた。エレベーターだった。

日下部は拍子抜けする。

「なんだ。エレベーターがあるんですね」

「あったり前じゃないっすか。俺らガンマンが毎度、安全帯つけて保守管理用の階段を上り下りしていると思ってたんですか。三百段近くあるんですよォ」

藤沢が珍しそうにガントリークレーンを見上げながら、言う。

「いやいや、素人にはガントリークレーンの仕組みはわかりませんよ。僕はてっきり、全く別の制御室から遠隔操作しているものかと」

「シンガポールあたりの近代的な港だとガントリークレーンは全自動らしいっすけどね。日本の港湾技術は、もうすっかり後進国っすよ。いまだ運転室に人が行って、直接操作してるんですから」

エレベーターはガンマン専用のものだけに、狭い。定員は五人とある。後から乗った碇とガンマン川田が平気でぎゅうぎゅう体を押してくる。地上四十メートルまでいっきに上がる。地上では見上げるほど積み上げられた何万個のコンテナが、あっという間に眼下に見渡せるようになる。ブロックのおもちゃのように見えた。遠藤ははしゃいでいるが、日下部は男たちのむさくるしい空気と新型コロナウィルスの恐怖に、悪寒が走った。

やっと着いた。日下部は碇の巨体を押して外に飛び出した。途端に目がくらむ。思わず近くにあった鉄柱にしがみついた。後から降りた遠藤や藤沢も「ひえー!」と悲鳴を上げ、そこらの壁や突起に掴まる。ガンマン川田は、へっぴり腰の刑事たちを見てニヤニヤ笑っている。

高い。

降りた先は鉄骨が組み合わさった、壁も仕切りも手すりもない、ふきっさらしの通路だ。強烈な風が吹きつける。目の前に、ガントリークレーンの首——ブーム部分が、二つの小路(こみち)のようにまっすぐ空中へ伸びている。

その先端に、風に吹かれてぶらぶらと揺れる、人形の背中が見えた。

日下部はおそるおそる真下をのぞきこむ。さっき乗り付けてきた管理車両の屋根が煙草(たばこ)の箱くらいの大きさに見える。膝がしらが震えた。

まっすぐ前に延びるブームの脇には、よく見ると、保守管理用と思われる通路が続いていた。メッシュのステンレス板が渡されていて、いかにも恐怖心を煽(あお)る。この通路をつたい歩けば、ブームの先のスプレッダーにぶら下がった人形まで辿(たど)り着(つ)けるだろう。

遠藤が嘆く。

「まさか、あの通路を歩けっていうんですか。あんな大雑把な通路、一歩踏み外したら途端に四十メートル下に落下しちゃいそうですよ！　そこを、でかい人形を担いで戻ってこいっていうんですか！」

ガンマン川田が、きゅっと口を閉じている。口周りの皺が寄った感じから、笑いを堪えているようだ。

「ま、とりあえず外は風が強いっすからね。突風で吹き飛ばされちゃって死ぬ奴、年間十人はいるんで、まずは運転室にどうぞ」

「えーっ！　十人も死ぬんすか！」

遠藤がへっぴり腰になって言う。碇がその頭をはたいた。

「んなわけねぇだろ。からかわれてんだ」

ガンマン川田が、ガラス張りの運転室へ、刑事たちを案内する。海からは、キリンのお腹にくっついているコバンザメみたいな透明の箱に見える。これが運転室にあたる。各計器が場所を取り、操縦席以外には畳一畳分くらいしかスペースがない。みな外にいるのを怖がって、またしても狭い場所に男五人が密集状態になった。日下部は息苦しく感じて上を向いた。碇がニヤニヤしながら、日下部の肩を叩く。しきりに床を指さしてくる。日下部は、素直に下を見た。

床までもガラス張りだった。

「勘弁してくださいよもぉ」

日下部の気持ちを代弁したのは、遠藤だ。日下部は怖くないそぶりを見せるも、どうしても膝がしらが震える。高所恐怖症ではないのだが、地上四十メートル地点のガラスの上に立つというのはなぜこうも恐ろしいのか。どうしてか、ガラスが割れるような気がしてならない。ガンマン川田の説明が始まる。

「実際に荷役が始まると、この運転室はスプレッダーの動きに合わせて、前後に水平に動くんですよ。船倉からコンテナを持ち上げるときはぐーっと前に出て、コンテナ持ち上げたら後ろへ水平移動。そうしたら足元のガラスの向こうに、待機しているトラックが見える。そこの荷台にぽんと下ろし、スタッキング解除してゴーです」

操縦席の床がガラス張りである必然性を、ガンマン川田は説明しているらしかった。

「とりあえず、もうブームは降りてるんで、この先、どうします？」

川田が席の両側にある、ギアのような形をした操作レバーに、両手を置く。碇が再び双眼鏡を構えた。

「あの人形はブームじゃなくて、スプレッダーに結索されたロープでぶら下がっている」

「そうっすねー」

ガンマン川田が、ぺっと、舌を出して見せた。碇がちろりと川田を一瞥する。

「運転室の操作ひとつで人形を岸壁におろせるのなら、早く言ってくださいよ」

わざわざ刑事たちがここまで上がってくる必要はなかったのだ。

「撤収だ」

運転室の外に出るよう、碇が手を振って合図する。ガンマン川田はニタニタ笑ったままだ。

「すいませんね、こんなご時世、楽しくいきましょうってことで」

刑事四人でエレベーターに乗り、地上へ戻る。

「無駄にコロナの危険にさらされた気がしますよ」

日下部は憤慨してみせた。碇が下がっていくエレベーターの天井を睨みながら、ぶつくさと言う。

「警察官が怖がるのを楽しんでやがった。あいつ、その筋の人間か」

「あとでL1照会してやりますか」

遠藤も悔しそうに言った。運転免許証情報から個人を特定することがL1照会だが、日下部は指摘する。

「L1じゃなくて、Z号照会のほうが早いかも」

暴力団構成員の照会のことだ。藤沢が歯ぎしりして言う。

「いやいや、ありゃA号ですよ」

犯歴照会のことだ。恨み節を吐くうち、地上に到着した。一番奥にいた日下部が、『開』ボタンを押し続けて、仲間たちが外に出るのを待つ。エレベーターのボタンからでも新型コロナウィルスに感染するということを思い出し――日下部はハッとする。

「碇さん」

なんだ、と碇が振り返る。

「指紋採取、忘れてます」

運転室からの操作で、人形を吊り上げることが可能なのだ。ということは、犯人も運転室に入っているし、エレベーターにも乗っているはずだ。

藤沢が頭を抱えた。

「俺としたことが――。エレベーター乗る前に気が付くべきだった!」

碇が、別にいいんじゃねぇの、とあっさり言う。

「ぶら下がっているのは人形だ。防犯カメラ押収、人形から指紋取るので充分だろ」

コンテナを乗せるトラックが、岸壁をひっきりなしに走っていく。〇号バースのトラック走行路のみ通行止めにして、遠藤が規制線を張る。

日下部は碇とブルーシートをコンクリートの地面に広げた。ガンマン川田に呼ばれたのか、同じつなぎを着たヘルメット姿の港湾労働者がやってきた。

彼が川田と繋がる無線機を手に、やり取りを始める。ガントリークレーンのスプレッダーが動くガチャガチャという金属音と、ワイヤーが巻きあげられるひゅうという音が聞こえてきた。同時に、人形がぶら下がったスプレッダーが岸壁に向かってじりじりと水平に動く。日下部たちのいる場所めがけて人形が近づいてくる。

日下部は、おや、と首を傾げた。

人形の右足の革靴から、糸を引くように、ぽたぽたと液体が零れていた。

「──においますね」

日下部は鼻をひん曲げた。刑事たちが一斉に、ブルーシートの周りから立ち去る。もう人形は頭上だ。逃げ遅れた作業員のヘルメットを、茶色い液体が直撃する。

「わ、くせぇ、なんだこれ！」

ガンマン川田から、スプレッダーを下げていいのか確認の無線がきている。作業員はそれどころではなさそうだ。袖についた茶色のシミに鼻を近づけ、のけぞる。

「便所のにおいじゃないですか。なんすかコレ」

とりあえず人形を下ろすよう、碇が指示する。

「なるべく慎重に、ゆっくり。それから、直ににおいをかがないほうがいいです」

作業員が鼻をつまみながら、無線でガンマン川田に指令を出す。頭上の人形がゆっくりと、地上に下りてきた。

ブルーシートの真ん中に足がついたところで、碇が作業員にストップの合図をする。日下部は急いでゴム手袋を装着した。マスクをしていても、鼻で息をしないようにする。遠藤や藤沢と共に、首にロープを巻かれて微妙な体勢で立つ人形のもとに集う。

藤沢が現場写真を撮る。撮影が終わると、碇と遠藤が人形の背中を支え、藤沢が足を持つ。日下部は首にかかったロープを外した。ブルーシートの上に横たえる。

「さて」

碇がそっぽを向いて大きく息を吸い、言った。

「どう見てもマダム・タッソー館の作品とは思えないな」

藤沢が頭部のそばにしゃがみこみ、手袋の手で頬や鼻を触る。

「確かに手触りから蠟人形のようですけど。顔はとても精巧なのに、全身は素人技に見えますね」

日下部は、頭部に顔を近づけてみる。髪は人工毛のようだが、蠟に一本一本埋め込まれていた。引っ張って簡単に取れるカツラとは明らかに違い、生え際がリアルだ。頬から顎、鼻の下の髭を剃った青々とした部分も、肌を青く塗っているのではなく、実際に髭を一本一本埋め込んでから剃ったようだ。目を閉じた瞼(まぶた)に縦横無尽に走る皺、頬のたるみも実物のようにリアルだ。指でついて弾力を感じないことがおかしい気がしてくる。

だが、視線を体部に移せば、藤沢の言う通りの「素人技」だ。

「顔がこんなにリアルなのに、手はどうしちゃったんでしょう」

ワイシャツの袖から伸びる手は、肌色のミトンをかぶせたような状態だ。親指以外の四本の指が独立していない。爪も、関節の皺もない、手の抜きようだった。

「マダム・タッソー館の蠟人形は、手も精巧にできていましたよね。指紋や産毛(うぶげ)まであったような記憶がありますが」

日下部は言った。遠藤が同意する。

「エルビス・プレスリーのには胸毛もありましたよ」

碇が立ち上がり、少し離れて全体像を見ようとする。

「それから、首——頸部が全くない」

ロープを外してみるとはっきりわかったが、顎と胴の上部が直接くっついている。耳のすぐ下が肩というみょうちくりんさだ。

「体の大きさのわりに脚がやたら短い。一方で、足のサイズがでかすぎる」

藤沢が鑑識用具の入ったアタッシェケースを開き、メジャーを出した。遠藤の手伝いのもと、計測を始める。身長は百九十一センチもあった。

「足は革靴の計測となりますが、三十センチ」

「なにはともあれ、このにおい」

碇が眉を寄せ、マスクを下へずらし鼻を出す。筋の通った高い鼻がお目見えする。小鼻が立派に膨らんで存在感がある。碇が大胆にも、人形にその鼻を近づけて、においをかぐ。う、と顔をゆがめた。

「このにおいは人形の下腹部からきている」

碇が、ネクタイにクリップで留められた『９９６』の紙を取り、鼻に近づける。

「こいつはにおわない」

「996。なんのメッセージでしょう」

メッセージや暗号が添えられた事件なんて、テレビや小説の中の話だ。日下部は言ったそばから本格ミステリーの探偵みたいな気分になる。碇があっさり流した。

「一旦裸になってもらうか」

こんな張り紙を人形につけてガントリークレーンにぶら下げるのだから、愉快犯からのメッセージ、もしくは警察への挑戦に見えるのだが、碇はそこに取り合うつもりはないらしかった。

刑事四人で協力し合いながら、蠟人形のジャケットを脱がす。既製品には見えないが、ジャケットの内側に名前の刺繡はないし、製造元のタグもなかった。碇がワイシャツのボタンを器用に外していく。手つきが妙になまめかしかった。モテ男は指の動きまで色っぽい。

人形は胴体も、のっぺらぼうだった。

「へそなし、乳首なし、胸筋も皺も毛もなしか」

「洋服の下に隠れている部分は、どの蠟人形もこんなもんでしょう」

日下部は言った。藤沢がスラックスを脱がすのに難儀している。手伝ったが、強烈ににおう。スラックスの臀部のあたりが、じっとりと濡れていた。蠟人形は下半身も手抜きで、膝頭の造形もない。胴体に棒を付けた無様な人形のようだった。靴下を脱がす。足も指が分かれていない。陰部もなかった。碇が提案する。

「裏返してみよう」

壊さないよう、四人がかりで慎重に胴体を浮かせた。右側部を支点にしてひっくり返そうとしたのだが、蠟が原料だけにブルーシートの上でつるつると滑り、うまくいかない。一度男四人で持ち上げて裏返してから、ゆっくりと置いた。

臀部に大きな亀裂が入っていた。周囲に茶色い液体が零れ、肌色の蠟の上で茶色の臭い水玉が躍る。

「においのもとはここだが、亀裂がもうひとつある」

碇の指令で、再び蠟人形を仰向けに寝かせた。碇が、人形の頭部と胴体の接合部分に顔を近づける。

「ロープが巻かれていた部分にも亀裂がたくさん走っているな」

碇が人形の顎の下の亀裂に大胆にも指を突っ込んだ。穴を掘るようにして、蠟をめくって取り除いていく。

「肌色の蠟の向こうにも、茶色いものが見える。蠟人形って中身は何でできているんだっけ？」

遠藤が答える。

「頭の真ん中はウレタンとかの詰め物じゃなかったかと思います。体は、重たい頭部を支えるため、芯に金属を使っていたはずですが」

碇が股を開いて背を丸め、寝かせられた人形に、更に顔を近づける。

「てことは、この蠟の向こうに見えている茶色いのとか、臀部に見えた茶色いのは、金属かなにかか？　腐食して錆びたか」

指を突っ込み、ぐりぐりと動かしはじめた。指先の感触を確かめているようだ。

「――にしては、ぶよぶよしている。ウレタンか？」

遠藤の顔が、青ざめていく。

「碇さん……。それ以上、しないほうが」

宙を睨みつけていた碇の大きな眼球が、なんでだとぎょろりと動き、遠藤を捉える。まるで歌舞伎の立ち役が見得を切っているような顔だ。

「いや……においとか色とか。やばいもんが、出てきそうです」

ねえ、と遠藤が、日下部を肘でつつく。

「やばいもんが出てくるのだとしたら、余計、ほじくり返すのが警察の仕事だ」

日下部は優等生の発言をしてみるが、心の中では叫んでいた。

妻がもうすぐ出産なのだ。頼む、事件性ナシであってくれ……！

碇はゴム手袋の指で蠟の亀裂をほじくり返すと、親指以外の指四本を豪快に突っ込んだ。親指を顎につき、いっきに蠟を剝がそうとする。蠟人形の顔が精巧なだけに、人間の顎の肉に指を突っ込んで、顔面の皮を剝がそうとしているように見えた。

腐臭が強くなる。碇の指の隙間から、茶色く変色し、見るからにぶよぶよとしたものが見えてきた。

バキ、と音がして、人形の顔面が鼻の下で折れた。碇の指からぼろりと落ちる。蠟人形の顔の下から、茶色く変色してめくれ上がった唇のようなものと、むき出しになった前歯のようなものが見えた。歯は数本が抜けて、碇が剝がした蠟にくっついている。腐臭が更に強くなった。

碇は、あーあ、という顔でゴム手袋の手を振り、立ち上がった。

「蠟人形の中に死体があるようだ」

午前中のうちに、監察医務院の医師による簡単な現場検死作業が行われた。解剖のため、死体入り蠟人形は監察医務院に搬送された。藤沢と遠藤は青海コンテナバースに残り、防犯カメラ映像の回収を始めている。

日下部は碇と、マダム・タッソー東京で聞き込みだ。デックス東京ビーチへ向かう。

マダム・タッソー東京の責任者が対応に出たが、盗まれた蠟人形はないという。蠟人形の全体画像を見せたが「うちには有名人の蠟人形しか置いていません。この人は誰ですか」という反応だった。

そもそも、蠟人形は有名人があたかもそこにいるようなリアルさで佇(たたず)んでいることが売りだ。目を閉じている蠟人形は死体を模したものしかないらしい。本場ロンドンのマダム・タッソー館で展示されている、ルイ十六世やマリー・アントワネットの断首された頭の蠟人形ぐらいしか思いつかないという。

職員は体のバランスの悪さも指摘し、断言した。

「顔はともかく、体については、マダム・タッソー館の職人の手仕事ではありませんね」

ガントリークレーンに吊るされていたことにしろ、目を閉じていたことにしろ、中に死体のようなものが入っていたことにしろ、なにもかもが前代未聞の蠟人形というわけだ。

昼になった。

東京湾岸署の刑事課長に代わり、捜査本部設置に奔走していた高橋と、デックス東京ビーチで合流した。三階にあるイタリアンレストランのテラス席に座る。外なら密にはならずに済むし、テラス席にはほかに客がいなかった。

テラスの目の前は防砂林だが、レインボーブリッジのほか、お台場海浜公園の海上に浮かぶ五輪マークのモニュメントも見える。今年一月十七日に運ばれてきたものだ。海底に固定されているものではなく、海に浮かぶ台船に簡易的に設置されている。

東京五輪が延期となったいまでは、あのモニュメントを見るだけでむなしくなる。

「とりあえず、事件として捜査本部を立てることになったが。他のシマで仕切るのは初体験だよ」

高橋がマスクをずらし、水を飲んでぼやく。

「あの蠟人形も前代未聞ながら、捜査本部や捜査の流れも前代未聞になりそうじゃないっすか」

碇が堂々と訊いた。台場の観光地で捜査の話ができるのは、ある意味いまだけだろう。碇の手の中のホットサンドから、ぼとぼとと具が落ちる。碇はサンドイッチを食べるのがへたくそだ。ぽたぽたと茶色い液体が皿に落ちる。日下部は蠟人形の右足から滴り落ちた死体の滲出液を思い出し、せっかくのポルチーニ茸のパスタが喉を通らなくなった。

「捜査の中心が湾岸署刑事課強行犯係になるはずが、刑事課は全員、コロナで二週間自宅待機なんですよね」

碇が確認する。高橋がやれやれとうなずいた。

「なにせ震源地が強行犯係らしいからな」

「やっぱり和田の奴っすか」

日下部はスマホの発信履歴を見た。和田にずっとかけているが、出ないし、折り返しもない。碇が言う。

「独身だろ。生きてるか心配だな」

「合わす顔なくて着信拒否してるだけじゃないっすか」

日下部は肩をすくめた。高橋が続ける。

「とにかく、本部の捜査一課を案内できる刑事が捜査本部にいないとなると、我々五臨署でそこらへんをカバーするしかない」

「こっちも余裕ないっすよ。太田の産休の代替要員がいないんですもん」

恨みがましく碇が言う。代替要員をよこしてくれ、と碇はことあるごとに上層部に発破をかけ続けている。日下部をちらりと見た。

「いずれこいつだって、育休取りたいとか言い出しますよ」

日下部はそのつもりはないが、わが子を見て豹変してしまうかもしれない。妊娠六ヵ月あたりから妻の腹をけり出したわが子は、日下部の声にもよく反応する。ちょんとお腹をつつけば、どかんと蹴り返してくれた。日下部はそれだけで床をのたうちまわるほど胸がきゅんきゅんした。

「男性の育児休暇取得は当然の権利です。時代が違うんですよ、時代が」

碇が煙草に火をつけ、けっと笑う。

「俺なんか長女が生まれたとき、病院に足運んだのは生まれたその日だけだ。それから二週間」

自宅に帰らなかった、と言いたいのか、碇が肩をすくめた。高橋はびっくり顔だ。

「そりゃ冷たすぎるだろ。俺の時代でも、上司が気遣ってくれたから、子どもが生まれてからはなるべく毎日自宅に帰ったぞ」

碇はとぼけた顔をしただけで、話を事件に戻す。

「そもそもあの蠟人形の中にあるのが五体満足の死体なのか、まだわからない状況ってすからね。判別するまでは態勢が整わないでしょう」

監察医務院の医師が、蠟から露出した部分は腐敗がひどすぎて、人間か動物かも判別できないと言っていた。高橋が意見する。

「画像見たよ。人間だろ。口と歯があった」

「毛を剃った猿かもしれませんよ。臀部はありましたけど、手足はないかもしれない。人間だったとしても、部分死体の可能性もある。全身の蠟を取らないことには断定できんでしょう」

碇が答えた。全体の蠟を完全に取り去るのに、監察医務院の医師たちは三日くれと言った。遠藤が「蠟なら熱して溶かしちゃえば簡単じゃないっすか」とバカ丸出しで発言し、碇に頭をはたかれていた。蠟は種類にもよるが、融解温度が最低でも五十度はある。一般的に流通している蠟燭（ろうそく）などは、八十度近いだろう。発見された死体は冷所保存が絶対だ。熱していいはずがない。

碇が、とにかく、と手を拭く。

「うちは早めに動きます。ガントリークレーンの操縦席、そこに至るエレベーターも、現場保存せずにべたべた触っちゃいましたから」

致し方なかったとはいえ、痛恨のミスだった。日下部は高橋に問う。

「いずれにせよ、いまこれだけ『三密』を避けるよう叫ばれ、集会が厳しく制限されている中で、通常通りの捜査本部を開くのは無理がありますよ」

「そうだな。湾岸署の二百人規模の大会議室を使って、四六時中窓を開けっぱなしにして五十人――いや、三十人が限界か」

現場で動く捜査員は殺人捜査ともなれば最低百人は欲しいところだが、一堂に会するのはまず無理だ。

すぐ隣のテーブルに、若いカップルが座った。二人ともマスクをしていない。日下部は話し込んでいる上司たちを促した。

「とりあえず、戻りましょう。長居は無用です」

高橋が会計してくれたが、碇が後ろに並ぶ。「テイクアウトできるか」と店員に問い、碇が食べたのと同じホットサンドを三つ注文した。

「先、戻っててくれ」と碇は言う。

「誰の分です？」

「藤沢と遠藤だよ。あいつら、なんも食ってねぇだろうから」

やさしいなー、と高橋が揶揄するように言って、先に店を出た。

「もう一つは誰のです？　新妻に手土産っすか」

日下部は、〝バツ3〟の噂がたつ碇を刺激してみた。

「違う」

碇の、何の質問もさせまいとする排他的な冷たい横顔を見て、日下部は確信した。三番目の妻、礼子との別居は事実だ。

日下部は碇と東京湾岸署に入った。二〇〇八年に完成した東京湾岸署はまだ庁舎がピカピカで、建物もスタイリッシュだ。警視庁本部直轄の男女収容可能な留置施設があるので、逮捕された芸能人はここに入れられることが多い。東京湾岸署の玄関先は、保釈された芸能人が一礼するお約束の場所だ。

新型コロナウィルスの感染者が出たのは刑事課フロアのみらしいが、念のため、署内勤務者全員を自宅待機させていると聞いた。警察署を空っぽにすることはできないので、桜田門の警視庁本部や、第一方面本部、近隣所轄署から応援要員をかき集めているらしい。交通課の閑散としたフロアを、スーツ姿のどこかの刑事があたふたと走り回っているのが見えた。

エレベーターで七階に上がり、第二会議室へ向かう。

二百人は収容できる正方形の会議室に入った。ひな壇も座席も空っぽだ。通常なら各デスクにパソコンや電話が設置され、ひな壇の背後には日の丸と警察旗が飾られる。まだそんな状況ではなかった。壁にはなにも貼られておらず、窓は全開、扉はストッパーがかかって開きっぱなしになっている。消毒薬のにおいが残っていた。

五列並ぶ長テーブルの最前列入り口そばに藤沢が座り、最後列の窓際のすみっこに遠藤が座っていた。二人ともパソコンを真剣なまなざしで見ている。青海コンテナバースの防犯カメラ映像を確認しているのだろう。

「よう。お疲れ。すばらしいソーシャルディスタンスだが……遠いな」

言いながら碇は、長テーブルの間を縫い、二人の傍らにホットサンドの入った袋を置いた。藤沢が財布を出したが、碇はいらない、と手を振る。

いまのところ、防犯カメラからの成果はないらしい。

碇が腰に手をあて、改めて指示を出す。ジャケットの裾が持ち上がる。後ろから見ると、鳥が翼を広げたようだ。

「遠藤と藤沢は引き続き、防犯カメラ映像の解析。必要と思ったら管内の監視カメラ映像も取り出しておけ。一週間で上書き消去されちまうからな」

碇が日下部を振り返る。

「俺とお前で地取りと鑑取りやるか」

日下部はのけぞった。

「えーっ、たった二人でできる捜査じゃないでしょ」

靴底をすり減らして目撃者情報を得る地取りや、ガイシャの人間関係を回る鑑取り捜査は、各三十人くらいは割り振られる。

「しょうがねぇだろ。司法解剖の結果が出るまでの辛抱だ。青海コンテナバースに戻ろう。港湾関係者から聞き込みしつつ、目撃者も探す」

碇が踵（きびす）を返して出入り口に向かおうとして、立ち止まる。日下部は碇の肩越しに、会議室の出入り口を見た。

美しい女が立っていた。

ロングヘアを後ろにひとつにまとめ、黒いスーツを着ている。白いブラウスは襟がぱりっと際立つ。春先とはいえまだまだコートが必要ないま、黒いパンプスの足は寒そうに見えた。地味ないでたちから女性刑事だというのはわかるが、目を引くのはその長い脚だ。女性刑事はパンツスーツを穿（は）く者が多いが、彼女は膝丈のタイトスカート姿だった。膝下の長さに目が行く——。

日下部はかつてこの女と、ベッドの上で戯れながら、膝下の長さを比べたことがある。日下部も身長は高いほうだが、負けた。それくらい、彼女は脚が長い。

有馬礼子だ。いや。いまはもう、碇礼子か。

「ここ、青海コンテナバースの案件の捜査本部でよろしいですか？」

礼子が、碇からすっと目を逸らし、日下部、遠藤、藤沢を順繰りに見た。遠藤は、ホットサンドを喉に詰まらせてしまっていた。藤沢もとても慌てた様子で、碇と礼子をちらちらと交互に見る。遠藤から別居の噂を聞いているのだろう。

さて碇の反応は――。

巨体の背中は微動だにしないが、ジャケットの下の僧帽筋の盛り上がり具合で、ずいぶん緊張しているのがわかった。

「礼子。どうしたの、こんなところで。日下部は、おどけた。しかもその恰好。水難救助隊だったよね」

「現在は葛西署刑事課との兼任中なんです」

「へえ、そうだった……ンすか？」

碇の脇に立ち、その横顔に、尋ねる。夫なら知っているはずだろう、と。碇は目にほとんど感情が見えなかった。わざと『無』でいようとしているのがわかる。

「湾岸署の刑事課員が自宅待機になったと聞きました。応援要員として派遣されてきたんです。捜査本部に詰めるようにと指示を受けて参ったのですが」

藤沢が、素知らぬフリをして防犯カメラ映像の確認を再開させた。遠藤は胸を叩きながら、水をいっき飲みしている。碇はなにも言わない。日下部は提案した。

「それは助かる。有馬さん、昼飯食った？　そういや碇さん、ホットサンドもうひとつ買ってましたよね？」

碇が日下部を無言で一瞥する。猛烈に怒っているのがわかった。さすがにいじりすぎたか。日下部は引き下がった。

碇が礼子に指示を出した。

「あんたは日下部と動け。地取りだ。俺は鑑取りに行く」

碇が礼子の横をすり抜けた。

「お待ちください」

行きかけた碇が立ち止まったが、背中に面倒そうな苛立ちが見えた。腰に手を当て、振り向きもしない。礼子も碇に背を向けたままだ。夫婦は背中合わせに会話する。

「ガイシャが人間の死体かどうかもわからないと聞きました。猿の死体かもしれないものにどうやって鑑取り捜査を展開するんです？　動物園にでも行くんですか？」

強烈な嫌味だった。碇がやっと振り返り、礼子の背中に言う。

「だから、〇号バースを管理している会社に聞き込みを――」

礼子が宙を見たまま、ぴしゃりと言う。

「みなさん、蠟人形そのものや、中にあった死体みたいなものにばかり気を取られすぎです」

パンプスのヒールを鳴らし、礼子がひな壇にあがる。背後のホワイトボードに大きく、『996』と書いた。

「この数字がヒントじゃないですか。犯人は親切にヒントを与えているのに、なんで誰もこれに注目しないんですか」

日下部も含め、男四人、ぐうの音も出ない。礼子が蓋をしたペンの先で、こつこつと996の文字を叩きながら言う。

「外航船のコンテナターミナルで発見されたことからして、この数字は九九・六パーセントのことじゃないかと思います」

遠藤が喉を上下させている。やっとホットサンドを飲み下したようで、尋ねる。

「え。小数点が入るんですか？」

藤沢が遮る。

「なんの割合なんです、それ」

「日本が、食品を含めた生活必需品等の貿易において、海上輸送に頼っている割合です」

つまり、船以外で運んでいるものは〇・四パーセントしかないらしい。

「主に船舶、港湾関係者が、政治家や社会に対して啓発的に持ち出す数字が、九九・六パーセントです。日本の物流を担うのは、飛行機でも電車でもなく、船です。そして船による物流の要は、道路でも駅でも空港でもなく、港です」

なるほど、と日下部はうなずく。碇は出入り口の枠に腕をつき、「だからなんだ」と厳しく言い放つ。

「996は港湾関係者がなんらかの訴えを社会に出す際に示す数字だということはわかったが、ガントリークレーンを動かせる、港に蠟人形をぶら下げる、この時点で、すでに犯人は港湾関係者と絞れる」

礼子が挑発的に言い返す。

「この概念をもとにした『996運動』を展開している団体がありますが、碇さんはご存じで？」

碇が黙った。

「しかも団体になりきれていない自称団体であり、所属しているのはたったの一名です。本人は組合を組織したいけれど『996運動』があまりに過激すぎて誰もついてこず、港湾関係者から『ひとり組合』と揶揄されています」

「誰だ」

碇が短い一言を発する。その威圧的な態度に腹が立ったのか、礼子も鼻息を荒くする。深呼吸したのち、やっと言う。

「名前は矢野完吾。二十九歳。もともとは港湾荷役労働者ですが、ガンマンに憧れてガントリークレーン運転士を目指していたようです。しかし門型クレーンまででガンマンには採用されず、このことで会社ともめ、裁判にまで発展しています」

不当解雇やパワハラ、セクハラ裁判などはよく耳にするが、「あの機械を動かしたい」という理由の労働争議など聞いたことがない。

「なるほど、港湾関係者には有名な人物ということか」

日下部は言った。礼子は海技職員時代から、熱心に東京湾をパトロールしていた。港湾関係者だけでなく、漁船や土木船の船長、海洋開発系の職人にまで広い人脈を作ってきた。さすが、よく知っている。

扉の枠に寄りかかっていた碇が、肩に力を入れた反動で身を立てた。またしても短い一言で返す。

「L1照会してくる」

行ってしまった。肩の力が抜けたのは、遠藤と藤沢だ。礼子はいつまでも、碇が立ち去った出入り口を睨みつけている。碇のそっけない態度に腹を立てている様子だ。

日下部は「まあまあ」と礼子をなだめた。元恋人だから、ここで礼子に釘を刺せるのは、自分だけだ。

「職場だぞ。夫婦げんかをここにまで持ち込むなよ」

礼子は大きな二重瞼の目をぎょろりと剝いて、日下部を睨みつけた。

「知らないの。私たち、もう夫婦じゃない」

十日前に離婚したという。

第二章　火の街

碇拓真はひとり、品川埠頭の道路を歩いていた。コンテナトラックだけでなく、コンテナを積んでいない頭だけのトラックも走りすぎる。歩道を歩く人がほとんどいない地域なので、ガードレール脇の道は雑草だらけだ。夏にもなると歩行をさまたげるほど豪快に生える。

矢野完吾は品川埠頭内にある、港湾労働者専用の宿泊所に住んでいた。別名『五港荘』という。東京港湾福利厚生協会が管理し、港湾労働者向けに安く提供している。五臨署からは歩いて五分ほど南に行った場所にある。署の面々をはじめ碇も五港荘のすぐ隣にあるコンビニをよく利用している。

碇はひとりで矢野完吾の住む五港荘へ行くつもりだったが、日下部が「俺も行きます！」と追いかけてきた。礼子と動けと言ったのに、ニヤニヤしながら碇の隣に並ぶ。からかいに来たのだろう。礼子のあのけんかを吹っ掛けるような調子から、夫婦仲が壊れていることも気が付いているはずだ。

日下部がスマホで場所を検索する。

「あ、コンビニのすぐ近くじゃないっすか。そこで一服してから行きます？」

「お前、吸わないだろ」

「コーヒーの一杯くらい」

碇は立ち止まり、日下部を睨みつけた。彼はいつも一瞥で、碇の意図をくみ取ってくれる。頭がいいし気が利くが、小憎たらしい点だけは四年経(た)っても変わらない。

日下部が、挑発してくる。少し、怒っているようでもあった。

「俺には知る権利があると思うんですけど。聞きましたよ。礼子と離婚したって」

やれやれと碇は首を掻いた。いつか礼子が言うだろうとは思っていた。日下部には、やはり碇から報告すべきだった。碇は無意識に、ジャケットの内ポケットに手をやっていた。煙草を出してしまう。路上喫煙禁止区域だ。引っ込める。

「動揺しちゃって」

「してない。あれだ」

五港荘が見えてきた。

団地のようなたたずまいの、三階建ての白い建物だった。入り口を掃除している老齢の管理人に、声を掛ける。

「こちらの一〇二号室の矢野完吾さんについて、お話をお聞きしたいんですが」

日下部の質問に、管理人は碇たちを拝みはじめた。

「やっと警察が来てくれた」

なにか勘違いしている様子で、管理人が外廊下を進む。

私物が廊下を塞いでいる一角があった。一〇二号室、矢野完吾の部屋の前だった。

碇は廊下に出された私物の山を見た。赤いカクカクとした文字が書かれたプラカードが十個ぐらい乱雑に積み重なっている。ビニールひもで閉じられたビラの束が砂埃(すなぼこり)をかぶって放置されていた。鉄扉のドアスコープの下に『港湾労働争議事務所』というプラスチックの札が出ていた。その下には、『996運動継続中!』と書かれた手書きのビラが貼ってある。紙は黄ばんでいて、セロテープは干からびていた。

管理人が、顎で扉を指す。

「そこです。もう、とっとと連れてっちゃってください」

碇は間を置いて、尋ねる。

「矢野さんが、なにか?」

「なにかって。不法占拠ですよ。えっ、行政処分に従わないから警察が強制連行しに来たんじゃないの？」

　碇は、耳をすませる。一〇二号室の扉の向こうに息を殺すような気配を感じるのだ。

　とりあえず、建物のロビーで話を聞くことにした。碇は無言で管理人の腕を引く。

「不法占拠というと、家賃の不払いかなにかですか」

「ここは港湾労働者の福利厚生施設ですからね。東京港湾福利厚生協会に入っている企業の従業員じゃないと住めないんです。家賃は、会社のほうに請求します」

「つまり矢野は会社を辞めた？」

「もう五年前の話ですよ。青海埠頭で荷役を行う企業の従業員だったんですがね。まあ、なにがあったのかは諸々、想像していただけると思いますが――」

「配置についてもめたと聞きました」

　日下部が扉の前に山積みになっていたビラを一枚拝借していた。『労働環境の改善を求む』というタイトルのものだった。配置の不満を、労働環境の改善という弱者ぶった言葉に替えていたようだ。

「会社の社長さんから聞きましたけどね。とにかく協調性がない。クレーン操縦の腕は確かだったらしいですけど、ガンマンはそれだけじゃだめでしょう。コンテナの上で合図を出す女房役と信頼関係がないと、事故に繋がる」

碇が「港湾荷役についてお詳しいですね」と話に入る。老人は目尻を下げた。

「定年前まで、私もそっち方面で働いていたもので。シルバー人材センターでその話をしたら、ここの管理人の仕事を紹介してくれたんです」

そうでしたか、と日下部がうなずいた。碇は訊く。

「矢野、会社はもう辞めたんですか？」

「ええ。裁判の真っ最中にね。連続欠勤したから解雇されたらしいですけど、本人は何考えてるのか、退去してくれないんですよ。解雇には納得していない、控訴すると言って」

日下部が身を乗り出す。

「実際、高裁で争っているんですか」

「いやいや。あんなのにつく弁護士なんかいないでしょう。だから、控訴は断念。今度は解雇を無効とする裁判を起こすとかで、自分で弁護士の役割ができるよう、六法全書を暗記しているとか、なんとか。最終的には自分は裁判に勝って雇用を取り戻すから、ここを出ていく筋合いはないって」

どうやら家賃は支払われていないらしい。会社側に家賃を払う義務はもうないし、そもそも福利厚生施設だから本人が家賃を払うようなシステムでもないのだろう。

管理人に礼を言い、ロビーで別れた。碇は改めて、日下部と共に矢野の部屋がある一階の外廊下を振り返る。

扉が一瞬で閉まった部屋がある。矢野の部屋だ。

「いるな」

「ええ。いますね。しょっ引きます？」

「いや、あのタイプは六法全書片手に難癖付けてくるぞ。テコでも動かないさ」

日下部が、面倒くさそうな顔をする。

「いかにも、人が嫌悪しそうなものを蠟人形に詰めてぶら下げそうな奴だという気もしますが、人の死体を中に入れるような猟奇趣味まであるんですかね」

「そもそも蠟人形を作る技術はなさそうだ。矢野の経歴を見たが、地方の水産高校の出だ。上京してすぐ港湾企業に就職している」

蠟人形を作ったのはまた別人、ということだろうか。碇は日下部に提案する。

「とりあえず、令状取るか」

「でも、繋がりは『９９６』だけですよ。いまは捜査員が少ないから、防犯カメラの解析も時間がかかるでしょうし」

令状を取れるだけの決定的証拠がまだない。

「なら、住居侵入、不法占拠の線でどうだ」

十七時過ぎ、碇は日下部と令状請求書類を携え、霞が関の東京地方裁判所に到着した。令状部の窓口に書類を出した。

「さて。待ちますか。それとも早めに飯、行っちゃいます？」

日下部が、神経質そうにスラックスをつまみながら、廊下のベンチに座る。

地裁令状部に来ることは頻繁にあるが、霞が関は外食できるレストランがほとんどない。虎ノ門まで足を延ばすか、お隣の法務省内の食堂か、桜田通りを挟んだ警視庁本部庁舎の食堂で食べる。

碇は腕時計ではなく、スマホを出した。メールが五件、入っていた。二番目の妻の里奈からだ。今年七歳になる双子の次女と三女はこの四月で小学生だ。しかし六日の入学式も新型コロナウィルス感染症の影響で時間短縮、マスク着用、検温……等々、細かい指示事項が列挙されていた。

大人しい次女の莉穂にはブラウン色のランドセルを、活発な三女の佳穂にはショッキングピンク色の目が眩むランドセルを、碇が買ってやった。

だが正直――碇はいま、娘二人の門出を心から祝福できる状況になかった。

日下部が夕食の取れる場所をスマホで探していた。碇は言う。

「じゃ、あとは頼んだ。令状出たら、矢野をしょっ引いてぶちこんどいてくれ。明日、俺が取り調べる」

「ええっ!? 俺ひとりでしょっ引けっつうんですか!」


碇は自宅官舎を駆けあがった。芝浦埠頭の南側にあるファミリー向けの警視庁借り上げ官舎は、立地も広さも申し分ないのだが、五階建てなのにエレベーターがない。碇は両手一杯にスーパーの袋を抱え、指先を痺れさせながら官舎の階段を上がった。

この芝浦官舎には警視庁の警察官家族四十世帯が入居している。子どもが多く、にぎやかだ。小学生くらいの悪ガキがマスクを顎に引っかけて、ゲーム機片手にわらわらと降りてきた。廊下にも子どもの自転車やキックボードが転がり、荷物で下が見えない碇は躓きそうになった。

やっと五階、五〇八号室に辿り着く。鍵は持っているが、U字ロックがかかっているはずなので、インターホンを押した。

「はい」

女の声がした。碇は舌打ちする。モニターはついていないので、とりあえず「俺だ」とだけ言った。鍵が開く。栗原瑞希が、扉を開けた。腰まで届きそうだった長い髪をポニーテールにしていた。エプロン姿だ。碇の両手一杯の食材を見て、白けた顔をする。

「何人家族よ。買いすぎじゃない」

「いや、夕飯――」

中から、甘辛しょうゆのいい香りがしてきた。

「なに作ってる」

「筑前煮」

「渋いなぁお前」

瑞希は碇の買い物袋の荷物を受け取ろうとしたが、碇は「いい、やめとけ」と体をのけぞらした。

「気を使いすぎ」

「――違う。コロナまみれだ、きっと」

碇は買い物袋を上がり框に置き、マスクをビニール袋に密封して捨てた。入念に手洗いうがいをし、そのまま風呂に入った。今日は朝からどれだけ『三密』を食らったか。三月に入ってからずっとこんな風に気をつけていた。碇はいつもの勢いで、帰宅後風呂へ直行してしまった。シャワーを浴びながら、「あ」と思う。

下着や肌着を出しておくのを忘れた。礼子がいたころは、バスタオルを腰に巻いただけで脱衣所から出ていたが。

瑞希を前に、それはまずい。

どうしようかと思いながら体を流していると、すりガラス越しに人の気配を感じた。

「お父さん？」

瑞希だ。返事をしたが、びっくりしすぎて、碇は声が裏返ってしまう。

「下着。置いとくよ」

碇は礼を言ったが、更に声が裏返る。瑞希が去り際、「動揺しすぎー」と鼻で笑ったのが聞こえた。

瑞希はこの四月で中学校三年生になる、碇の長女だ。一番目の妻、美沙子(みさこ)との間にできた子だ。美沙子は中野区(なかのく)にある警察病院の呼吸器内科医だ。結婚は、碇が日下部くらいの年齢のときだった。喘息(ぜんそく)持ちの容疑者に薬を処方してやるため、警察病院に連れていったとき、美沙子と知り合った。

美沙子は碇より五歳年上の姉さん女房で、声がよく通るはきはきした女性だった。碇はそんな美沙子にだいぶ甘えていた記憶がある。結婚してちょうど一年後に瑞希は生まれたが、そもそも刑事と医者は使命感が強ければ強いほど多忙になってしまう職業だ。碇は全く家事育児を手伝わずに仕事に邁進（まいしん）していたし、美沙子は美沙子で、医者で金があるから、ベビーシッター、保育園など、ありとあらゆる手段を使って子守を確保して、仕事に邁進してきた。

結果、ひとつの家庭の中で碇と美沙子はすっかり他人になっていた。夫婦なんてそんなものと軽く考えた碇が悪かったのだろう。ある日「あなたはこの家庭にいる意味がない」と美沙子に言われ、碇はあっさり捨てられてしまったのだ。

「結局さ、バリキャリと熱血漢は合わないのよ。家に男が二人いる感じになっちゃう。お父さんと離婚したあとのお母さんの恋愛遍歴見ても、お母さんに群がる男はクズばっか」

これは、瑞希が小学校六年生のときに、碇に言った言葉だ。「お父さんはクズじゃないからね」というフォローを最後まで期待したが、なかった。

離婚は、瑞希が四歳のときのことだ。面会交流で数ヵ月に一度、会うだけの関係になった。日常を共にしていない相手だから、互いに遠慮がある。碇は瑞希から反抗されたこともないし、子育てに悩んだこともない。父娘の時間は別々の場所で流れ、たまに申し訳程度に交差する程度だった。

それがいま、瑞希とこうしてひとつ屋根の下で暮らしている。

瑞希が出してくれた下着とスラックスを身に着け、碇は脱衣所を出た。ダイニングテーブルから食欲をそそるにおいがあふれてくる。

「お前、料理うまいんだなー」

筑前煮のほか、うずらの卵が入ったひきわり納豆、大根おろしがたっぷりのった焼きほっけ、卵焼きが並んでいる。瑞希が缶ビールを出す。ことりと置いたグラスがあっという間に白く曇った。冷蔵庫に入れ、冷やしておいたようだ。

「ご飯とみそ汁は、お酒のあとがいいよね」

「お、おお……」

飲み屋に来たみたいだ。父娘揃って手を合わせ、夕食を食べる。

「お前、今日はどんな一日だった」

「別に。普通」

「普通って」

「コロナで学校も塾もないし友達とも遊べないのに、なんの報告があるって言うのよ」

瑞希は模範的に料理を作ってくれたが、食事の席のマナーはひどく悪かった。肘をつき、スマホを見ながら猫背になって食べている。女の子らしい、押し花とラメをあしらった透明のスマホケースが、ほっそりとした指の隙間から見える。

「おい。料理はちゃんと作れんのに、なんで食べ方はそんなに汚いんだ」

「大変すいません、親にきちんと躾（しつけ）されていないもので」

碇は咳払いした。

瑞希と暮らしはじめて、まだ十日だった。いまはまだ、口うるさくは言うまい。碇もスマホを出し、適当にニュースを見ていたら、日下部から画像付きのメールが届いた。

瞠目（どうもく）する。

日下部と、小さな赤ん坊が、一緒に写っていた。赤ん坊は顔が真っ赤で、目はペンで顔に横線を引っ張ったのではないかと思うくらい細い。表情のあどけなさとぶかぶかの産着（うぶぎ）に、碇はつい目尻が下がる。

『ヒトキュウヨンロク、無事生まれました！　体重二千九百二十二グラムの元気な女の子です！』

　碇は時計を見た。十九時四十六分とは、つい十五分前のことのようだ。碇が日下部と別れたのは十七時過ぎだった。あのとき、日下部の妻から産気づいたという連絡が来ている様子はなかったが、日下部はこの三時間弱で、あっという間に、父親になった。

　――あっという間、なんだよな。

　男は自覚できぬまま、いきなり『父親』に祭り上げられてしまう。日下部などは、妊娠中から妻のサポートをするのが当たり前の世代だから、もうずっと前から『父親スイッチ』が入っていたのかもしれない。碇は未だに、自分のどこにそれがあって、どうやって切り替えたらいいのか、わからない。三人の娘たちは守るべきかけがえのない存在だが、可愛(かわい)がり方がよくわからないのだ。

　日下部から、様々なアングルで取った赤ん坊のショットが届く。赤ん坊よりも、奔放で男にだらしなかった東子のすっぴんの顔に、碇はつい目が行く。ごつくて筋肉質な体つきをしてはいたが、独特の色気のある女だった。かつては遠藤も東子に熱を上げていたのだ。遠藤本人はなかったことにしているが――。

　いきなり画面が変わった。着信だ。しかも、遠藤だ。通話ボタンを押す。情けない声で呼ばれる。

「碇さ～ん。すぐ署に戻ってください」

「無理だ」

「そう言わず、五臨署はいま大混乱なんですよ。矢野が自首してきたんです」

「はあ⁉　日下部がしょっ引いたんじゃ――」

無理な話か。恐らく、碇が地裁を出てすぐ、妻から産気づいたと連絡を受けたのだろう。日下部もとっとと帰宅したに違いない。

「仕方ない、お前、代わりに聴取しておけ」

「いやいや、無理です。ちょっと手を引いて取調室に連れていこうとしたら、刑法何条がどうのこうのって講釈垂れて拒否するような奴ですよ」

「首根っこ摑まえて放りこみゃいいんだよ」

「僕は、そういうことできる世代じゃないんです」

藤沢も高橋も、もう帰宅してしまっているという。参ったな、と額に手をやっていると、瑞希と目が合った。

行けば、という顔をしている。念のため、口に出して確認する。

「ちょっとトラブってる。出ていいか」

「どうぞ」

瑞希はずいぶん他人行儀に言った。

碇は遠藤に「すぐ行く」と伝え、寝室に入った。礼子と結婚した当初に買ったキングサイズのベッドが、部屋を占領している。礼子の枕も、そのまま残っている。碇はあまりそれを見ないようにしながら、スラックスを脱ぎ、下着一枚になった。ワイシャツのボタンを留めていると、瑞希が「お父さん」と勝手に入ってきた。碇は慌てて、ベッドに投げおいたスラックスで下半身を隠す。

「おい。ノックぐらいしろ」

「お年頃〜」

「お前がだろ。こっちは気を使ってんだ」

「あのさ、クローゼットに、忘れ物が」

瑞希が、クローゼットの左半分の扉を開けた。このスペースは礼子が使っていた。紺色の、襟と袖がシースルーになっているワンピースがぶら下がっている。妙に淋(さび)しげに見えた。

入籍した日に礼子が着ていた服だった。

「わかったけど、あとでいいだろ」

「だって、誰が来ても絶対に玄関の扉を開けるなって言うから。三番目の奥さん、取りに帰ってくるんじゃないの。そしたら玄関開けてもいいの？」

「大丈夫、来ない。直接返す」

碇はクローゼットから礼子のワンピースをハンガーごと取り出した。空の紙袋を広げ、中に突っ込む。

「ふーん。これから署に戻るんでしょ。警察官なんだ、三番目の奥さん」

「聞くな」

「教えてくれたっていいじゃん。名前も、顔も教えてくれない。入籍したときの記念写真くらいないわけ？」

「知ってどうする」

「好奇心を満たしたいだけ」

「その好奇心を勉強に向けろ。受験生だろ」

瑞希はタコみたいな顔になった。

碇は急いでネクタイを摑み取り、玄関へ向かった。瑞希は見送りに来ず、ダイニングテーブルで食事の続きを始めた。声をかける。

「おい。ちゃんとU字ロックかけておけ」

「あとでやっとくー」

「いまだ！　それから、インターホンが鳴っても出るな」

わかってるぅ、とうるさそうな返事がある。

「さっき出ただろ。そうだ。注意しようと思ってたんだ」

「お父さんだってわかったから出たんだよ」

「どうしてお父さんだってわかったんだ」

「血だよ」

全く、十五歳の少女は謎だ。

＊

有馬礼子は五港臨時署の取調室に入った。自首してきた矢野完吾をいつまでも取調室に放置できないし、かといって取り調べができる態勢にない。遠藤があちこちに電話をしてベテラン捜査員の到着を待っている。令状も手元になく、罪状なしに留置場に放り込むわけにもいかないので、礼子は場を繋ぐことにした。

「葛西署刑事課の有馬礼子です。少し、お話を」

矢野はマスクをしていなかった。五臨署の取調室には、窓がない。礼子は傍らに置いたトートバッグから個包装の使い捨てマスクを出し、矢野に与えた。

「いえ、結構」

矢野は手に取ることすらしなかった。学者のように両手を前に組み、勝手に持論を展開しはじめた。

今年二十九歳の矢野は、礼子よりも二つ年下ではあるが、口の脇にくっきりとほうれい線が出ている。ぼさぼさの頭髪には白髪が混じっていた。礼子が氏名と生年月日を確認する暇もない。彼の講釈は今回の青海コンテナバースでの蠟人形吊り下げ事件の動機になりつつあった。

「だいたい、我々海運業を担う人材は総じて賃金が安すぎる現実があります」

礼子はうなずいてみせた。もうクビになってるじゃん、と心の中では突っ込む。

「我々海運業者が使命感を持ち、日々の安全な航行と荷役に命を削っているからこそ、９９６という数字をもってしても、またコロナ禍という災いが世界を恐怖に陥れようと、スーパー、コンビニ、ドラッグストアの棚が空っぽになることはないんだ」

矢野はいちいち礼子を指さし、迫る。

「私の呼びかけひとつで港湾労働者たちにストを起こさせれば、明日からあなた方一般人は食う物にも困るようになる。冷蔵庫を占めている食品の〇・四パーセントしか買えなくなる。風呂、洗面所、リビング、そこに当たり前にあるもののうち、〇・四パーセントしか手に入らなくなるんです、わかりますか！」

矢野は口角泡を飛ばし、デスクを叩いた。礼子は思わずいすごと飛びのいた。いますぐシャワーを浴びたい。早く取り調べを終わりたくて、礼子は確認した。

「つまり、青海コンテナバースに忍び込んでガントリークレーンに蠟人形をぶら下げたのは、世間に海運業界の安月給重労働を知ってほしかったから、ですか」

「違う！」

拳が振り下ろされ、デスクが震える。

「俺はそんなことは一言も言っていない。お前は取調官なのに、いったいなにを聞いていやがるんだ！　いま世の中はコロナが蔓延（まんえん）しているときだぞ、港湾労働者の労働条件なんか問題にしているときじゃない！」

礼子はむかついた。デスクを叩き返す。

「さっきからごちゃごちゃなに言ってんだかさっぱりわかんないの！　わかってほしいなら私にわかる言葉で説明しなさいよ！」

矢野は目を剝いた。

「公僕たる警察官がいち市民にその口の利き方はなんだ！　君は公僕という字の意味すら知らないに違いない。いいか。公のしもべと書いて、公僕だ！　公僕はみな、いち市民であるこの私、矢野完吾のしもべであるべきだろう！」

　この矢野という人物は万事、この調子なのだろう。らちが明かない。礼子は自分の言葉で確認した。

「とにかく、あなたは996運動を世間に知ってもらうために、ガントリークレーンに蠟人形を吊るすという暴挙に出た。そもそもあなたは――」

　あの蠟人形をどこで手に入れたのか。中になにがあったのか、知っているのか。尋ねそうになって、慌てて礼子はブレーキを踏んだ。中の物体が人間の死体と確定していないので、マスコミ発表もされていない。このネタは『秘密の暴露』になりうる。いち捜査員が簡単に口に出していい情報ではない。

「いまはコロナの話をしている！　君は三月十五日の午後二時半に配信された、ネット記事を読んだか！」

　港湾を守る刑事ならば〝怒りに震えるべきレポート〟が書かれていたと矢野が訴える。

「全国でコロナ媒介者と揶揄される職業が羅列されていた。医師、看護師の次に名を連ねていたのはなんと、物流関係者だ！」

トラック運転手、駅員、そして海運業界の船員——。

船は特に、東京都の感染第一号が屋形船に乗っていたという情報が拡散したことで、新型コロナウィルス感染のホットスポットの象徴になっていた。横浜港に入港した豪華客船セレナ・オリンピア号内で大量の感染者が出たことも、拍車をかけた。『船』と名のつくものが忌み嫌われ、東京湾の水上バス、観光船、屋形船、すべてが、自粛要請の出る前から休業を余儀なくされている。

セレナ・オリンピア号といえば、三年前にハイジャックされた客船だ。東京西航路に突入、危うくレインボーブリッジに衝突するところを、途中で乗り込んだ礼子が座礁させ、衝突回避した〝思い出の〟船でもある。

あのとき礼子はまだ五臨署の海技職員で、碇と共にあった。

碇に、愛されていた。

「おい、聞いてんのか！」

矢野が立ち上がり、礼子に迫ってきた。顔面に唾を浴びる。

開け放した扉から、つかつかと中に入ってくる男がいた。碇だ。いきなり矢野の顎を摑みあげた。矢野の口にマスクを押しつける。矢野は目を丸くしたが、碇の分厚くた。

大きな体とその威圧感に、抗えないようだ。

「ツバ飛ばしてしゃべるんじゃないよ、このご時世に」

荒々しい手つきとは裏腹に、碇の声音は子どもを叱るようなやんわりした調子だった。

「あんた、シャワーでも浴びてこい」

礼子は、碇が自分に言っていると、すぐには気が付かなかった。

「え、私？」

「代わる。万が一、うつったら大変だ」

礼子は席を立った。碇が座ると、さっきまで礼子が座っていたいすが縮んだように小さく見えた。碇は足を組み、態度で矢野を威圧しながら、ポケットから携帯用の消毒液を出した。手に振りかけて、ちまちまと擦っている。かわいらしい仕草に見えてしまうが、聞く者の腹の底に響くバリトンボイスには迫力がある。

「さあ、矢野完吾君。やっと会えたな。ここからは俺が相手だ」

礼子は一階まで下りて、渡り廊下で繋がっている船艇課別館へ入る。古巣に挨拶をして、シャワールームを借りた。

腹の底から湧きあがる感情で、爆発寸前だった。

全身を洗い流し、頭頂部にシャワーを当てる。温度調整のレバーを青色のほうへ近づけ、温度を下げる。

――彼の姿を見ると、冷静ではいられなくなる。

碇とは、三年ほど付き合って、結婚した。片思いだったのは四ヵ月ほどだ。離婚してからは、十日間しか経っていない。つまり、礼子が碇を『体がよじれるほどに恋い焦がれた』期間は、トータルで半年もない。恋人同士だった時間のほうが長いのに、思い出されるのは、どうしても手に入らないその背中を、悲しく見るシーンばかりだった。敬慕の念をこめて見つめては目を逸らされ、素直に気持ちを伝えては『ノー』をつきつけられた、出会ってからの四ヵ月。

そして二週間前のあの日――。

三月十四日のことだった。ホワイトデーだったが、礼子はそれを忘れるほど忙しくしていた。礼子の本来の所属は第二機動隊の第一水難救助隊だ。三月上旬から、葛西署の刑事課員を兼任することになった。全国の小中学校の一斉休校が始まり、女性刑事たちが仕事を休まざるを得ない状況になったからだ。

礼子は葛西署の女性捜査員の代わりとして、性被害者の対応を任されることが多かった。痴漢被害を受けた女性からの聴取が圧倒的に多かったが、女性の性被害相談を無料電話で受ける民間ＮＰＯ法人との連携も仕事のひとつだった。

その性被害相談ダイヤルは、常に、鳴りっぱなしだった。

コロナ禍による小中学校の一斉休校で、家庭内での性被害案件が急増していたのだ。

相談窓口は九時に開くが、回線が開いた途端に電話が殺到、四人いる相談員の電話はあっという間に塞がった。あの日、予備に置いてある五つ目の電話が、鳴り続けていた。やがて諦めたように止む。すぐにまたかかってくる。同じ人物ではないのかもしれないが、礼子には、相談窓口が開く瞬間まで性被害に耐えていた少女が、必死に助けを求めているように感じた。そんな切迫感を、鳴ったり止んだりする電話に感じてしまう。

礼子は相談員でもないのに、電話を取ってしまった。たどたどしくも、ＮＰＯ法人名を口にし、「どうしましたか」と相談員をマネて尋ねる。

「あ、あのう……。私……あのう……」

電話の向こうの少女はそこまで言って、嗚咽を漏らした。なにがあったのか、なにをされたのか、詳細に話すのが辛い――そんな気持ちが受話器越しにあふれてくる。

礼子は根気よく話を引き出そうとして、気が付けば三時間経っていた。

最初、彼女が教えてくれたのは、スマホの番号だけだった。名前も、どこに住んでいるのかも、年齢すらも教えてくれない。具体的に男からなにをされてきたのか、それだけは電話の最後で聞くことができた。彼女は父親から性的虐待を受けていた。妊娠を恐れて泣き、母親に対し、「申し訳ない」と声を震わせる。

彼女を助けたい。児童相談所に保護させるには、彼女から氏名と住所を聞き出す必要がある。だがどれだけ説得しても、彼女は「親に迷惑をかけるから」と言って教えてくれない。

「聞いてもらうだけで、ちょっとラクになったから、大丈夫です。あとは自分でなんとかします。辛くなったら、またかけます。お姉さん、出てくれますか」

礼子は、自分はNPOの相談員ではないことを伝えた。刑事であることは、言わなかった。相手が警戒してしまうと思ったからだ。スマホの番号を伝え、なにかあったらすぐに電話をするように伝えた。

「お姉さん、名前はなんていうんですか」

「あなたが名前を教えてくれたら、教えようかな」

思案した様子の彼女は、『ルナール』と名乗った。お気に入りのゲームのキャラクターの名前らしいが、恥ずかしそうだ。礼子も、カタカナの名前にすることにした。とっさに出たのが『ジゼル』だった。前に碇から「気の強そうな顔と足の長さがジゼル・ブンチェンに似ている」と言われたことがあったのだ。ブラジルのスーパーモデルだ。言ったそばから礼子もひどく恥ずかしくなった。ルナールと笑い合う。なんだか、通じ合った気がした。

電話を終え、相談所の所長に報告をした。所長はルナールのことを知っていた。三月から毎日のように電話をかけてくる少女だという。絶対に氏名を名乗らない。以前の電話では、父親ではなく母親の恋人から性的虐待を受けていると話していたらしい。被害が事実だとすると、児童相談所を飛び越えて警察に相談するレベルなのだが、本人は「話を聞いてくれるだけでいい」というスタンスを貫いていた。所長は彼女の話に懐疑的な様子だった。

「ルナールっていう名前もねぇ……。ほら、絵本であるでしょう。狐のルナール」

狐物語に出てくる、狐の名前だ。嘘つきで、悪知恵が働く……。

礼子は葛西署に戻り、ルナールと名乗る少女について上司に相談をした。強行犯係長は、心底呆れた顔で、礼子を見た。

「この程度の低レベルの案件をいちいち上にあげるな！　コロナが落ち着くまでは、

検事からも不要不急の事案は送検するなと言われてるんだぞ」

　女性が受ける性被害は、不要不急とでも言いたげな調子だった。

　礼子は、唇を噛みしめた。男はいつもこうだ。礼子は連続女性監禁殺人犯につかまり、監禁されたことがある。全裸で拘束され、言葉で強烈な辱めを受けた。事件解決後、礼子はそれを調書に詳細に書かねばならなかったし、監察官聴取でも同じことを説明せねばならなかった。何人かの刑事たちが、礼子の調書をニヤニヤしながら読んでいるのを見かけた。監察官は、「なぜ抵抗しなかったのか」「なぜ逃げなかったのか」ばかりを質問してきた。気遣ってくれる男性も多い。だが、女の落ち度を探すか、自分も間接的に楽しむ男も少なからずいる。

　礼子は負の感情が発火寸前のまま、帰宅した。十九時ごろだったと思う。夕飯を作らねば、とキッチンに立ったところで、ルナールから電話が入った。だが、電話を取った途端に切れてしまう。折り返しの電話を何度かけても、途中で切られてしまう。やっと繋がったと思ったら、ルナールは号泣していて、詳細を話せない。

　またやられたのだと思った。

　なんとか居場所を教えてくれないか。礼子が彼女を説得にかかったとき、碇が「ただいま～」と帰ってきた。ルナールは男性の声を怖がり、電話を切ってしまった。碇の帰宅は、あまりにタイミングが悪かった。

碇は、礼子となにもないキッチンを見て、言った。

「あれ、飯は？」

礼子は、着火してしまった。なぜ女だというだけで、男に食事の世話をする義務を負わなくてはならないのか。

あの日、碇にぶつけてしまった罵倒を思い出すと、礼子は死にたくなる。

碇は黙って聞いていた。やがて、手にぶら下げていた紙袋をダイニングテーブルのいすの上に置いて、無言で家を出た。ホワイトデーだったからか、礼子の好きな千疋屋のフルーツマカロンが入っていた。

礼子は慌てて碇を追ったが、もう姿はなく、電話を掛けても出ない。ルナールのことも心配だが、碇とも連絡がつかなくなってしまった。メールや留守電に謝罪の言葉を並べても、三日間、全く音沙汰がなかった。

三月十七日、碇がやっと芝浦の官舎に帰宅してきた。離婚届を持っていた。

礼子は船艇課のシャワー室を出た。

『元夫』という肩書を背負わせるには、まだまだ、碇の存在は生々しい。下着を身につけながらスマホをチェックした。ルナールからは今日も、連絡がない。

刑事課フロアに戻り、取調室横に併設されている小部屋に入る。マジックミラー越しに取り調べを確認できる。ミラー越しに碇の大きな背中を見て、気持ちを事件に切り替えた。礼子が取調室を出たときと変わらず、碇の背中は悠然としている。

矢野は顔つきも態度も豹変していた。素直にマスクをしている。背を丸め、卑屈な目で碇を見上げていた。こういうタイプは女子どもにばかり強く出て、マッチョな男を前にするとしゅんとするのだ。

矢野はいま、蠟人形をどこで手に入れたのかを話している。

「偶然だったんです……パトロールの最中に、見つけて」

港湾労働者たちが不等な扱いを受けていないか、週に一度は各埠頭を回っていたという。誰も頼んでいないだろうに、矢野の自己満足の自称パトロールだ。

「それで、中央防波堤内側埋め立て地をパトロールしていたときに――」

いつの話なのか、碇が質問を挟む。

「昨日、三月三十一日です。内側埋め立て地の、不燃ゴミの中間貯蔵施設の脇を通ったときに、蠟人形の廃棄物の山が目に留まって」

矢野が、まるでいまそれを見つけたかのように、目をぱちくりする。

「目を疑いました。硬直した死体が山積みになっているように見えて。慌てて清掃一組に駆け込んだんです」

東京二十三区清掃一部事務組合のことだ。二十三区のゴミは東京都環境局が処理を請け負っているが、うち、中央防波堤内側埋め立て地に集められる不燃ゴミの収集、焼却、中間貯蔵等の管理をしているのが、この組合だ。

「組合の人から、あれは蠟人形だと笑われて……。おおかた、昨今のコロナ禍で倒産した蠟人形館のゴミじゃないですか」

それで、と碇が短く促す。

「果たして蠟人形を丸ごと不燃ゴミにすることは、現場的に問題はないのか。後程検証するために、画像を撮って記録することにしました。そのうち――思いついて」

途端に矢野が口ごもった。碇を上目遣いに見ている。碇が大きな背中を微動だにさせず、迫る。

「思いついた？　蠟人形をガントリークレーンに吊るすことを、ということか？」

「はい。いまほど『996運動』の神髄を社会に訴えるいい機会はない。それなのに、いまはコロナのせいで人を集める集会やデモすらもできないじゃないですか」

集会やデモより鮮烈な方法で、『996運動』を世間に知らしめたいと矢野は思ったらしい。

「それで、蠟人形を一体、頂戴することにしたんです」

ふん、と碇が鼻を鳴らす。

「確かにガントリークレーンに人と見まがうものを吊るしたら、えらい騒ぎになるだろうがな」

「そうですよ。それなのに、コロナコロナでニュースでは扱われていないし、いつまで経っても警察も来ない。しびれを切らして、私は名乗り出てきたわけです。私は警察を通して、訴えたい。９９６――」

碇が「あとだ」とぴしゃりと跳ねのける。写真を並べはじめた。ガントリークレーンに吊るされた蠟人形の写真のようだ。

「この蠟人形は百キロ近くはあったし、全長も二メートル近い。車で運び出したのか」

「ええ。夜間にもう一度、入りまして……」

ゴミ捨て場だ、窃盗を心配するようなものは置いていない。警備員はいないし、土地勘があればたやすく入り込めるだろう。

「それで、僕はあの大きな蠟人形を車に乗せ、そのまま青海コンテナバースへ――」

「なぜ青海コンテナバースのあのガントリークレーンを選んだ？　ほかにも品川や大井にもガントリークレーンがある」

「まあ、元職場ですので……」

侵入しやすかった、ということか。

「ガントリークレーンは夜間で、ブームが上がっている状態だったな。どうやって運転室に入って動かした？」

「起動の仕方も、操縦の仕方も、わかりますから」

「ガンマンにはなれなかったんだろう」

矢野は傷ついたような顔をし、訴える。

「あれは、会社の問題です。免許は持っていますし、ガントリークレーンと似た動きをする別のクレーンを何年も操縦してきたんです」

「どうやって主電源を入れた？　管理棟の鍵はかかっていなかったのか」

矢野は誤魔化すように、視線をあさっての方向へ動かす。碇がデスクを拳で殴る。

矢野はひぃっと喉を鳴らし、白状する。

「合い鍵を持っていまして」

「なぜ。いつ。どうやって作った」

そのう、あのう、矢野が口ごもる。

「ガンマンを目指していたとき、練習したいと思いまして。こっそり拝借し……、ただ、実際にはしてませんよ。騒ぎになっちゃいますから」

「管理棟への不法侵入の罪状も加わるな」

矢野がうなだれた。

「ほかに蠟人形は三十体近くあったんだろう。なぜこのでかいのを選んだ？　顔は精巧にできていたが、体は不恰好だった。もっとちゃんとした蠟人形はなかったのか」

好きであの巨体を選んだんじゃない、と矢野が困ったように説明する。

「最初は、着物を着た女性の蠟人形にしようと思ったんです。小さかったし。でも、運ぶ途中で首が取れちゃって。詳細に言うと、デコルテあたりから胴体と外れちゃうんですよ」

蠟人形は顔と胴体を別々に製作すると礼子は聞いた。後からくっつけるから、外れやすいのだろう。

「そもそも、蠟人形は首吊りを想定して作られていない」

碇も指摘した。ですよねー、と矢野が調子を合わせる。

「別のを何体か選んだんですけど、首にロープを回して引き摺(ひず)ってしばらくすると、ぼろって取れちゃう。というより、抜けちゃうんですよ。だけどあの巨体の男性の首だけは抜けなかったので、選んだ次第です」

碇が、前のめりになる。

「どうしてこの蠟人形だけ首が抜けなかったか、教えてやろう」

五枚の写真がさらっと加えられる。碇はポーカーでも始めるような手つきだった。

矢野は写真を順繰りに見た直後、泡を吹いて失神した。


日付が変わるころ、礼子は五臨署の桟橋に降りた。懐かしく思いながら、警備艇なでしこに入る。キャビンの鍵を開け、エンジンを温める。海技職を離れたとはいえ、海技免状はきちんと更新している。上司や船艇課の許可があれば、礼子は操船ができる立場だ。

これから、矢野の身柄を捜査本部のある東京湾岸署に移す。矢野はすぐに覚醒した。病院へ連れていくほどでもなさそうだし、いまは病院に行くこと自体、容疑者にも移送担当者にも感染リスクがある。早々に留置場行きとなった。

捜査車両を使うと東京湾岸署まで二十分かかるが、警備艇だと五分だ。礼子が操船することになった。係留索をほどいていると、突然、ルナールから電話がかかってきた。礼子は周囲を確認しながら、ひっそりと電話に出る。

「もしもし？」

「ジゼルさん、怖い。どうしよう……」

泣いている。息が上がっていた。なにがあったのか。話を聞いてやりたいし、住所を教えてくれたら駆けつけるのだが、いまは無理だ。

「ごめんね、いまはどうしても手が離せない。できるだけ早くかけなおすけど、やっぱり警察に行くのは無理かな？」

ルナールが震えるようなため息をついた。

「わかった。警察に、言うね」

やっと決心してくれたかとホッとしたが、よほど追い詰められていると察する。

「交番の場所とか、わかる？　男性警察官しかいなかったら、一一〇番通報をしていいからね。事情を話せば、女性捜査員をやれると思うから。よければ、私が行くし」

ルナールが一瞬、沈黙した。疑るような声で言う。

「ジゼルさん……警察官、なの？」

「ええ、そうよ。あなたが勇気を出してくれたら、いつでも――」

電話はプツンと切れてしまった。

――警察を避けている。

礼子はかけなおしたが、着信拒否をされた。すぐに切れてしまう。匿名を貫き通しているのは、警察沙汰になるのを恐れているからだろうか。警察を恐れる、または避ける人種は限られている。なんらかの事件の犯人、もしくは反社会的勢力だ。ルナールはまだ少女のようだから、薬物か売春絡みだろうか。バックに組織がついていたら、礼子ひとりではとても太刀打ちができない。

――どうしたらいいか。

桟橋から、煙草のにおいがした。マールボロの赤いパッケージ、通称赤マルのにおいだった。碇が吸っている銘柄だ。鼻ではなく、心に、ツンとくるにおいだった。キャビンの窓の外を見る。碇が矢野の腰ひもを引っ張りながら、マスクを顎まで下げ、咥え煙草でやってきた。後ろを歩く矢野の顔面に、もろに煙が流れていた。矢野は鼻をひん曲げて耐えている。罰を受けているみたいだ。

桟橋の心細い照明の下にいるせいなのか、碇の横顔はずいぶん痩せこけて見えた。げっそりして、疲れ切っている。年齢的にも、かつての精悍さが少しずつなくなっていくころだろうが、それにしても急激に老け込んだように見えた。ここのところマスクをしている顔しか見ていなかったから、気が付かなかった。

碇が煙草を携帯用灰皿に捨て、マスクを口に戻し、キャビンに入ってきた。矢野をキャビン内のベンチに座らせた。礼子はデッキに出て、出航準備に入ろうとした。碇もデッキに出てきた。礼子に紙袋を、無言で突き出す。

礼子は昼間、日下部がホットサンドの話をしていたのを思い出した。受け取り、紙袋を開いた。

礼子が芝浦の官舎に残していったワンピースが、入っていた。

忘れていたというより、置いていったものだった。入籍した日に着用したものなんか二度と見たくなかったのだ。

礼子は紙袋を足元に置き、強引に事件の話をする。そうでなきゃ、ここでまた爆発してしまいそうだった。

「矢野は、蠟人形の中にあった死体とは無関係のようですね」

空気の流れを強引に変えたのに、「だろうな」と碇も滑らかについてきた。

「明日以降、どこの業者が蠟人形を廃棄したのか、捜査しますか」

「ああ。誰が作ったのかもそうだし、そもそも誰がモデルなのかってのも気になる」

「目を閉じていることも不思議です。個人の所蔵だったのでしょうか」

「軽くネットで検索したんだが、蠟人形師とか、蠟人形を作れる職人や工房は、管内にはなさそうだ」

　需要が少ないからか、ホームページ検索で出てくるような工房はすべて地方にある。検索結果では八つほど工房があったという。碇は耳の上に流した髪に手を入れ、頭を掻く。

「参ったな。いまはコロナの影響で越境捜査しづらいんだ。全国津々浦々八つの工房を回る捜査なんか、許可下りねーだろうなぁ」

　礼子は提案した。

「中の死体とは別に、あの蠟人形が誰なのか、というところから調べるのはどうです？」

　碇が礼子を見返す。

「皺、ほくろ、毛穴、非常に精巧でしたよね。必ずモデルがいるはずです。人形の画像が残っていますから、顔認証にかけるのも手かと」

　碇が眉を上げた。目に、明るい光が灯ったように見える。

「なるほど。冴えてる」

　礼子は嬉しくて、足元の紙袋の存在も忘れ、気を許してしまう。

「あの……体調、大丈夫ですか」

「えっ。なにが」

「瘦せたな、と思って……」

「すまない」

碇は内ポケットに手を入れながら、慌てた様子で桟橋へ降りた。スマホに着信があったようだ。周りは非常に静かだが、碇は手で口元を覆って通話する。よほど聞かれたくないように見えた。

礼子はキャビンの中に戻った。碇が警備艇なでしこに戻り次第、出発することにした。矢野は大人しくキャビンの後部座席に座っている。うとうとしていた。

やりたい放題やって、警察に連行されても、矢野は平気で眠くなる。碇のことはちょっとは怖いようだが、なんと図太い神経の持ち主だろう。それくらいじゃないと、ガントリークレーンに蠟人形を吊り下げたことを「正当な組合活動」と主張できないだろう。歪(ゆが)んではいるが、矢野の図太さが礼子はうらやましかった。

船が、ぐらりと揺れる。誰か乗ったのだ。デッキのほうから革靴の音がした。碇が戻ってきたと思った。キャビンに顔を出す。礼子は振り返り、眉をひそめる。

遠藤だった。

「じゃ、出航でいいっすね」

「待って。碇さんは?」

「あ、帰りました。用事があったとかなんとか」

遠藤が係留索を外し、隣の警備艇の舷側を蹴った。離岸する。礼子はリモコンレバーを押し、操舵ハンドルを握った。眼下に浮遊物がないか確認するため、いすから立ち上がり、窓の外をのぞきこみながら舵取りをする。下に置いていた紙袋が、ふくらはぎにあたる。

碇は、どうしても、礼子と二人きりになりたくないのだ。

とことん嫌われたとしか言いようがない。

のろのろと、気弱な操舵で東京湾西航路を突っ切り、東京湾岸署前の桟橋に接岸する。礼子は係留索を摑み、桟橋に降りた。係留装置のある場所まで力一杯、警備艇を引く。遠藤が矢野の腰ひもを引き「お先に行ってますね」と湾岸署のほうへ歩いていった。

礼子は、係留索を、んんん、と引っ張り続ける。警備艇と綱引きをしているみたいになった。パンプスの足がずるっと滑って、礼子はひっくり返ってしまった。

「いったぁ……」

もう、と桟橋の地面を叩く。大股開きのまま転んだので、正面から見たら下着が丸見えだっただろう。ストッキングも伝線してしまった。立ち上がる。気が付けば、碇に対する憤怒で頭が一杯になっていた。くそう、碇め、と思いながら、係留装置に索を締め上げる。あの男、本当にいつか、首を絞めてやりたい。

礼子はトートバッグを肩にかけ、紙袋を感情的に鷲づかみにして、東京湾岸署に入った。七階の会議室に向かう。誰もいないので暗い。会議室の電話が鳴っている。

礼子は明かりをつけ、壁に備えつけられた電話を取った。相手は当直の警務課職員だった。東京湾岸署刑事課の和田から、外線電話が入っているらしい。

通話が切り替わる。ガラガラに掠れた和田の声が聞こえてきた。

「和田ですが。碇はいます？」

「いいえ。今日はもう帰りました」

和田は声で、礼子と気が付いたようだ。

「なんだ。有馬？　失礼。碇礼子さんか」

冷やかすような声だった。礼子は答えず、和田の体調を気遣った。

「大丈夫なんですか。コロナ」

「軽症だし、病院のベッドも空いていなくてな。自宅療養だが……独身だからなぁ。この先が思いやられるよ。ま、とりあえず旦那にも礼を言っといて」

もう旦那じゃない、と言おうとしたら、和田が嬉しそうに言う。

「あんた、なんだかんだホント、いい男をゲットしたな」

礼子は眉を上げて反論しそうになった。

「ホットサンド、うまかった」

え、と礼子は固まる。

「夜さ、腹減ったけど冷蔵庫は空っぽだし、買い物行けねぇしと思ってたら、官舎の扉がどんどんって叩かれる音がしてさ。碇の、置いとくぞーって声がする。玄関からのぞいたら、ドアノブにホットサンドの入った袋がぶら下がってたんだ」

男の俺でもほれてしまう、と和田が愉快そうに笑う。何度も何度も、繰り返す。

「あいつは本当に、優しい。まじで優しい。大事にしてやってくれよ、碇を」

*

四月三日の朝になっていた。

日下部は新宿区四谷(しんじゅくくよつや)の住宅街にある、警視庁借り上げの官舎の狭いベランダで、大急ぎで洗濯物を干していた。

昨夕、病院から持ち帰った妻の衣類も含まれている。洗濯籠の中から引っ張り出した不思議な形のショーツを手に取り、なんだこれ、と頭をひねった。お尻のほうまで防水シートで覆われていて、面ファスナーで股の部分が開くようになっている。妊娠や出産のことは勉強したつもりで、授乳用ブラや授乳用パジャマの仕組みはわかるのだが……。

穿いたまま、陰部を丸出しにできる下着……？

妻が妊娠してから、大事をとって、日下部はそっち方面の欲は我慢している。我慢してきたから、最近すぐ卑猥(ひわい)なことを想像してしまう。いけないいけない、と頭を振り、急いで洗濯物を干し終えた。カバンを持って出勤する。

昨日、四月二日は、休ませてもらった。幸い、まだ監察医務院で死体の解剖が終わっていない。捜査は広がらないだろうと、碇も「存分に奥さんに貢献してこいよ」と言ってくれた。病院の面会時間は十四時から十九時までだ。日下部は昨日一日中、個室に居座り、ミルクの作り方を教えてもらったり、抱っこして寝かしつけたり、沐浴(もくよく)の見学をさせてもらったりした。わが子は一挙手一投足がいちいちかわいらしく、足の指の爪もミニチュアのようだ。なにもかもがびっくりするほど小さいのに、細部までちゃんと人間の形をしていることに、いちいち感嘆していた。

今日も捜査が早く終わったらいいな、早退できないかなと思いながら、JR四ツ谷駅から総武線に乗った。秋葉原で京浜東北線に乗り換えつつ、スマホを見つめ、娘の画像に目尻を下げる。碇からメールが入った。

〈司法解剖が始まる。監察医務院直行で〉

日下部は慌てて京浜東北線の階段を降りて、山手線の内回り電車に乗り換えた。大塚駅で下車し、タクシーで監察医務院へ向かう。住宅街の狭い道をぬい、病院のような外観の監察医務院に到着した。

碇は裏門脇にある喫煙所にいた。

「おはようございます」

「お、来たか」

碇が煙草をすりつぶし、立ち上がる。のし袋をぶっきらぼうに突き出してきた。出産祝いだ。日下部は丁重に両手で受け取り、拝んでから、カバンにしまった。ピンク地に、ベビーミッキーとベビーミニーの絵柄がちりばめられたのし袋だった。二人で監察医務院の中に入る。解剖室に向かった。

「かわいらしいのし袋、チョイスしましたねぇ。誰が選んだんです？」

「自分で選んださ。お前宛じゃないんだから当たり前だろう。あ、名前、なんてんだ？」

「それが二十候補くらいあって、全然絞れない」

碇が愉快そうに肩を揺らす。ずいぶん疲れた横顔をしていると日下部は思った。本当は昨日、日下部が休んだ分、大変だったんじゃないかと察した。

「で――司法解剖が始まるってことは、中身が人の遺体だったと判明したんですね」

碇が重々しく、うなずいた。

「蠟を全部取ったら、全身丸ごと出てきたそうだ。二十代から三十代の男性だ。身長は百七十三センチ、体重は六十キロ」

解剖の様子が見学できる別室に入った。壁の半分以上がガラス張りになっている。広々とした解剖室にはバイオハザード型と呼ばれる解剖台が六台並んでいる。ガラス窓から最も近い解剖室には、蠟人形の中に隠されていた遺体があった。胸を開かれるのを待っている。白い布が頭からすっぽりとかけられていた。二人の医師がエプロンや帽子をまとい、器具を揃え、解剖の準備をしている。

「蠟の重さは全部で四十キロ。分厚いところで十五センチも厚みがあったそうだ」

「完全に遺体を覆い隠すために、ひたすら蠟を塗りたくったんですかね」

白衣姿の若い医師がタブレット端末片手に、碇たちのいる部屋に入ってきた。二段の棚がついたステンレスのキャスター付ワゴンを転がしてくる。上段には、蠟人形の顔面部分が乗っている。人がステンレスを突き破って顔をのぞかせているように見えた。蠟人形の頭部を耳の前から半分に割ったようだ。ほかにも、手足や胴体部を覆っていたらしい部分的な蠟が容器に入っている。医師がこれまでの解剖作業中の画像を、順次、見せてくれた。

頭を覆う蠟は比較的簡単に取れたようだ。蠟で着ぶくれしたような体と、ちぐはぐな大きさの人の頭が映されている。男は坊主頭だった。顔は鼻から下が腐敗しているのに、瞼や眉毛は生前と変わらぬ状態で残っていた。

「こりゃまた見たこともない死に様だな……」

碇が呟く。目は安らかに閉じているのに、鼻は腐って消失、鼻孔が二つ空いているだけだ。濃い眉毛が豊かに茂っているが、唇は腐敗し、歯茎がむき出しになっている。

「あとは胴体部分も、臀部のみがひどく腐敗しておりまして、この通りです」

遺体を裏返しにした画像を見せられた。尻の二つのふくらみは右側が完全に消失し、黒っぽくなっている。蛆虫のような白い粒が点々と見えた。医師が言う。

「我々も、一部分だけ腐敗が極度に進行した遺体はあまり見たことがありません。なくはないですが、ここまで乖離が激しいのは初めてですね」

碇が両手の指を組み、質問する。

「亡くなってすぐに遺体を蠟で包んでしまえば、腐敗しないものですか」

「ええ、一般的に言う屍蠟化現象なんかに近いと思います」

死体の皮膚がなんらかの環境的影響を受けて蠟化し、腐敗が止まることを言う。世界的にも、屍蠟化した数百年、数千年前の死体が学術的価値を持って保管されている。

「死後すぐに全体を蠟で覆ってしまえば、ハエは卵を産み付けられませんし、微生物も入り込む余地がありませんから、死体は死後の状態を保って半永久的に保管されると思います。今回は臀部、及び顎に亀裂が入っていましたので、そこから微生物が入り込み、腐敗が進んだと思われます」

腐敗した部分はあくまで腐りはじめてから数日というだけであり、死亡日時を特定するのは困難だという。

「それこそ、一週間前の死体かもしれないし、十年前の死体かもしれない？」

碇が試すように言う。医師は首を横に振った。

「百年前の死体の可能性もあります。蠟で固められていたんですから」

ひと息つき、若い医師がステンレスの台にある、蠟人形の顔面を手に取った。

「それから、胴体と頭部が、全く違う製法で作られていました」

医師が、蠟人形の顔面を裏返しにし、断面を見せた。

「顔面と後頭部という風に、頭部を前後にわけて蠟を剝がしたのですが、断面に層ができていますでしょう」

表面と同じ肌色の層と、内側の白い層が目視できる。

「恐らく、一般的な工法で先に顔面を作ったのだと思います」

日下部が確認する。

「モデルの顔の型を石膏（せっこう）で取って、そこに蠟を流し込む手法ですね」

「ええ。一般的な蠟人形も中身は最初、空洞です」

目をくり抜いてガラスの目玉をはめ込んだ後、毛髪を埋め込み、皺や唇を描く。その後、空洞部にウレタンなどを詰めて、金属の芯に刺して胴体と合体させるのだ。

「しかし、これを製作した犯人は、恐らく顔面と後頭部を別々に作った後、遺体の顔にはめ、隙間に白い蠟を流し込むことで固定したようです」

「なるほど。それで内側に白い蠟の層ができているんですね」

「ええ。しかし、胴体は違うんです」

医師が、ステンレス棚の下の段から、胴体部分と思われる蠟の塊を取り出した。内側に肩甲骨らしきへこみと、背骨のぼこぼこした痕が残っている。死体の背中を覆っていた部分だろう。産毛だろうか、線状の痕が無数に見えて不気味だ。

「こちらには色の違いがないのですが、バームクーヘンのように薄い蠟の層が幾重にも重なってできてます」

胴体はひたすらに蠟を塗り重ねて、分厚くしていっただけのようだ。

日下部は腕を組み、首を傾げた。

「頭部と胴体、別々の人間が作ったということでしょうか」

「どうだろうなぁ……。顔の造形に異様な執着を持っている、ということなのか」

ぱっと顔を上げ、碇が医師に尋ねる。

「ところで、死因は」

医師はうなずき、タブレット端末で次の画像を見せた。死体の胸部をアップにした画像だった。長さ三センチほどの三角形に近い穴が、胸部を中心に大量に空いている。皮膚の上に花びらが散っているようだった。

「刺し傷と思しきものが、全部で二十八ヵ所ありました」

「メッタ刺しのようですが……傷口のこの白っぽいのはなんですか」

日下部は目を細め、尋ねる。

「蠟ですよ。刺し傷の中にまで蠟が入り込んでいるんです」

傷口に入り込んだ蠟の取り出しは、これからのようだ。

「穿孔部（せんこうぶ）を傷つけてしまったら、凶器の形状がわからなくなってしまいますからね。二日かけてようやく全身の蠟を取れたと思ったら――」

疲れたように、医師はガラスの向こうを見た。

医師の一人が前のめりになり、遺体の胸の傷口に向かい合っている。ハサミのような持ち手の輪匙（りんひ）で慎重に蠟を取りのぞいている。助手が濡れたタオルを差し出し、ハサミの先に付着した蠟をぬぐっていた。

日下部が提案する。

「強引にでも中の蠟をいっきに取り出しちゃったら早いんじゃないですか？　そのま、蠟は凶器の形をしているってことですよね？」

「蠟が傷口にまんべんなく入っていて、気泡なしに固まっていれば、の話ですよ。穿孔部の奥まで届いていなくて不完全な形かもしれません。強引な取り出しで穿孔部を傷つけてしまったら、永遠に凶器の形状がわからなくなりますし」

凶器の確定には更に時間がかかるようだが、医師は死因を断定する。

「全身に残った血液量が非常に少なく、胸は穴だらけです。刃物でメッタ刺しにされたことによる失血死で間違いないと思います」

ほか、遺体の爪先（つまさき）の付着物、胃の残留物、蠟に含まれる不純物等を精査し、わかり次第報告するということだった。

指紋やＤＮＡについては、碇のほうが詳しかった。

「昨日のうちに採取、各種照会にかけたが、双方ともヒットなしだ」

「顔認証はどうですか？　下半分が多少腐敗しているとはいえ、目元ははっきりしていますし、顔認証システムにかけられますよね」

日下部の問いに、碇が答えた。

「それは今朝済んでいる。一致なし」

日下部は出遅れているように感じ、焦燥する。生まれたての愛娘（まなむすめ）に鼻の下を伸ばしている間に、社会から置いてけぼりを食らったような気になった。

碇は医師に礼を言い、立ち上がった。

「よし。中央防波堤内側埋め立て地に行こう。蠟人形を持ち込んだ産廃業者をあたるぞ」

碇が乗りつけてきた捜査車両で、豊島区大塚から湾岸地域へ向かう。いつもは階級が下の日下部がハンドルを握るのだが、今日は碇が車両を運転してきた流れで、日下部は助手席に収まった。

碇が一日深夜から二日までの出来事を詳細に教えてくれた。防犯・監視カメラ映像の解析も終わっていた。矢野が不燃ゴミの中間貯蔵施設で蠟人形を盗み出してから、青海のガントリークレーンに蠟人形を吊り下げるまでの証言は、防犯カメラ映像と完全に一致しているという。

「矢野が中身を知らなかったとすると、捜査は次の段階へ、というところですね」

「ああ。誰があの人物をメッタ刺しにし、誰が蠟で固め、誰が捨てたのか」

『誰が』が三度もある。犯人も三人いる可能性があった。

捜査本部の立ち上げは今日の昼になるらしい。

「通常の捜査みたいに、本部と所轄の刑事を組ませて動かす、っていう感じにはならなそうですね」

「なにもかも新型コロナで先が見えない状態だ。上も四苦八苦しているだろうよ。お前のところもいろいろ大変だろう」

碇が心配してくれた。日下部はついぼやく。

「五日には退院して官舎に戻ってくるんで、部屋中を消毒しておかないといけませ
ん」
「新生児は意外に強いから大丈夫だ」
「逆でしょう。予防接種もなにも受けていないまっさらな状態なんですよ。世界一感
染症に弱いですよ」
知らないか、とちらっと碇が日下部を見る。
「赤ん坊はママから『お弁当』をもらって生まれてくるとか、なんとか」
「それは栄養とか水分とかの話ですよね。すぐに母乳が出なくても大丈夫という」
「いやいや。免疫の弁当だってあるさ。しばらくは母親から受け継いだ免疫があって
強いらしいぞ。それが切れるのが生後半年だったか……。それまでは、意外に感染症
にはかかりにくいと聞いた」
日下部はびっくりして、碇を見る。大きな片手ひとつで捜査車両をコントロールす
る、スーツの肩がパンパンの男の口から、ママからのお弁当がどうの、というマタニ
ティトークが出てくるのを、おかしく思った。
「なんだかんだ、三児の父ですもんねぇ、碇さんは」
日下部は、今朝ベランダに干した、変な下着のことを思い出した。なにに使用する

ためのものなのか、日下部は形状を説明し、聞いてみた。碇はあっさり答えた。

「それは、産褥ショーツだ」

生まれて初めて聞いた。日下部は瞠目し、繰り返した。

「さ、産褥ショーツ？」

「ああ。悪露パッドから血液が漏れても大丈夫なように全面撥水加工されていて、医師が産後に陰部の傷を確認しやすくするために、股ンところが開くようになってんだ」

日下部は、腹を抱えて笑った。

「なんで笑う」

「だって。その顔で、その体で、産褥ショーツをガチで語らないでくださいよ」

「お前が訊いたんだろうが」

「ていうかなんで知ってるんです」

「洗って干したことがあるからだよ」

日下部は笑いで腹がよじれ、息切れするほどだった。世界の父親たちは、こんなことを経験してきているのか。全く、新しい世界だ。

第二航路海底トンネルに入った。あっという間に地上に出て、中央防波堤内側埋め立て地に入る。環境局中防合同庁舎は、この界隈で唯一の高い建物だ。ベージュ色の建物の脇に車を止め、中に入る。

一階の受付で手帳を示し、日下部は事情を説明する。

「中間貯蔵施設に一時保管されていたゴミについて、持ち込み業者を特定したく、参ったのですが」

蠟人形であると話すと、受付の女性は内線で誰かを呼び出した。

青色のファイルを持った男性が、エレベーターから降りてきた。日下部と碇はロビーのソファに案内される。こちらが説明するまでもなく、男性職員は「例のぶら下がってたやつの捜査ですか」と尋ねてきた。

「察しが早くて助かります」

日下部は丁重に言った。

「この庁舎の十階、展望フロアになっているんですよ。三百六十度、周囲の海が見えるんです」

当日も、ガントリークレーンにぶら下がるものを見たようだ。

「もしかして、うちが事業ゴミとして受け入れた蠟人形かな、とは思ったんですが。マネキンかもしれないしとも思って、通報まではしませんでした」

職員はファイルを捲(めく)った。

「蠟人形なんて珍しい事業ゴミは滅多にないから、よく覚えていますよ。ちょっと持ち込み業者ともめたのもあって」

なにがあったのか、碇が前のめりに尋ねる。

「蠟人形ですよ。燃えるでしょう」

日下部は手を打った。確かに、蠟は燃える。液化した後、気化する。

「蠟人形作った工房のほうで、髪の毛取るなり目ん玉取り除くなりして解体して、仕分けるように話したんです。とにかく二十三区は不燃ゴミの取り扱いが多い。ちゃんと仕分けて燃えるものや再利用できるものを抜いていかないと、あと五十年か六十年で、新海面処分場も一杯になっちゃうんですから」

我々も自戒します、と日下部は応えた。責めるような口調にならぬよう、訊く。

「では、解体できるはずなのに、事業ゴミとして引き受けた、ということですか」

「いや、蠟人形の原料は、普通の蠟燭と違うらしくってね。肌の質感をよりリアルにだすために、ガラス繊維が入っているというんですよ。しかも、量が多くて解体する手間もかかるから、引き取ってくれって強く言われちゃって……」

男性職員が書類を開き、碇と日下部に見せた。日下部はすぐさま、業者の名前を書き取る。丸潤産業という、豊島区池袋にある産業廃棄物処理業者だった。

「了解しました。ちなみに、残りの蠟人形は、まだ中間貯蔵施設に？」

「残念ながら、チップ状になるまで破砕されています」

不燃ゴミがチップ状に破砕されるとは知らなかった。碇が庁舎を立ち去りながら、肩をすくめる。

「矢野の野郎がこっそり盗み出さなかったら、中身がどうなってたか」

想像しそうになって、日下部は慌てて頭を振った。

捜査車両で池袋へ飛ぶ。朝一番に、すぐ隣の大塚駅にいたこともあり、日下部はずいぶん遠回りしたような気になる。

もう十四時を過ぎていた。蠟人形のゴミを持ち込んだ丸潤産業の本社は、池袋東口のグリーン大通り沿いの雑居ビル内にある。近くの南池袋公園に、テラス席が充実したカフェレストランがあった。碇と腹ごしらえをし、すぐに丸潤産業を訪ねた。

対応に出たのは丸潤産業の社長だった。新型コロナウィルスの蔓延を気にしてか、出入り口の扉、事務所の窓、すべてを全開にしていた。

吹き抜ける風に、ファイルを捲る紙を煽られながら、社長は言う。

「蠟人形、覚えてますよ。わが社は創業八十年、私は二代目で入社してもう四十年近いですが、蠟人形の引き取りと搬出は初めてですから」

社長はマスクをずらして、べろっと舐(な)めた手でファイルのページを捲る。あの紙に触りたくないなと日下部は思った。書類を示される。日下部は「撮影しちゃっていいですか」と尋ねた。令状は出ていないが、社長はあまり気にしない様子だ。どうぞ、と顎を振る。

「依頼は、公益財団法人すみだ伝統工芸会、となっていますね」

「ええ。搬出場所が、墨田区本所(すみだくほんじょ)の、本所歴史博物館です」

処分料金、搬出料金とも前払い済みだった。

「特殊な不燃ゴミですから、清掃一組に引き取りを拒否される可能性もなきにしもあらずでしたからねー。何割増しかの料金を請求したんですが、ちゃんと払ってくださいましたよ」

領収書も添付されていた。一般的な事業ゴミは一キロだいたい十五円かかる。中間貯蔵施設では三万二千五百五十円の領収書を、丸潤産業に切っていた。だが、この丸潤産業は処分を依頼した公益財団に、三十万円も支払わせている。実際の処分料金のほか、トラックの費用、燃料費、諸経費に十万、雑費に十万と、あまりに大雑把でどんぶり勘定な明細が添付されている。

すみだ伝統工芸会はよくこれで納得したな、と日下部は思った。

「よほど後ろ暗いことがあったのか……」

碇も、ぽつりと言う。社長が問う。

「あの蠟人形、なにか問題でもあったんですか？」

碇も日下部も、答えなかった。社長が明細の説明を始める。

「ちなみに、この雑費十万円は、ある種のリスクヘッジです。このコロナ禍のときに、ゴミ処理職員はみな感染リスクと戦っていますから」

最近は一般家庭からの問い合わせが非常に多いという。自粛でみな家に引きこもっている。暇で、大掃除や流行りの断捨離を始めるのだろう。

「自治体の粗大ゴミ回収がおっつかないらしくって。ただねー、ゴミにウィルスついているかもしれません。トラックに積み込むだけで、感染リスクはありますから」

碇がなるほど、とうなずく。

「いまどきは観光や飲食店が大打撃で倒産の声も聞きますが、丸潤産業さんはぼろ儲けですね」

社長が高らかに笑ったが、苦々しい顔もする。

「まあでも、あまり楽しい現場じゃないです。最近はコロナ倒産で出た産業廃棄物処理の依頼が増えてきてますから。悲しいもんですよ。つい一ヵ月前まで、ここで人々が働いていて、テーブルでは客が笑っていたんだろうな、と考えると」

本所歴史博物館も、〝コロナ倒産〟だったという。

丸潤産業を出た。捜査車両を置いたコインパーキングに戻る。今度は日下部が運転席に座り、エンジンをかけた。

「さて。本所に向かいますか。どんどん近づいてますね」

時計を見る。もう十六時になっていた。ここから墨田区を回って聴取をしていたら、十九時の面会終了時間までに妻子のいる産院に戻るのは無理だろう。娘の愛らしい姿を思い出し、会いたくて会いたくて胸が締め付けられたが、我慢した。

「もう十六時か」

碇が、なんだか帰りたそうな顔をする。

「そういえばおととい、あっさり帰っちゃいましたよね。五時だからとかなんとか」

「お前だってあっさり帰っただろ、あの後」

「そりゃ帰りますよ。子どもが誕生したんですすよ。一生に一度、あるかないかでしょう」

　碇が改めて、帰りたいか尋ねてくる。

「いや。充分休ませてもらいましたし、捜査を進めたい。行きましょう、本所」

　碇はえらく難しい顔になった。

「もしかして今日も定時で帰りたいとか思っちゃってます？　誰か待ち人がいるわけでもないでしょうに……」

　礼子と離婚したと聞いたのだ。さりげなく言ったつもりが、碇はちらちらと、神経質そうな目をして日下部を見返す。

「まあいいや。行くか。本所。その前に、遠回りになって申し訳ないんだが、芝浦の官舎に立ち寄ってくれないか」

「忘れ物ですか」

「ま、そんなとこだ」

「……礼子？」

　違う、と碇が強く、日下部を睨んだ。

　芝浦の官舎が見えてきた。臙脂のタイル張りのちょっと古臭い外観だが、駐車場や階段から、子どもたちの声があふれていた。

アーチ形の入り口の前に、背が高く若い女性がひとり、スマホをいじりながら立っていた。日下部はつい、その見知らぬ女性に気を取られた。男なら振り返らずにはいられない、かなりの美女だった。同時に、強いデジャヴを感じる。

どこかで見たことがある。

「おい、通りすぎた、止まれ」

助手席の碇が言う。官舎の駐車場はこの先なのにと思いつつ、日下部は路肩に車を寄せた。碇が助手席を降りて、アーチ形の門のほうへ行く。

サイドミラー越しに、日下部は美女を観察する。目元がキリッとしていて大人っぽいのだが、よくよく見ると顎のラインや目元に幼さが見える。まだ少女という気配もある。端正な顔立ちと幼さが均衡を保って共存しているせいか、危うさも感じる。わが娘があんな風に美しく成長してしまったら、生きた心地がしないだろう。

美少女はアーチの門に近づいてきた碇に、反応を見せた。笑顔を見せることも、挨拶をすることもない。背負ったリュックの脇ポケットにスマホをしまい、踏み出す。

碇もすぐに引き返してきた。絶世の美少女を引き連れて。

日下部は、わけがわからなくなった。碇が後部座席の扉に手をかけたので、日下部は慌ててロックを外した。

「乗れ」

碇が美少女に言う。美少女は言われるままに開いた扉から顔をのぞかせた。仰天している日下部に、ちょこっと頭を下げた。律儀に「失礼します」と言い、助手席のすぐ後ろに乗る。碇は乱暴に扉を閉めて、助手席に戻ってきた。

「さ。行こう」

「いやいやいや……。えっと、後ろの方は」

「娘」

どうりで見たことがあると思ったわけだ。美少女は確かに、碇と似ていた。碇は顔が濃すぎるが、彼女は恐らく母親の顔がほどよくブレンドされたのだろう、目元のりりしさが際立つ程度だ。

「お前、マスクしろよ」

碇が振り返りもせず、美少女にぞんざいに言う。美少女は肩をすくめることを返事とし、マスクをした。

「すいません、お世話になりますー」

艶やかな長い髪を耳にかけながら、バックミラー越しに、日下部に頭を下げる。日下部は納得してブレーキレバーを戻そうとして、いやこれで納得するのはおかしい、と顔を上げた。

「捜査ですよ。子連れはまずいんじゃ……」

少女の手前、強くは言えない。日下部はひっそりと碇に問いかけた。

「仕方がないだろ。学校は休校で子守がいないんだ」

母親は――と言おうとして、聞くのをやめた。一番目の妻は医者だと聞いたことがある。いまは新型コロナウィルス感染症との戦いの最前線にいるはずだ。子守どころか、家族への感染の恐れがある。家に帰ることすらままならないだろう。

それで長女が碇の住む官舎にいるのか。日下部は再びブレーキレバーに手をかけたが、やはり納得しかねて、碇を見返す。

碇の長女はもう中学校三年生だ。ひとりで留守番くらいできるだろう。本人の手前、口には出せないが……。碇が眉間に皺をよせ、金剛力士像みたいな表情で車を出せと言う。後ろの美少女が、またスマホをいじりながら、如才なく説明する。

「すみません、父はああ見えて心配性で超絶子煩悩なんです。ほんと、ご迷惑をおかけします。お気遣いなく。捜査の話も、耳をふさいでますんで」

日下部はバックミラー越しに苦笑してみせるしかなかった。碇は憮然(ぶぜん)としてスマホを見ている。車を発進させながら、日下部は頭の中で彼女の言葉にひとつずつ、反論した。

碇は心配性じゃないだろう。心配性だったら二度の離婚で娘を手放さないだろうし、もっと頻繁に面会しているはずだ。そして碇は絶対に子煩悩じゃない。完璧なる仕事人間で家庭を顧みなかったからこそ、二度も離婚されたのだ。

だいたい、新型コロナウィルスに感染しないための休校措置だ。子どもをこんな風に外に連れ出していたら、感染リスクが高まる。そもそも、外部の人間を捜査車両に乗せていいわけがない――。

上にバレたら、日下部も処分を受けるのではないか。

車はもう海岸通りに入ってしまっている。道路の真ん中に少女をおろすわけにもいかず、日下部は悶々（もんもん）としてしまう。

「日下部」

碇がスマホに目を落としたまま、話しかけてきた。

「いま、自粛を強いられている飲食店は、弁当のテイクアウト販売に活路を見出（みいだ）しているそうだぞ」

「なんすか、急に」

「テイクアウト販売は本来なら、許可がいる。だが政府はいまそれを黙認している状態だ。規制緩和している暇がないから、しょうがない。いまはそういう世の中なんだ」

つまり、捜査に娘を連れ出すことを黙認しろ、問題にはならない、と言いたいようだ。後部座席の美少女が、ぶっと噴き出した。

「お父さん、強引〜」

お父さん。日下部は、碇がそんな風に呼ばれるのを、初めて聞いた気がする。そして自分もお父さん、パパになったばかりだ。もし自分の娘が同じ状況だったら——心配が募って、ひとり留守番させるのは難しいと思うだろうか。

日下部は強引に納得することにした。バックミラー越しに、尋ねる。

「あ、そうだ。名前、聞いてなかったね」

「瑞希です」

美少女は短く答えた。鏡越しではあっても、初めてまともに目を合わせた。日下部は、ハッとする。瑞希の左の頬骨の上に薄い痣（あざ）が見えたからだ。

「……瑞希ちゃんかー。かわいい名前、つけたんですね」

日下部はどうして痣ができたのかなと思いつつ、隣の碇に、由来を尋ねた。

「六月生まれだからだ。水無月（みなづき）」

碇がぼそぼそと言った。まただ、と日下部は思った。碇の冷たい横顔。深い質問は一切受け付けないという、排他的な表情だった。

日下部は運転に集中しようとしたが、どうしても、バックミラーに目が行ってしまう。瑞希は左腕の手首もけがをしているようで、包帯を巻いていた。


本所歴史博物館は、墨田区横網（よこあみ）にあった。

国技館通りを北上していく。隅田川沿いを走っているのだが、首都高速六号向島線（むこうじません）と高い岸壁が邪魔して、川の流れは見えない。北東側には東京スカイツリーがよく見える。雑居ビルの隙間に一瞬しか見えなかったのが、信号待ちの路地の先に雄大な姿が見えた。

「見て。スカイツリーだよ」

日下部は瑞希に言い、後部座席を振り返った。

瑞希は寝ていた。西日が瑞希の横顔を照らし、神々しくも見えるのだが、やはり左頰の痣が痛々しい。まだ十七時前、しかも、捜査車両に乗るという特異な状況なのに、寝るのか……。ナビを確認しながら、日下部はひっそりと碇に言う。

「寝ちゃいましたね」

碇がバックミラー越しに、瑞希を見る。何も言わなかった。

「休校中ですからね。つい、夜更かししちゃうんですかね」

碇は答えない。スマホを睨んだままだ。

一本路地を入った先に、本所歴史博物館はあった。コンクリート造りの門に埋め込まれた銘板はそのまま残っている。閉まった鉄扉は、チェーンでぐるぐる巻きにされている。南京錠がかかっていた。

数台ほど止められる駐車場の向こうに、建物がある。博物館らしい意匠もデザインも全くない。団地のような趣の建物だった。出入り口の観音開きのガラス扉にも、チェーンと南京錠がかけられていた。カーテンがかかり、中の様子はわからない。

碇も車から降りてきた。誰かに電話をして、話をつけている。電話を切った。

「ここの元館長と、すみだ伝統工芸会の会長、すぐ来るそうだ」

碇が後部座席の扉の脇に立った。ちらっと娘の様子を見る。碇がジャケットの胸ポケットのあたりを探った。煙草を吸いたいのだろうが、我慢しているようだ。

「それにしても驚きました。娘さん、絶世の美少女ですね」

「そうかぁ？」

「悪い虫がつかないか、犯罪に巻き込まれないか、心配になりません？　ここまでの美少女だと」

碇はなにも答えなかった。

やがて、水色のミニバンがやってきた。捜査車両のすぐ後ろに停車する。慌てふためいた様子で助手席から女性が降りてきた。小太りで銀縁眼鏡をかけた、四十代くらいの女性だ。やたらと腰が低かった。

「すみません、いま門を開けますね」

女性は南京錠を外して、ガラガラとチェーンを取り去った。鉄の扉を開ける。錆びついているようで、ぎいぎいと音が鳴った。

日下部は運転席に戻った。扉を閉めた途端、後部座席の瑞希がはっと目を覚まし、慌てた様子で助手席のシートにしがみついた。父親に助けを求めているように見えた。

「もう着いたよ」

瑞希は目をこすった後、面倒くさそうにうなずいた。

「私、中にいますね」

日下部は駐車場の左側に車を入れた。右側に、水色のミニバンが入った。あちらの後部座席にも少女がいたので、日下部は目を丸くする。ミニバンの運転席にいた男性も、捜査車両の後部座席に少女がいるので、変な顔をしている。

とりあえず、大人四人が駐車場で名刺交換をする。運転していた男性が名乗る。

「私、この博物館の運営母体である、すみだ伝統工芸会会長の平井幸一（ひらいこういち）です」

茶色のポロシャツに黒のスラックスの平井は、眉毛も目尻も口角もすべてが垂れ下がる。冴えない顔つきだ。物腰は柔らかで、人当たりはよさそうだ。碇と同年代くらいだろうか。

「あれは家内でして」

平井が、門を開けた小太りの女性を呼ぶ。

「妻が、本所歴史博物館の館長をしておりました」

「そうでしたか。ご夫婦で運営を」

平井がうなずくも、ちらりと瑞希を気にする。碇も、水色のミニバンの中で騒いでいる女の子を見た。パパ、ママ、と叫んでいる。ピンクと水色のユニコーンの絵柄が入った、手作りらしい布マスクをしている。小学校低学年くらいだろうか。

「娘さんですか。降りたがっていますね……」

平井の妻が「元館長の、平井淳子（じゅんこ）です」とあいさつをし、ミニバンの前で娘を隠すように両手をふる。

「すみません、学校が休校で、もう朝からずっと持て余してしまって……」

平井夫妻の娘は両親が相手をしてくれないとわかると、隣の車両にいる瑞希に興味を示した。一生懸命手を振っている。瑞希は、リュックについたスティッチの小さなぬいぐるみを見せて、相手をしてやっていた。

碇が言う。

「うちもですよ。すみません、娘がいますが……」

「あら。刑事さんも大変ですねぇ」

淳子が口を手で覆って笑った。

「せっかくですから、遊ばせますか」

平井がミニバンの扉を開けると、わっと娘が飛び出してきた。捜査車両の瑞希に向かっていく。瑞希も車を降りた。碇に気を遣うような視線を見せたが、「こっちだよー！」と少女に手を引かれるまま、博物館の入り口のほうへ走っていった。入り口の鍵を開けようと、淳子が追いかけていく。平井が、碇と日下部に言う。

「すみませんね、娘はここで生まれ育ったようなもので。遊び場なんですよ。それにしても刑事さんの娘さん、えらい美人さんですね」

碇は苦笑いしただけだ。平井が、どうぞと中に案内してくれた。その背中に日下部は続く。

「いつごろ閉館したんですか」

「二月一杯で。コロナで外国人観光客が一人も来なくなったのが決定打でしたが、そもそも墨田区のホームページから削除されてしまったのが痛かった」

墨田区は江戸東京博物館、刀剣博物館、相撲博物館、すみだ北斎（ほくさい）美術館などの大きな博物館から、ブレーキ、金庫と鍵、折り紙博物館など、ビルの一画にあるだけのマニアックなものまで、数十の施設がある。

「本所歴史博物館というからには、墨田区南部の歴史を展示されていたんですか」

日下部は尋ねた。墨田区はもともと、北の向島と、南の本所で、地区が分かれていた。向島は南葛飾郡（みなみかつしかぐん）の一部、本所は東京府の一部だった。

平井が話をしようとすると、平井夫妻の娘が戻ってきて、日下部の手を取った。

「本所は、火事に始まり、火事で発展したの。来て、こっち！」

日下部は引っ張られるまま、薄暗い中へ連れていかれた。入って右手に受付、目の前にロビーがある。左手はお土産コーナーらしかった。やけに天井が低い。昭和の建物らしいなと思った。展示室は受付の先にある。写真や絵を引き延ばしたパネルが多く並んでいる。パネルの手前にガラスケースが並び、なにか展示されていたようだが、いまは空っぽになっている。

江戸時代の古地図のパネルを指さし、少女が一生懸命説明を始めた。

「大昔、ここはまだ海でね。地面を掘ると、きっと貝殻も出てくるのよ。江戸時代になると、隅田川や荒川から流れてきた土砂とかで、だんだん海が埋まってきて、湿地帯になったんだよ」

淳子が慌てて前に出て、娘の手を引く。

「こらこら。勝手に説明しないの」

「かわいいですね」と碇がニコニコと言う。少女の前にしゃがみこんだ。名前を尋ねる。少女が、伊吹、と答えた。この春、小学校二年生だという。

「伊吹ちゃん。おっちゃんたちに、教えてくれるかな」

伊吹は元気よく「うん！」と言うと、得意満面な顔で、本所の歴史を語り出した。

瑞希は赤や朱を毒々しく使った、『明暦の大火』のパネルに見入っていた。

「本所が町になるきっかけが、この『振袖火事』だったのよ。これで江戸は火の海になって、屋敷も、町も、灰になってしまったの」

伊吹が一生懸命説明するのを、碇がそうかぁ、と真面目に聞いている。瑞希は明暦の大火が『振袖火事』と言われる所以(ゆえん)を記した文書を、読みふけっていた。日下部は簡単に説明してやる。

「確か、亡くなった少女が大事にしていた振袖の持ち主が、次々と変死を遂げる話じゃなかったかな」

驚いたのか、瑞希はびくっと肩を揺らした。すぐに、軽い口調で返す。

「へえー。それで火事になったんですか？」

「うん。お寺でお焚(た)き上げをして振袖を供養しようとしたら、振袖が燃えたまま江戸の空に飛んでったとか、なんとか」

こわ〜、と瑞希は笑った。

「手、大丈夫？　けがしてるみたい」

日下部はさりげなく尋ねた。

「転んじゃって」

瑞希は答えたが、途端に顔つきが強張(こわば)った。

――聞いちゃいけなかったかな。

碇の娘とは言え、年頃の女の子にあまり馴れ馴れしくしてはいけないかもしれない。

背後から、伊吹の無邪気な声が聞こえてくる。

「それでね、江戸幕府は、大名屋敷を本所にうつすことに決定したのよ。有名なところだと、吉良邸ね」

「おー。忠臣蔵だね」

聴取にきたというのに、団体で社会科見学に来たような光景だった。

「大名屋敷が立つと、そこに食べ物や雑貨を納めているお店がどんどん周囲にできていって、いよいよ、本所という街が完成したのよ」

日下部は隣の展示スペースをのぞいた。墨田区に代々伝わる、伝統工芸の歴史と発展を展示したコーナーだった。各種伝統工芸品の製作過程のパネルのほか、展示棚には、実際の工具に触れられるコーナーもあった。いまは看板があるだけだ。

日下部は先を急ごうと、平井夫妻に、蠟人形の写真を見せた。

「すみません。実はこの蠟人形の出所を探しております」

見せたのは、ブルーシートに寝かされているところだ。吊るされていたこと、中に死体があったことは、まだ言わない。平井が老眼鏡を出して、写真を手に取った。

「確かに、うちで三十体ほど展示していましたけど、これはあったかなぁ」

あいまいな調子で、平井が妻の淳子に写真を見せる。淳子はかなり懐疑的だ。

「うちのものじゃなさそうですけど。スーツ姿ですから、あったとしたら近現代の展示室だと思うんですが、一体一体、顔を覚えてなくて。こういうのはなかったような」

「パンフレットみたいなのはありますか。館内の展示品を撮影して写真集にしたようなものとか」

「ええ、お待ちください」

淳子が答え、受付カウンターの向かいにある、お土産物コーナーへ行った。売れ残ったものが大量に脇に積み上げられ、ヒモで結索されている。淳子が戻ってきて、大判の冊子を日下部に渡した。館内のすべての展示物を網羅してあるという。日下部はページをめくり、該当の蠟人形を探しながら、尋ねる。

「ここに展示されていた蠟人形は、すべて丸潤産業さんに処分を依頼したということで、間違いないですか」

夫妻が従順にうなずく。二人の「だからどうしたの」というようなきょとんとした顔を見るに、夫妻はこの蠟人形が犯罪に使用されたことを全く知らないようだった。ニュースの扱いは小さいし、中から死体が出たことについての警察発表はこれからだ。

冊子は二百ページくらいあった。署で詳しく読もうと思い、一旦、小脇に抱える。

「写真集の蠟人形は、ほとんど着物を着ています」

歴史博物館だからそうなるだろう。平井がうなずく。

「蠟人形の展示は主に、二階の『本所七不思議』コーナーでやっていました」

「本所七不思議……聞いたことあるような、ないような」

背後では、伊吹が碇や瑞希に、関東大震災や東京大空襲の話までしている。どちらも本所の街の九割を焼失する大惨事で、そのたびに本所はいちから街を作り直したのだと力説が聞こえてきた。碇がうなずいている。

「なるほど。火事に始まり、火事と共に発展した。伊吹ちゃんの言う通りだね」

日下部の隣で、平井が本所七不思議について説明していた。日下部は慌てて相槌を打つ。要は、本所に伝わるゆるめの怪談話ということだ。

「もう蠟人形は撤去しちゃいましたが、よろしければ、どうぞ」

一階の展示室を出た。平井夫妻が、すぐ脇にあるリノリウムの階段へ案内する。『順路』という文字と、階段の上をしめす矢印が出たプラスチック看板が、壁から外されて、階段の踊り場に置かれていた。

二階はフロアの右半分が本所七不思議コーナーだった。屋敷の入り口を模した木の枠が壁に貼りつけられていた。たぬき、ぶらさがった提灯、けむくじゃらの足の絵なども残っていた。入り口の手前のパイプハンガーに着物、羽織、半纏などがかけられていた。カゴにはかつらや下駄まである。淳子が説明した。

「ここには二十体近く蠟人形が飾ってあったんです。本当にリアルにできていて、江戸時代にタイムスリップしたみたいだと大好評だったんですがね」

「コスプレもできるんですか？」

「ええ。いまでいうところのインスタ映えの先を行っていたと思いますよ。蠟人形は触ってOKだったので、みなさん侍や江戸の娘になり切って、楽しそうにここで撮影してらっしゃいました」

日下部は改めて、青海で吊り下げられていた蠟人形の写真を見せる。

「この本所七不思議コーナーにあった蠟人形に比べても、どうもこっちの蠟人形は不恰好ですよね」

淳子がうなずく。

「ええ。それもあって、うちのじゃなさそうとは思ったんですが……」

「ここの蠟人形は、どこで作られたものでしょう」

平井がすんなり答える。

「キャンドルワークスさんです。すみだ伝統工芸会の会員でもいらっしゃって、工房は向島にあります」

「キャンドルワークス。蠟人形の製作をしている工房ということですか？」

碇が、警視庁管内には蠟人形を作る工房はないと言っていたが……。

「メインはアロマキャンドル販売だったと思いますよ。蠟人形はそう需要があるものでもないでしょうから」

表向きはアロマキャンドルショップだった。だから検索で引っかからなかったのか。いよいよ、蠟人形の製作所がわかった。碇を探そうとしたとき、遠慮がちに平井が前に出た。

「あの……。それでこれ、いったいなんの捜査なんですかね」

日下部は、写真の蠟人形が、青海埠頭のガントリークレーンに吊るされていたことを話した。夫妻は驚いた様子だ。

「いったいだれが、なんのために？　我々はなにか、罪に問われますか」

「いえいえ。事業ゴミとしてきちんと処理されていますから、大丈夫ですよ。妙な不届き者が、別の目的でゴミ処理場からこの人形を盗んでいたことがわかっています」

淳子が、しみじみと言う。

「大変ですねぇ。そんないたずらのために、蠟人形がどこで作られたものなのかまで、確認に走るなんて」

「ところで、この蠟人形、誰をモデルにしているかわかります？」

夫妻は揃って、首を傾げた。平井が言う。

「ここにあった蠟人形も含め、有名人はひとりもいませんでしたから。あくまで、その時々の市井の人々の蠟人形です」

「ということは、顔はキャンドルワークスの職人さんの一存で、平井さんは指定していない、ということですか」

夫妻は人の好さそうな顔で、うなずいた。

「我々がここの運営を引き受けたのは、十年前からなんです。ここができたのは二十年くらい前です。蠟人形製作の依頼とか経緯については、先代のすみだ伝統工芸会会長の領分なので、ちょっとわからないですね」

元会長はすでに鬼籍に入っているという。

それにしても、碇や伊吹、瑞希が一向に二階に上がってこない。声も聞こえてこない。淳子が廊下の窓から外をのぞき、微笑む。

「あら、もう飽きちゃったのかしら」

瑞希と伊吹は前庭で遊んでいた。碇は少し離れたところで煙草を吸っている。

平井夫妻と共に、日下部は玄関を出た。

「やっと来たぁ！　おじちゃんも、行こっ」

日下部は伊吹に手を引かれた。おじちゃんと言われたことに若干落胆しつつ、「どこに行くのかな？」と聞いてみる。背後にいた淳子が察したように言う。

「やめなさい、伊吹。お巡りさんたちは忙しいのよ」

碇が、携帯灰皿の中に煙草をすりつぶしながら、近寄ってきた。

「いえ、もしご迷惑でなければ、是非。運賃も払いますよ。うちの娘も、乗りたがっていますし」

日下部は、なんの話をしているのか、わからない。

申し遅れました、と平井が懐から、別の名刺を出した。

「すみだ伝統工芸会の会長は、名誉職でして。本業で、観光船の運営をしております」

青い船のマークが入った名刺を受け取る。『墨東(ぼくとう)クルーズ株式会社』とあった。平井は代表取締役社長らしい。

「そうだったんですか。屋形船かなにかですか」

「いえ、東京湾まで出られるプレジャーボートを出しています。隅田川を下り、お台場を回るコースとか、日本橋川から都心を巡るコースを売りにしていたんですが……」

「いまはコロナですもんね。休業中ですか」

日下部が察すると、困ったように、夫妻がうなずいた。

「てっきり、伝統工芸の職人さんかと――すみだ伝統工芸会の会長さんなんですよね」

「私は本所、墨田区の伝統を守りたい、応援団という立ち位置です。職人さんたちは、法人の運営には慣れていませんから。担ぎ上げられちゃったというか」

困ったように言う平井の顔を見て、日下部はなんとなく、不憫に思った。丸潤産業にやたら高額な代金を請求されていることにしろ、人がよすぎて周囲から利用されているようにしか見えない。

碇が日下部のそばにやってきた。小さな声で言う。

「向島に、江戸時代から蠟燭作っている工房があるそうだ。船で行こう」

「えっ、キャンドルワークスのことですか」

「お前も聞いたか」

これ作ったところです、と青海埠頭で見つかった蠟人形の写真を見せる。

日下部らは平井夫妻の車の先導のもと、捜査車両で両国に向かった。船を係留している隅田川の桟橋近くのコインパーキングに止める。伊吹に連れられ、隅田川の護岸へ降りた。

船は、隅田川を横切る総武線の鉄橋と、NTT回線専用の橋である蔵前専用橋の間の桟橋に係留されていた。両国水上タクシー乗り場としても使われている。ほかにも、出番をなくした屋形船が、所せましと並んでいる。

いちはやく桟橋に降りた淳子が、船のエンジンをかけ、係留索の処理を始めた。『びわ号』と名付けられた船は、全長六メートルほどの小型艇だった。運転席として小さなキャビンがある。デッキはオーニング展張の屋根がついているだけのふきさらしだ。最大定員十八名とステッカーに記されている。デッキのベンチは十人くらいが座れそうだ。『三密』状態にはなりにくい構造の船なのに、世間の空気に休業を余儀なくされているらしい。

船に乗り込んだ平井が、足元についた巻き取りハンドルをぐるぐると回す。屋根がロールに巻き取られ、空がよく見えた。

伊吹がぴょんぴょんはねながら、デッキに飛び込む。船尾近くのベンチに陣取った。碇も日下部もデッキに飛び乗ったが、瑞希は船に乗り慣れていないようで、桟橋で戸惑ったように立ち止まる。日下部は「摑まって」と右手を差し出した。瑞希は硬直している。

「すみません、気が利かなくて」

平井がやってきて、手すり付きの小さなタラップを、船と桟橋の間にかけた。瑞希は日下部にちょこっと頭を下げて、ひとりで船に乗った。最後に平井が乗り、タラップを外す。

キャビンの操舵席に座るのは、淳子だった。日下部は碇と共に、キャビンに入った。密にならないように気を使ったのか、平井が扉をストッパーで開けっ放しにする。

「すごいですね。奥さんが操船ですか」

淳子はやたら謙遜し、「やっと川の操船に慣れたところで〜」と肩をすくめる。

「うちの、琵琶湖育ちなんですよ」

平井が顎で妻を指し、ニコニコしながら言う。

「へえ。滋賀の方ですか。全然関西弁が出ないんですね」

「いやぁ〜、関西のほうからお客さん来はったら出てまいますで」

あえて関西弁で応えた淳子に、一同は笑う。平井が、申し訳なさそうな顔で日下部や碇に言う。

「行き先ですけど、本当に向島でいいんですか？　いまは桜が満開ですよ。向島までだと五分で着いてしまいます」

いまは見る人がいなくて、桜も淋しく花を散らしているに違いない。このまま隅田川遊覧を楽しみ、レインボーブリッジをくぐって、品川埠頭の五臨署まで送ってもらいたいような気になるが、捜査車両を置いて署に戻ったら怒られる。日下部は丁重に断った。

淳子が操舵ハンドルを右に切った。船の向きを上流側に向け、隅田川を上る。刑事の手前か、慎重な手つきの淳子を見て、平井が苦笑いする。

「うちの、初めて会ったときは琵琶湖をモーターボートで暴走してたんですよ」

「やめてったら、暴走なんて」

日下部はくすくすと笑ってしまう。碇が問う。

「ご主人も関西の方ですか」

「いえ、自分はここ本所で生まれ、本所で育ちました。大学生のときに、琵琶湖一周の旅に出たんですよ。そのときに妻と出会いました」

「なるほど。モーターボートで暴走中の奥さんと」

碇の言葉に、キャビンは大人の笑い声であふれる。

「この人ったら、琵琶湖の大自然の中で育った田舎者の私を、本所に強引に引っ張ってきて、いきなり船動かせ、ですから」

川は流れがあり、海は潮がある。

「湖と全然違うから、最初は四苦八苦でしたよ」

「しょうがないだろ、かわいかったから、引っ張ってきたんだ」

平井が冗談めかして言った。淳子は「バカねもう」とたしなめるのだが、耳が赤くなっていた。平井は亭主関白ぶっているように見えたが、この観光船は『びわ号』だ。妻の故郷の琵琶湖から取ったのだろう。裏では絶対かかあ天下に違いない。日下部は碇と目くばせし、苦笑いした。

蔵前橋が見えてきた。隅田川にかかる橋の中では珍しい黄色の、アーチ橋だ。弓状に反った構造物に、橋桁が乗っている。二本の支柱が川に立っているので、川が三分割されているようになっている。別の船とすれ違うときは注意が必要だが、いまは航行する船が全くない。隅田川そのものが、日下部たちの貸し切りみたいだった。

平井が、淋しげにため息をついた。

「今年はコロナのせいで、観光船も全く出ていませんし、名物の早慶レガッタも中止。夏の隅田川花火大会も、協賛金を集めている事務局が中止の検討をしているとか」

「夏までに収束するといいんですがね」

碇が渋い顔で言う。日下部は腕を組み、首をひねった。

「そろそろ政府が緊急事態宣言を出すんじゃないかって話ですよ。準備期間のことを考えたら、夏前に収束したとしても、難しいですよ」

平井が重々しくうなずく。

「我々も休業しているとはいえ、桟橋の使用料とか、社員の給料、事務所の家賃など固定費はかかりますから、夏まで自粛期間が長引いたら、とても持ちません」

我々だけじゃない、と平井は続ける。

「墨田区は観光で食っている住民がたくさんいます。ホテルなんかは利益が九割減なんてのが当たり前。すみだ伝統工芸会でも土産物品の売り上げが全体の七割を占めている工房もあります」

この先、どうなるのか――。

気が付けば、厩橋（うまやばし）や駒形橋（こまがたばし）を過ぎて、赤い欄干が目印の吾妻橋（あづまばし）をくぐるところだった。蔵前橋と同じ、アーチ橋だ。

右手に見える墨田区側に、下町で最も有名な光景が見えてきた。アサヒグループ本社の、ビールをイメージした琥珀色の高層ビルと、ホール棟のてっぺんに輝くフラムドール。金色のきんとうんのような形をしたオブジェだが、デッキの伊吹は「うんち！」と騒いで、瑞希を苦笑いさせていた。そして、背後にそびえる東京スカイツリー。

ここを過ぎると、台東区側、墨田区側も、両岸が隅田公園として整備されている。見事な桜並木がお出迎えしてくれる。

デッキのほうから、きゃあきゃあと少女たちの声が聞こえる。桜吹雪が舞っていた。桜の花びらを摑もうと、伊吹が飛んだり跳ねたりして、「危ないよ」と瑞希に手を引かれている。

東武伊勢崎線の鉄橋をくぐり、水色の言問橋をくぐる。先の桟橋に、接岸する。本来、墨東クルーズの出発点はこの桟橋のようだ。シャッターを閉じたチケットカウンターがあった。

「あそこです」

平井が、キャビンから東の護岸の向こうを指さす。首都高速六号向島線を超える、のっぽな建物が見えた。日本ではあまり見ない、レンガ造りのとんがった三角屋根をしている。白い壁に黒い梁（はり）が張り巡らされ、茶色の屋根には鱗（うろこ）型の瓦がのっている。煙突まであった。この界隈で首都高速の高架橋の高さを超えるのは四角い雑居ビルばかりだから、目立つ。

「あれが、キャンドルワークスです」

日下部は桟橋へ降りた。改めて、英国風の建物に目をやる。碇が隣に立った。日下部に耳打ちする。

「いよいよ。本丸に辿り着いたな」

第三章　包帯人形

碇は、朝六時に起床した。

瑞希がリビングでテレビの報道をじっと見ていた。どうやら夜通し起きてテレビやスマホを見ていたらしい。昨晩、警視庁本部の捜査一課長が、青海のガントリークレーンに吊るされていた蠟人形の中から死体が出たと発表した。

被害者の身元がわからないため、年齢、性別、体格などを公表したが、死因やメッタ刺しにされていたことには触れていなかった。情報を小出しにするのは、捜査上に浮かび上がった容疑者たちを篩(ふるい)にかける『秘密の暴露』という網目を作り上げるためだ。

碇は瑞希に事件の概要を話していないが、父親が管轄する地域で発見された死体であること、「蠟人形」のキーワードで「キャンドル」と結び付いたようだ。

「お父さん、まさか昨日はこの事件の捜査だったの？」

「内緒だ」

「へえ〜。ほとんど遠足みたいだったけど、一応、捜査だったんだね」

瑞希はときどき、辛辣だ。

「お前、今日も頼んだぞ。あとで迎えに行く」

昨日、せっかく平井夫妻に向島まで送ってもらったのに、キャンドルワークスは閉まっていた。新型コロナウィルス感染症の影響で、営業時間を十六時までに短縮していたのだ。

今日改めて、瑞希を連れて様子を窺(うかが)いに行く。

本丸だけに、真正面から刑事が突入するのは避けたい。アロマキャンドルの店に大の男である碇や日下部が行くのは不自然だ。「礼子に頼みますか」と日下部が提案したが、碇は却下した。少々ムキになってしまったこともあり、瑞希を連れていくことにした。中学生の少女を連れていれば相手に警戒されないだろう。

碇は七時前には家を出た。いつもは歩いて二十分かけて五臨署に出勤するが、しばらくは東京湾岸署の捜査本部に直行だ。芝浦ふ頭駅からゆりかもめに乗り、東京国際クルーズターミナル駅で下車した。旧船の科学館駅だ。

東京湾岸警察署には七時過ぎに到着した。通常なら、捜査本部のこの時刻、道場に寝泊まりしていた捜査員が顔を出し、活気に満ちる。今日はからっぽだ。捜査員が戻る時間は細かく指定されていて、大人数が居合わせないように配慮されている。一応、形ばかりは捜査本部の体裁を整えたようで、ひな壇の後ろに警察旗と日本国旗が張られていた。捜査員がそれぞれの時間に戻ってきたときに捜査資料を持ち出せるよう、長テーブルにずらっと資料が並んでいた。

一番後ろの席で、開いたパソコンを前に突っ伏して寝ている捜査員がいた。礼子だ。足が疲れたのか、パンプスからかかとを出している。両膝をきゅっとくっつけてはいるのだが、足先を大胆に開いて寝ているので、碇は目のやり場に困る。

礼子を起こさないように、そうっと、捜査資料を順繰りに取っていった。

カタ、と背後で音がする。ちらっと振り返る。礼子が、びっくりした顔で碇を見ていた。碇はすぐに前へ向き直る。

「――すまない。起こした」

「いえ……。おはようございます。すいません、寝ちゃって」

「寝とけよ。帰ってないんだろ」

そういえば、礼子はいまどこに帰っているのだろう。転居先の住所を知らなかった。聞く権利はないと思っている。

礼子から、長く、深いため息が聞こえてきた。ちらりと振り返る。礼子は手元にあった書類をシュレッダーにかけるところだった。

なにを調べていたのか、つい聞いてしまった。礼子が答える。

「蠟人形の顔のモデルが誰なのか、ということを」

免許証写真と顔認証システムにかけて、五十パーセント以上の一致がある人物を、三十人ほどリストアップしたらしい。

「でも、うちの係長に、そんな捜査無駄だと却下されちゃって」

碇はとっさに、シュレッダーにかけようとする礼子の腕を摑んだ。礼子がびくっと反応する。碇はぱっと手を離した。

「――すまない。見ても？」

「……どうぞ」

碇は書類を受け取った。初老男性の顔写真が、ずらっと並ぶ。輪郭や鼻の形はほとんど同じなのだが、目の形や髪形が全く違う。骨格や顔のパーツの位置が同じような人々がピックアップされたのだろう。

「――ん？」

碇は、リストの四番目にあった人物の住所に、目が留まった。氏名は、山岸光男(やまぎしみつお)という。顔認証での一致率は、七十八パーセント。運転免許証は本人死亡で失効となっていた。

どうかしたかと礼子がのぞき込んでくる。

碇は、礼子のパソコンを拝借し、検索サイトで『キャンドルワークス』と入力した。昨日、人を拒絶するように入口が閉まっていたあの英国風の建物の画像が、表示される。

「東京都墨田区向島――」

所在地、東京都墨田区向島二丁目×の×。

「山岸光男の免許証の住所と同じだ」

碇は、『スタッフ紹介』と書かれたタグをクリックした。出てきたのは一人だけだった。キャンドルワークスの代表として、女性が横顔を載せている。愁いを秘めたような視線を宙に投げかけていた。

山岸紗枝（さえ）。苗字が同じだ。

碇はもう一度、礼子がプリントアウトした、山岸光男の詳細を見た。生年月日から計算すると、生きていれば七十歳だ。この山岸紗枝という女性は、娘か。孫だろうか。

「有馬。悪いが急ぎ、この山岸紗枝という女をL1照会してくれるか」

キャンドルワークスの扉は木製で、上部は半円形になっていた。アイアンの長い取っ手がついている。蔦のつるをかたどったような形で、扉には小窓もついている。

碇は瑞希を連れ、店の前に立った。瑞希を前に立たせる。

「万事、わかってるな」

「大丈夫。私は、休校で暇を持て余して父親にお出かけをおねだりしてここまで来たわがままな中学三年生ね」

「そしてお父さんは？」

「テレワーク中の公務員」

「ＯＫ」

碇は、首都高速六号向島線の向こうを見た。高架下は盛り土がされており、草木が豊かに茂る。地上から川面は見えないが、警備艇わかちどりが待機している。両国橋の傍らにある、隅田川水上派出所に配置されている八メートル警備艇だ。日下部が中にいる。碇のポケットには集音マイクが入っていた。日下部は警備艇からそれを聞く。

キャンドルワークスの主は本丸だ。万が一、紗枝が犯人だった場合、相当警戒しているだろう。死体発見の発表がされたばかりなのだ。刑事と気が付かれたら逃亡の恐れがある。日下部は警備艇で川から、藤沢と遠藤は、裏手の道路の路肩に駐車し、地上からの逃亡に備えている。

瑞希が扉を引く。サラササラと、きれいな音が鳴った。シェルでできたウィンドチャイムが、扉の内側についていた。

「いらっしゃいませー」

鈴の音のような声が、聞こえてきた。狭い店内の右手に、レジカウンターがある。アッシュピンクのショートカットの女性が、商品をラッピングしながら、ちらりとこちらを見た。切れ長の細い目は狐のようだったが、太い眉毛は下がり気味で、困った顔をしているように見えた。額のちょうど真ん中に大きなほくろがある。髪の色が控え目なピンクでも、どことなく菩薩（ぼさつ）のような、神々しい雰囲気があった。

碇は、免許証照会で顔を確認している。

山岸紗枝だ。年齢は三十五歳。中年の女性には見えない幼さがあった。表情や仕草が、どことなく危なっかしいのだ。

瑞希が店内を見渡し、目を輝かせている。

「わー。超かわいい。写真取って大丈夫ですか？」

「どうぞ。好きなだけ」

カウンターの向こうから紗枝が答えた。

店内の様子は、ホームページから確認している。少女たちが、インスタ映えしそう、と大喜びしそうな内装だった。壁紙は白地にベージュピンクのラインが入っている。アンティーク調の飾り棚が並ぶ。天井に届く位置まで目一杯、商品が並んでいた。パリの蚤の市を思わせるごちゃごちゃ感があるが、それが売りなのだろう。碇にはカラフルすぎて、目がチカチカする。

紗枝はカウンターから出てくることなく、お菓子の形をしたキャンドルをひとつひとつ、透明の袋でラッピングしている。

店内はボタニカルのアロマキャンドルのほか、ドライフラワーをあしらったキャンドルなど、一般的な雑貨屋で見かけるようなものもあった。数は少ない。

本当に蠟燭なのか、見まがうほどのものが大部分を占めていた。

ジェル状の透明のもの、宝石の原石か結晶のようにシャープな形をしたもの、ふわふわした綿菓子のようなもの……。

天井からぶら下げられた丸い形をしたキャンドルもある。いったいどこから火をつけるのか、火をつける芯が見当たらないキャンドルもあった。

ほかにも、燭台やアロマディフューザーなんかもあった。

蠟細工として、手のひらサイズの人形も並んでいた。フランス人形のような造形で、実物そっくりの蠟人形とは違う。目が大きくデフォルメされていた。鼻と口は異様に小さい。キャンドルではなく、観賞用の人形のようだ。

なぜか、どの少女の人形も、体のどこかに包帯を巻いていた。腕を吊っているものもあれば、ギプスの足に松葉杖をついているものもある。頭に包帯を巻き、片目が隠れているものまであった。

瑞希が一体一体手に取り、眺めている。強く惹かれているようだ。タグや人形の背中を見て、値段を確認している。商品説明らしいタグはついていたが、値段はなかった。

「欲しいのか」

「若干。この包帯シリーズ、なんか惹かれるわー」

すいません、と碇は紗枝に手を挙げた。紗枝がカウンターから出てきた。

「この人形、いくらです」

紗枝は一瞬、黙した。やがて、ニコッと笑って、瑞希に答える。

「千円です」

　碇は目を丸くした。

「ずいぶん安いですね……この衣装だけでそこそこ値がしそうですが」

　紗枝は困ったように笑った。

「私、人形に値段をつけるのが、苦手で」

　そういえば、他のキャンドルにはすべて、底や裏面に、値段が書いてあった。

「昔は、値段設定して、タグを人形の足に結びつけていたんです。でもその瞬間に、なにか、ひどく人形が悲しんでいるように思えてきて」

　碇は一応「なるほど」と納得して見せたが、口元は引きつった。この手の女は苦手だ。不思議チャン、こじらせ系というのか。取りとめがない。輪郭のはっきりしないぼやっとした感じが、碇には居心地悪い。白黒はっきりしろと説教したくなる。

「本当に千円でいいんですか」

「ええ。この子が、千円もらうのも申し訳ないって、言っています」

　紗枝がますますファンタジーなことを言う。だからこんなに見た目が若いのかな、と碇は思った。少し揺さぶるともろく崩れ去りそうだ。

　あのう、と瑞希が紗枝に、遠慮がちに問う。

「この子たち、どうしてみんな、けがをしているんですか?」

紗枝はにっこり笑った。

「さあ。おうちに帰ったら、直接聞いてみて」

瑞希は紗枝に魅入られたような顔をしている。商品説明タグを紗枝に見せた。『キャンドル製作体験ご招待券』が貼りつけられていた。

「これ、できるんですか?」

紗枝は眉をハの字にして、心から申し訳なさそうな顔をした。

「ごめんね。いま、コロナ対策の一環で、キャンドル製作体験は中止になっているの」

瑞希が残念そうな顔をする。

「工房は狭くて密になりやすいから……」

紗枝の瞳が、窓辺の階段のほうに飛んだ。

レジカウンターとは反対側の出窓のそばに、二階へ続く螺旋(らせん)階段があった。商品で埋もれていて、碇は気が付かなかった。手すりは扉の取っ手と同じ、蔦の形をしたアイアン製だった。マカロンのような形をした、カラフルで真ん丸のキャンドルが、均等にぶら下がっている。飾り棚だと思っていた。

「この無料招待券、期限がないの。コロナが落ち着いたらいつでも来てね」

紗枝が瑞希を気遣うように、微笑んだ。碇は会話に入る。

「工房が二階にあるんですか。素敵な建物ですね。尖(とが)った屋根に煙突までついていましたが」

「五階が住居になっていまして、暖炉があるんです」

素敵、と瑞希が紗枝を見て目を細めた。碇も調子を合わせる。

「いいですねぇ。こんな都心のど真ん中に、個性的な家を建てられて。いや、うちは川越(かわごえ)から来たんです」

「川越……。埼玉県の？」

碇の生まれ故郷だ。

「そんな遠くからわざわざいらしてくださったんですね」

「ええ。体験のためにまた来るのは、厳しいかな」

事件捜査のためなら何度でも来るが、碇はあえて言った。キャンドル製作体験ができれば、数時間は居座れる。それに付き添う傍らで、紗枝の情報を引き出そうと思ったのだ。二階の工房も確認したかった。蠟人形があるかもしれない。

紗枝は、瑞希をいつまでも眺めている。眼差(まなざ)しに、思いやりが見えた。

「それじゃ、特別にキャンドル体験、やりましょうか。どうぞ、二階にいらしてください」

碇は丁重に礼を言い、瑞希にも頭を下げさせた。

螺旋階段を上がった先に、すっきりと片づいた空間が現れた。中央にあるアンティークの大きなテーブルは六人掛けだ。いすも腰丈のシェルフも全部、ヨーロッパ製の家具のようだ。

促され、碇と瑞希は並んで座った。紗枝は窓を全開にし、碇にはコーヒーを、瑞希にはジュースを出した。瑞希のテーブルの前に、キャンドル製作用のトレーを置いた。

「あんまり長くかかるものはやめましょうね。簡単なものを」

紗枝がハート型、半球型、三角形、四角形など、様々な形のシリコンカップを見せ、瑞希に選ばせる。瑞希はハート型を選んだ。

繰り返しになるが、碇は会話の発端を求め、それとなく尋ねる。

「それにしてもすばらしく個性的な工房だ。自社ビルみたいな扱いですか」

紗枝は壁沿いの作業台に向き直り、碇に背を向けたまま、肯定する。ホウロウの容器にチョコチップのような形の白いパラフィンを入れ、火にかけた。これが蠟で、キャンドルの原料だろう。

「築何年です？　ローン組んだんですか」

紗枝は吹きだし、瑞希に尋ねる。

「お父さん、不動産屋さんかなにか？」

瑞希は大笑いした。娘がこんな風に笑うのを、碇は初めて見た。

「不動産屋さんって、もっと羽振りいいんじゃないんですか？　こんなくたびれたスーツ、着ませんよ」

碇は咳払いにとどめた。刑事と悟られるようなことを言うな、と目で釘をさす。紗枝は蠟をかき混ぜながら、温度計を差し込み、目盛りを確認する。

「ローンは組みましたけど、建物の分だけです。ここは代々の土地なんです。山岸家──私、山岸紗枝と申しますが、この家は先祖代々向島で、蠟燭工場を営んでいまして」

伊吹が本所歴史博物館で、碇や瑞希に教えた情報と一致する。

「私で八代目なんですが、江戸時代から続く老舗(しにせ)だったんです。初代は、吉良邸に蠟燭をおろしていたんですよ」

「すごい。じゃあ、大石内蔵助(おおいしくらのすけ)が討ち入りしたときも、きっとここで作られた蠟燭の火がともされていたんでしょうね」

そうだと思うわ、と紗枝は馴れ馴れしく答えた。籐カゴに入ったキューブ状の蠟を瑞希に見せる。色とりどり入っていて、ゼリーの缶詰みたいだ。好きな色を選び、シリコンカップに入れるように瑞希に言った。蠟燭工場の歴史の話も続ける。

「明治の時代になって、電気が急激に発達して、蠟燭の需要が落ちてしまったの。江戸時代は、曳舟のほうにも工場を持っていて、ここも向こう四軒くらいまではうちの土地だったんだけどね。どんどん規模を縮小して、私の父の代ではもう、ほとんど倒産しかけていたのよ」

父——山岸光男のことだ。死んだ男の仮面にさせられた男。

「先代の父はとても手先が器用な人で、蠟細工なんかを作るのが得意だったの。それで、周囲の職人たちにいろいろ相談して、蠟人形を作りはじめたのよ」

予想以上に早く、本人の口から『蠟人形』というキーワードが出てきた。碇は、わざと興味がなさそうなフリをして、壁に飾られたキャンドルを眺めた。

刑事と感づかれているような気がしてならない。

昨夕、蠟人形の中に死体があったと、報道されたばかりなのだ。紗枝が犯人だとしたら、刑事の襲来を予見するだろう。いま積極的に蠟人形の話をしているのも、刑事が来たときのために準備しておいた『作り話』かもしれない。

瑞希が紗枝の指示のもと、シリコンカップに溶けた蠟を注ぐ。固まっているときは白い蠟も、火にかけて液状にさせると、水のように透明になる。温度計は八十度を指していた。おっかなびっくりの手つきの瑞希を、紗枝は優しくサポートする。

「当時、日本には蠟人形を作れる職人もほとんどいなかったし、マダム・タッソー館も日本に進出していなかったころ。見よう見まねの独学で父は技を磨いて、最初の仕事は大学の解剖学の教室からだったのよ。臓器とか、人の解剖模型を作ってくれって」

需要も少ない上、本場のマダム・タッソーのように分業するほどの職人を雇うこともできず、一体作るのに一年近くかかったらしい。

「そんなの商売として成立しにくいでしょう？　だけど父は蠟人形作りにハマっちゃってね。金に糸目をつけずに商売を続けて、借金まみれよ。自転車操業。そのうち酒に溺れて、母や私に八つ当たり。殴る蹴る。最低な父親だったわ」

瑞希は黙り込んでしまった。戸惑ったように、ちらりと、碇を見る。

「最後には、酔っぱらって桜橋(さくらばし)から隅田川に落ちて、死んじゃった」

そして死後もなお、死んだ人間のマスクに利用され、青海埠頭のガントリークレーンに吊るされる……。

「表面の蠟が固まるまで、しばらく待ってね」

紗枝は言い、奥のコーナーへ姿を消した。碇は体をひねり、首を向ける。水場があるようだ。蛇口をひねる音、水がバケツの底を叩く音がする。紗枝がバケツ一杯の水を持って戻ってきた。

碇はすぐさま姿勢を正し、さりげなく尋ねる。

「それじゃ、紗枝さんも蠟人形を作れるんですか」

「ええ。父から技術は受け継いでいます。ただ、商売としては成り立たないので、アロマキャンドルの製作と販売のほうに注力しました。おかげさまで、食うに困ることはなくなりました」

「蠟人形の製作依頼……具体的には、どんなところからくるもんなんです？」

紗枝はうっすらと微笑み、碇を見据えた。碇の背中に、嫌な汗が流れる。紗枝はすっと視線を逸らし、瑞希に言う。

「あなたのパパ。ずるい人ね」

戸惑ったように、瑞希が碇と紗枝を見比べる。

「でも筋を通す人。きっとモテると思うわ」

瑞希はぷっと、噴き出した。

「すごいですね、紗枝さん。大正解。父は、バツ3なんですよ」

瑞希が突然、暴露した。普通の父娘を演じろと言ったのに、うっかりなのか、紗枝の空気に飲まれたのか。碇は、とりあえず顎をさすり、困った顔をしてみせた。

「意思が強そうな太い眉毛をしているもの。目の力の強さに、損得抜きで筋を通す、強い正義感を感じる。後ろ姿には、悲哀が漂っているの。これまで公私共にいろんな辛酸を嘗めてきたから出る色。女性はこれに弱いの。母性をくすぐられるのね」

紗枝が、蠟の固まりはじめたシリコンカップを、ポンとバケツの水の中に入れる。冷やして固めているらしい。

「水に入れて大丈夫なんですか」

瑞希が心配そうに尋ねる。

「蠟は油だから。水と融合することはないの」

紗枝が容器を水から出し、タオルで水分を取りながら、瑞希に渡す。

「ゆっくり型から抜いてみて」

瑞希はシリコンカップを裏返すようにして、型から蠟を外した。

「わあ。かわいい。ゼリーみたい」

「デザートみたいに、ふわふわのクリームをのせてみる？」

紗枝が再び、壁沿いの作業台に向かった。新たにパラフィンを溶かし、割り箸と一緒に瑞希に渡す。

「ぐるぐるかき混ぜてみて。ふわふわの雲みたいになってくるから」

瑞希は目を輝かせ、箸で透明の蠟を混ぜる。二、三分ほどで固まりはじめた蠟が、わたあめのように箸の周りにくっつきはじめた。

紗枝が碇を見た。突然、顔の分析をはじめる。

「眉間に一本、深い皺が寄っていますね。朝から晩まで考え事をしたり、頭の中でなにかを論理だてたりしている証拠ね。だけど、目尻の皺が、下向きなの。誰かを恨んだり、憎しみを向けるよりも、誰かを見て微笑んだり、目尻を下げたりすることが多い人生を送っている。つまり、とても愛情深いの」

思いがけない指摘に、碇は居心地が悪くなった。マスクをずらし、コーヒーを飲む。

「唇が厚い感じも、情の深さを感じる。だけど、たてじわがすごく多い。きっと口をすぼめて照れ隠しをする癖があるのね。つまり、とても照れ屋」

碇は両手をあげて降参した。分析されるのはたまらない。

「もう結構。大変参考になりました。いや——さすが蠟人形を作れるだけあり、人の表情をようく分析してらっしゃるようだ」

「お父さん、刑事さんですね」

いきなり直球を投げられた。さすがに碇はすぐに答えることができなかった。嘘をつくことはできない。否定はしなかった。

「蠟人形職人というのは、顔の皺や表情で職業まで当てられるものですか」

「仕事柄、蠟人形を作るときは、モデルの人柄や人生をあらかじめ知っている場合が多いですからね。ただの積み重ね、統計です」

「だとしても、いまの考察で刑事とは、若干飛躍があるとも考えられます」

碇は、攻めに転じることにした。横で箸を回す瑞希が戸惑っているのを感じる。碇は懐から、現場の写真をいっきに五枚、並べた。

青海埠頭のガントリークレーンに吊るされた、山岸光男の蠟人形の写真だ。下ろされて、死体の腐敗した一部が見えた顔面の写真も最後、出した。瑞希には「見るな」と一言、釘をさす。

「昨晩、記者発表されました。大きくニュースでも扱われています。この蠟人形は、あなたが作ったものですね。博物館の倒産に合わせてうまいこと廃棄したつもりだったかもしれませんが、これを吊るして別の目的を達成しようとした不届き者がいましてね。中に人間の死体が入っていたことが、判明しました」

隣で瑞希が完全に硬直している。ホウロウの中の蠟は、ふわふわになるどころか、中途半端な凸凹（でこぼこ）を作り、固まりはじめていた。

紗枝は、写真を見ようとしない。碇を挑発的に見返すだけだ。

「あなたは、いずれ刑事がここに来るとわかっていたはずだ。だから、私が刑事だと見破った。この蠟人形はこの建物のどこかに保管されていたんじゃないですか」

本所歴史博物館内には展示されていなかったのだ。件（くだん）の博物館の写真集を昨晩のうちに確認した。

「しかもこの蠟人形の顔――あなたのお父さんですよね。事業がうまくいかず、酒に溺れ、あなたやお母さんに暴力を振るって橋から落ちて呆気（あっけ）なく死んだ」

碇は最後、山岸光男の免許証写真も、示した。

とどめを刺すつもりだった。

カラフルでアロマのにおいにあふれた工房に、ぴんと張り詰めた緊張感が漂う。紗枝は碇から決して目を離さない。たいした度胸だった。碇が示した写真を一枚一枚片づけながら、言う。

「やめましょうよ、お父さん。娘さんの前で、腐乱した遺体の写真を出すとか。私の父の顔も、よくありません。この男、実の娘である私を凌辱していたんですから」

碇は話の展開についていけず、目を眇めた。隣の瑞希は微動だにしない。一点を凝視している眼球が、ゆらゆらと揺れていた。紗枝があまりにも簡単に言う。

「私、この父親から、性的虐待を受けていたんです」

碇は、呼吸を忘れた。視界に入る隣の瑞希の輪郭が、際立つ。

「小学校六年生のときから週に一度くらい、性のはけ口にされていました。母は家計のために夜の仕事をしていたんです。恥ずかしくて、母親に申し訳なくて、誰にも相談できなかった。父親が私の布団に入ってくるたびに、酒臭い息を浴びて、顔や口を舐められ、下着の中に手を入れられる。お父さんから、気持ちがいいよ、愛しているよ、と卑猥な声で囁かれ、下腹部の痛みと恥ずかしい恰好をされているという猛烈な屈辱感に耐える。悲鳴を上げて助けを求めたいのに、こんなに恥ずかしいことをされていると知られるほうが怖くて、叫びを自分で抹殺するしかない。私はそういう少女時代を、父親から――」

碇は立ち上がった。瑞希の腕を摑み、立たせる。ホウロウの容器が倒れたが、中からはなにも零れてはこなかった。

「帰るぞ。瑞希」

娘の手を引き、螺旋階段を降りようとした。紗枝が碇にとどめをさす。

「娘さん――瑞希ちゃんていうのね」

瑞希が紗枝を、こわごわした様子で振り返った。

「バイバイ。瑞希ちゃん。ごめんね。傷つけた」


三月十四日のことだった。

まだ、碇の芝浦の官舎に礼子が住んでいて『夫婦』をしていたときの話だ。

ホワイトデーだったので、礼子の好物の千疋屋のマカロンを買って、十九時過ぎに芝浦の官舎の玄関を開けた。珍しく礼子が先に帰っていた。放心状態なのがわかった。キッチンに立っているのに、料理をしている様子がない。これから作るつもりなのか、どうするのか、そういう意味で、碇は尋ねた。

「あれ、飯は?」

ただの確認だった。礼子は催促と決めつけた。女だからってなぜ夕飯を作る義務が発生するのか、私だって疲れている、男以上に働いている、と碇を猛烈に攻め立てた。

仕事でなにかあったのだな、と碇は察した。

彼女はまだ刑事の仕事に慣れていない。現場で、遺体や被害者からあふれる加害者の悪意、または加害者から直接発せられる悪意をすべて残らず受け止めて、いっぱいいっぱいになってしまう。刑事をやるには感受性が強すぎるのだ。そしてまた女性警察官という差別されやすい立場にいる。多忙を極めると気持ちが不安定になり、その不安や鬱憤を全部、碇にぶつけてくることがあった。

碇は、黙って出ていくことにした。

コンビニで酒と弁当を買い、徒歩で五臨署に戻った。二十時、刑事課はガラガラで、当直が何人かいるだけだった。強行犯係は藤沢が当直だった。ひっそりと自宅の妻子とビデオ通話をしていた。こいつと飲んでもつまんねぇなと思い、応接スペースで弁当を食い、酒を飲んでいた。スマホに瑞希から電話がかかってきた。

「もしも……」

電話は、切れてしまった。碇はすぐにかけなおしたが、繋がらない。

間違えて父親にかけただけか。

瑞希からメールが届いた。

〈ごめん、間違えた〉

なんだよと思いつつ、〈了解〉と返す。ついでだから、近況も聞いた。

〈元気か〉

瑞希は小学校五年生から携帯電話を持たされていた。用事があると、碇に直接、電話をかけてくる。とはいっても、数ヵ月に一回程度だ。母親には内緒のおこづかいをおねだりするとか、学校行事に来るか来ないかの確認電話とかだ。中学受験をすると決めた小学校四年生以降は、面会交流の回数が減ってしまった。週末も、塾だお稽古ごとだで、碇よりも瑞希のほうが忙しかった。

去年の五月に美沙子が再婚をしてから、ますます連絡が遠のいた。碇は美沙子から直接報告は受けていないが、年下の男と令和の初日に入籍したという話だった。

相手は、瑞希の家庭教師だった。

栗原翔太という、三十七歳の男だ。

碇も一度だけ、会ったことがある。瑞希の中学校受験の合格発表の日だ。合格を聞いて駆けつけた祝いの席に、栗原も同席していた。鼻梁の細い、優男だった。鼻が詰まったようななよなよした声が癪に障ったが、家庭教師としては優秀そうな様子だった。なおかつ、母子だけの『家族』によくなじんでいた。碇は四人で食事をしていると、疎外感を持ったほどだ。

五臨署で弁当の続きを口に入れていると、瑞希から返信がきた。

〈まじ死にたい〉

碇は飛び上がり、すぐに電話をかけた。瑞希はやはり出ない。だが、返信はきた。

〈冗談。超、元気。学校なくてつまんないけど〉

様子がおかしいとすぐに察した。どう返信すべきか考え込んでいると、〈ごめんね〉〈怒った？〉とメッセージの連投がある。

〈仕事中だった？　いまなんの事件調べてるの〉

これまで瑞希が碇の仕事に興味を持つことはなかった。むしろ、高給取りの医者の母親と比べて、刑事の仕事を馬鹿にしていたふしもあったのに。

絶対になにかあると思った。

〈お母さんは？　いま大変だろう。自宅に帰ってきてるか？〉

碇はこう返した。すぐに瑞希からメッセージが届く。

〈呼吸器内科だから。先生が、お母さんに帰ってくるなって言っているの〉

瑞希は、義父となった栗原翔太のことを、未だに『先生』と呼んでいた。再び短いメッセージの連投が始まる。

〈先生と二人きり〉

〈ずーっと〉

〈ずっと〉

〈いつまで続くかな？〉

碇は、自宅に直接向かうことにした。これはSOSだと察したのだ。

瑞希の自宅に向かっているとは言わず、マメにメッセージを返しながら、タクシーで品川駅に向かった。JR山手線を新宿駅で乗り換えて、中央線に乗った。吉祥寺駅（きちじょうじえき）で降りる。ここから徒歩十分ほどの高級住宅街に、美沙子が建てた家がある。『小林（こばやし）』という美沙子の旧姓の表札が出ていたのに、いまは『栗原』の表札が取って変わっていた。なんで転がり込んできた若造のために表札まで変えるのか。碇は憤怒を大きくして、吉祥寺の自宅のインターホンを押した。

応答したのは、栗原だった。

「あれぇ、おとうさんですか。どうしたんですか、こんな時間に」

栗原は、戸籍上は瑞希の父なのに、未だに碇を「おとうさん」と呼んだ。

「瑞希は」

「ちょっと待ってくださいね、いま、開けます」

インターホンがぶちっと切れた。

扉が開く。瑞希が出てきた。もう二十一時を過ぎているのに、部屋着でもパジャマでもなく、ジーンズにセーターという恰好だった。つい数秒前までスマホでやり取りをしていた父親が、直接家を訪ねてきたことに対し、瑞希は驚きを見せない。スマホと財布を握り、じっと、怒ったような顔で、碇を見上げる。

「瑞希」

「――うん」

「お父さんのところ、来るか」

「うん」

碇はそのまま、娘を連れ出した。

全く、気が動転していた。栗原が追いかけてくるのを恐れ、瑞希の手を引いてほとんど走るようにして、吉祥寺駅に戻ってきた。改札を抜けようとして、自宅官舎に礼子がいることを思い出した。しかも、ヒステリー状態だ。そんな場所に娘を連れて帰るわけにはいかなかった。

仕方がないので、新宿駅まで戻って外回りの山手線に乗り換えた。池袋に向かう。東武東上線で、実家のある川越駅に向かう。碇の父親の勇作がひとりで住んでいる。勇作はとっくに定年退職したが、警視庁捜査一課の刑事だった。

碇は急行列車に乗ろうとした。池袋から三十分くらいで到着する。だが、瑞希は各駅停車に乗りたがった。一時間くらいかかるが、混雑した車両はいやだと言う。新型コロナウィルスの心配ではなく、不特定多数の男と接近するのが怖いのだろうと碇は察した。

一番前の、ガラガラの車両に乗った。碇と瑞希以外、遠く離れた座席に二人しか座っていない。

並んで座る。瑞希のスマホが鳴った。可憐な押し花がキラキラとちりばめられたスマホに、『栗原翔太』という文字が躍る。碇は頭がカッと熱くなった。後先考えず、瑞希のスマホを取る。まだ発車まで時間があったので、一旦ホームに出て、通話に出る。

「お前……！　俺の娘になにしやがった！」

怒鳴り散らしたいのをかみ殺し、言う。栗原は慌てた様子だった。あのう、えっと、を繰り返す。

「切るなよ。切ったらすぐに武蔵野署の捜査員向かわせて豚箱にぶち込むぞ！」

栗原は、せきを切ったように話し出した。

「誤解です、おと、おと、おとうさん。僕と瑞希ちゃんは、愛し合っていて、あの、誘ってきたのは、瑞希ちゃんのほうで――」

「お前。いつか八つ裂きにして火あぶりにしてやるからな。首を洗って待ってろ」

碇は電話を切った。発車メロディが鳴る。碇は車両に戻った。瑞希の隣に座る。瑞希の緊張感が、高まったのがわかった。

「離れたほうが、いいか」

瑞希は、答えない。碇は、一人分のスペースを空けて、座った。

男の体やにおい、気配が、怖いだろう。

碇は、瑞希との間に、彼女のスマホを置いた。

「――先生、なんて」

瑞希が尋ねた。

「いや。別に。とりあえず、八つ裂きにして火あぶりにすると言っておいた」

「まじでするの」

「お前が望むなら」

碇は本気でそう口にしていた。瑞希が、奥歯を嚙みしめている。目尻に涙がたまっていた。

「――じいさんに、なんて言おうかな。しばらく厄介になる。なるべく早く、芝浦のお父さんのところにいられるようにするが。三日、待ってくれ」

「奥さん、いるんじゃないの。再婚したって言ってたよね」

「いや――」

碇は、首を掻いた。瑞希が提案する。

「おじいちゃんには、先生がコロナに感染したって言えば。それで、自宅療養になったから、って」

「わかった。そうしよう」

「お父さんだけにしてね」

碇は、瑞希を見た。瑞希はすぐに目を逸らす。

「事件とかにしちゃったら、警察とか、すごいいっぱいの人に知られるじゃん。絶対、やだから。無理だから。画像とか動画とか、あいつのスマホで超撮られたし」

瑞希の目からポロポロと涙の粒が落ちた。言葉の最後のほうは、嗚咽がまじった。

「わかった。お父さんだけだ」

瑞希は、うなずいた。ぽろっと涙が落ちる。碇はハンカチを渡した。

「――お母さんは？」

瑞希は、両手で父親のハンカチをぎゅっと握りしめながら、首を横に振った。いつからそういうことになったのか、なぜそうなったのか——。碇は出てくる疑問を、全部、飲み込んだ。

川越駅に到着した。娘と距離をあけて十五分ほど歩く。

父の勇作は、突然押しかけてきた息子と孫娘に、仰天していた。瑞希の継父が新型コロナウィルスに感染したと嘘の話をする。勇作が嫌な顔をしたので、瑞希は陰性だった、と嘘に嘘を重ねる。勇作は瑞希の顔を見ると目尻を下げ、「まあいいや」と家にあげた。

勇作はマスクを三枚重ねる防御態勢を取り、ゴム紐で耳が前につぶれるほどだった。なんだかんだ、布団を用意したり、風呂を入れ直したり、孫娘にはメロメロなのだ。

父親が現役だったころ、碇は点数の悪いテストの隠し場所を探り当てられたり、部活をサボって遊んでいたゲーセンを突き止められたりした。勇作は嘘を見破る怖い存在だった。いまではその刑事の鋭い直感力もだいぶ鈍ってきたようだ。瑞希に起こったことに気が付いていない様子だ。

瑞希を、碇が子どものころ使っていた部屋で寝かせ、碇は一階のリビングで寝ることにした。「飲むか」と勇作が日本酒の瓶を出してきたが、断った。

縁側に出て煙草を吸いながら、美沙子に電話をかけた。すぐ繋がったが、不審がる声だ。

「どうしたの、こんな時間に」

「いや。いまこんな時期だから。大丈夫なのかと」

「大丈夫なわけない。とにかく瑞希にうつすのが一番怖いから、最近はホテル住まいよ。いまやっとホテルに戻ったところ」

美沙子の様子から察するに、栗原からなにも聞いていないようだった。実父が娘を連れ出した、と——。

「いつからホテル住まいなんだ」

「三月に入ってからよ。いつまで続くのか、うんざりするわ」

碇は素知らぬフリで、聞いた。

「瑞希は大丈夫なのか。家庭教師と二人きりで」

「彼がいるから大丈夫なんじゃない。なに言ってるの」

むきになったような反論が返ってきた。お前があんな男と再婚するから——と声を荒らげそうになるのを、ぐっと堪える。そもそも自分はどうなのか。

離婚して親権を手放したとしても、実の父親だ。だが、一緒に住んでいない、親権がないという理由で、碇は瑞希を守る義務から目を逸らしていた。

クソ、と縁側に座りながら地団太を踏む。瑞希がまだよちよち歩きのころ、この縁側から落っこちた日のことを思い出した。碇がまだ三十四歳の、正月の帰省中のことだったと思う。涙があふれてくる。清らかで無垢だった娘を汚されてしまった怒りで、頭が狂いそうだ。

「拓真君？　どうしたの」

美沙子は未だに、碇をこう呼ぶ。そして栗原のことは、「翔太君」だ。

「美沙子」

何年振りか、かつての妻を呼び捨てにする。瑞希が生まれてからはずっと「ママ」か「お母さん」と呼ぶようにしていた。

「――なによ。急に」

「お前、なんであの男と再婚した」

電話口が静かになる。やがて美沙子がため息まじりに、答える。

「ねえ、なんなの。急に」

碇は答えず、美沙子の返答を待った。

「収入格差のことを言っているの？　確かに派遣の家庭教師だったから、公務員のあなたと比べても少ないし、医者の私とは——。だけど、格差のことについて彼もとても悩んで、自分で起業しようかとか、次のステップに向けてがんばっているのよ」

「つまり、家庭教師を辞めたのか。いまお前のヒモなのか」

美沙子の鼻息が荒々しく聞こえてきた。栗原は羽振りのいい女医を言いくるめて結婚し、ヒモになり、挙げ句の果てにその娘に手をつけた、ということだ。

「ンもう、ヒモだなんて言い方、やめてよ」

ヒモ以下のクズなのに、美沙子は真剣に答える。

「あなたみたいに、女だからという理由で私に雑用を押し付けないし、あなたと違って家事育児を全部やってくれるからよ」

「俺は押し付けた覚えはない。やってほしいならなぜそう言わなかった」

「なぜ女から〝やってほしい〟って頼まなきゃいけないの？」

碇は電話を切った。離婚直前の嫌な記憶がわっと蘇る。わかっている、美沙子が正しい。女だから家事育児をするのが当たり前だと思っていた碇が悪い。だが、碇の幼少期はそれが普通の家庭の空気だった。大人になった途端に価値観をひっくり返された碇の世代の男たちの戸惑いもわかってほしい。すぐには変われないのに、女は男ばかりに革命を求める。

　新型コロナ騒動が収まったら、瑞希の親権について話し合いたい——碇はその言葉を、喉元にすら出せなかった。いま、世界中をロックダウンさせている前代未聞の感染症と最前線で戦っている医師に、言うべきではないのだ。

　縁側から落っこちて泣いた瑞希を抱き上げたときの感触が、スマホを持つ手に、まざまざと蘇る。あのときは、顎に少し擦り傷がつく程度だった。両腕で守るように抱きしめ、お尻をぽんぽんと叩いて体を揺すってやったら、すぐに泣き止んだ。

　娘はいま、当時とは比べ物にならないほどボロボロに傷ついてしまったのに、碇は彼女を抱きしめ、慰めてやることができない。彼女はそういう種類の傷を負ってしまった。

　礼子から、電話がかかってきた。

　頭の中でもう一度、瑞希が泣く。

「お父さんだけにしてね」

　電話に出られなかった。碇は深夜の実家の縁側でひとり、泣いた。

　選ばなくてはならない。

＊

四月七日、夕方。出る出る、と言われていた緊急事態宣言が、出た。

日下部は総理大臣の会見の生放送を東京湾岸署の休憩室で見ていた。碇と二人で、出前のラーメンを食べている。

「いよいよ来ましたねー」

いまさら、と碇が短く応える。麺をすすりながら、左手でずっとスマホをいじっていた。瑞希とメッセージでやりとりをしているようだ。日下部は、「らしくないですよ」とか「似合わないですよ」といういつもの揶揄を、口に出せなかった。

先週の四日土曜日、碇がキャンドルワークスの工房で豹変してから、日下部は、碇に瑞希の話をふることができなくなっていた。

碇は、キャンドルワークスの紗枝が性被害の告白をした途端、相当に動揺していた。瑞希の腕を引き、出ていってしまった。警備艇わかちどりで待機していた日下部や、車両待機していた遠藤と藤沢にも、なにも言わず、帰ってしまったのだ。

遠藤は「そりゃあ、強引に捜査協力させている娘さんには刺激が強いと思ったんじゃないですか」となにも察していない様子だ。前日から碇が瑞希を捜査に同行させていたことや、瑞希のけがについて彼は知らないし、礼子を追い出して瑞希と住んでいることも知らない。そもそも遠藤は勘が悪い。

　藤沢は別の心配をしていた。

「死体を蠟人形で固めて、憎き父親の『顔』をかぶせて自宅に保管するような女だよ。下手に瑞希ちゃんを捜査に巻き込んじゃって、瑞希ちゃんが狙われたら大変だ」

　あの日、仕方なく日下部は警備艇を降りて、紗枝の聴取を引き継ぐことにした。藤沢と合流し、キャンドルワークスに入った。碇が刑事の捜査であることを話していたので、身分は隠さなかった。

　あの蠟人形は誰がいつ作ったものなのか、紗枝に迫った。紗枝は、知らないの一点張りだ。

「工房には父親がここを仕切っていたころの写真が飾ってあります。弟子の誰かがその顔をモデルにしただけでしょう」

　弟子の情報を求めると、分厚いファイルを渡された。千人近い人の氏名と住所、連絡先が一覧になって書かれていた。ペンシルハウスのような狭い工房で、こんなにたくさんの弟子を雇っていたはずがないのだが、紗枝は悪びれる様子もなかった。

「職人は、厳しい世界です。かわいらしい手仕事に見えますから、若い女の子が簡単に門を叩き、現実を知って辞めていくんです」

現在は弟子を取っていないとも話す。ますます弟子の存在があやふやだ。日下部は近隣住民や、キャンドルワークスに原材料をおろしている業者を訪ねたが、弟子がいるのは見たことも聞いたこともないと証言した。

平気で嘘をつく。山岸紗枝は、相当手ごわい。

『弟子リスト』を破り捨てたい気分だが、紗枝のなんらかの素顔を知っているとか、人間関係を把握している人物がいるかもしれない。

日下部は昨日から、このリストにある人物に電話であたっている。やはりキャンドル製作体験をした人々ばかりで、紗枝に関するめぼしい情報は上がってこない。

リスト潰しには遠藤と藤沢、礼子のほか、幾人かのヘルプ要員が駆り出されているようだが、どこの署の誰に白羽の矢が立っているのかはよく知らない。本部の捜査一課も、五個班を投入していると聞いたが、一斉の捜査会議が開かれないので、顔を合わせない。

例の一件があった四日以降、碇は五日の日曜日も出勤してこなかった。捜査本部が立てば土日祝日関係なく出勤してくるのが、碇は当たり前だったのに。六日の月曜日は双子の娘の小学校入学式で、碇はもともと休暇を取っていたようだ。午後になってようやく、捜査本部に戻ってきた。碇にしては珍しい、柄の入ったネクタイに、紺色の仕立てのスーツを着ていた。周囲から「若々しい」と冷やかされていた。今日はいつものねずみ色のくたびれたスーツに、単色カラーのネクタイを締めている。

遠藤が、休憩室に入ってきた。広東麺（カントン）のお碗（わん）を覆うラップを熱そうに取り外しながら、言う。

「いやー。とうとう出ましたか。緊急事態宣言」

「しばらくコンビニ弁当か出前になりそうだなぁ。どこもかしこも店が休業だ」

碇がぼそっと言う。

「靴底すり減らして捜査したあとの一杯がうまいのに」

「刑事の捜査にもかなり移動の制限が出そうですけど、リストの四分の一は地方から来た観光客ですよ。電話確認で済ますしかないっすね」

日下部はぼやいた。こんな雑な捜査で大丈夫なのか、取りこぼしがないか、心配になる。遠藤は、リスト確認にうんざりした様子だ。

「山岸紗枝が犯人に決まってますよ。蠟人形はあの工房で作られたと本人も認めているんですよ。令状取ってしょっ引いて絞っちゃえばいいのに」

バカ、と碇がいつものように、遠藤の頭を軽くはたく。

「あのタイプが刑事に絞られて落ちると思うか？　そもそも連行にすら応じるかどう

か」

「任意ならわかりますが、強制でも、ですか？」

日下部が問う。碇は首を振った。

「死体の身元もわかっていない、いつ死んだのかすらわかんねぇんだぞ。二十年前の死体だったらどうする。証拠が残っていると思うか。こんなんじゃ令状は出ない」

指紋や体液は、拭き忘れがあったとしても、数年経てば風化で消えるだろう。凶器だって処分しているはずだ。所持し続けるほうがおかしい。唯一の希望は血液の痕跡を辿れるルミノール反応だ。血中のヘモグロビンを構成する鉄イオンは劣化に強く、状況次第では何十年か経っても反応がでることがある。

「防犯、監視カメラ映像は残っていないだろうな。そもそもいまほどカメラ網が発達していなかったころの犯罪かもしれない」

遠藤が肩を落とす。

「全然だめじゃないすか。どうやって殺人を立証するんです」

「だから難しいと言っている。しかも刑事の尋問をするりとかわしてこっちの弱みをつき、嘘のリストを摑ますような女だぞ」

弱み――碇はぽろっと言ってしまったようだ。日下部のほうが焦り、話を逸らした。

「そういえば、いつの時点で本所歴史博物館の蠟人形の中に、死体入り蠟人形が紛れ込んだんでしょう。そっちの線は――」

碇が答える。

「その確認は別の班がやってる」

碇が捜査資料を引っ張り出し、あちこち、捲りはじめた。一斉の捜査会議がないので、いつ、どの捜査員が、どの情報を摑んできたのか、把握するのがひと苦労だ。

これだ、と碇が捜査資料を見せる。

「蠟人形を回収した丸潤産業は、本所歴史博物館の駐車場に出してあった蠟人形をそのままトラックに載せたと言っている。中に設置されていた蠟人形を表に出したのは、別の業者だ」

それが、中央防波堤内側埋め立て地へ搬出する前日のことだった。蠟人形はひと晩、駐車場に放置されていたことになる。その間に、紗枝が死体入りの蠟人形を紛れ込ませたのだろう。

「本所歴史博物館周辺の防犯・監視カメラは、一週間で上書き消去だ。搬出当日ものは確認できなかった」

日下部はため息をついた。

「せめて、紗枝が自宅から蠟人形を搬出する姿を捉えられていたらなあ」

「紗枝の自宅玄関も、店舗の入り口も、路地裏だ」

防犯・監視カメラの設置がない。

「とりあえず、こっちの聞き込みを優先するか」

碇が、すみだ伝統工芸会の会員一覧表を手に取った。本所歴史博物館の関係者でもある。三十六人の伝統工芸作家が名を連ねていた。

「下手したら緊急事態宣言で営業自粛、工房を閉めるかもしれない。そうなる前に、聞き込みだ」

日下部はCGで描かれた、蠟人形の中の被害者の顔面がプリントされた紙を取った。目を開けた状態の生前の顔を、AIが復元したものだ。昔は骨から推測し顔面を粘土で再現する復顔技師がいたが、いまはほとんどAIが取って代わり、その役割を担っている。

蠟人形の中に塗り固められていた男は、顎の小さい、全体的にこぢんまりとした印象の男だった。目だけがぎょろりとして、大きい。ほくろや傷などの特徴はなく、いまのところ、顔認証でのヒットはなかった。坊主頭だったが、蠟で塗り固めるために坊主にされたのか、もとからなのか、いまの時点では判断がつかない。

碇が改めてガイシャ男性の顔を眺め、言う。

「ガイシャと紗枝には接点があるはずだ。明日以降、徹底的に洗うぞ。まずは工芸作家たちの概要を掴む」

碇は気合が入っている様子だった。珍しく、残業するのか。

瑞希をひとりにして、大丈夫なのか。日下部のほうが、心配になった。


四月八日、日下部は碇と、墨田区の曳舟を歩いていた。

東武伊勢崎線と亀戸線（かめいどせん）、京成押上線（おしあげせん）が複雑に入り組む地域だ。電車の音がひっきりなしに聞こえてくる。その音が、地域のせせこましさを強調しているようだ。古くからの木造家屋も多く、路地は迷路のようだ。車両が入れないほど狭い路地の前に、住民が置いたプランターや鉢などがずらっと並ぶ。色とりどりの花が咲き誇っていた。

どこを歩いても東京スカイツリーが顔を出すのがおもしろかった。

「本所歴史博物館の、伊吹ちゃんの話を思い出すな」

碇がスマホのマップアプリを確認し、路地を曲がりながら続ける。

「本所は火事に始まり、火事と共に発展、でしたっけ」

震災、戦争、二度の大火で街が焼失してもなお、新たにこんなにせせこましい道路を作って密集する。大正、昭和の混乱の延長のまま、この街は令和になったのだろう。

「こんなところで一軒火が出たらどうなるのか。路地には消防車は入れないし、裏は線路だし、どうやって火を消すんだ」

墨田区の人の心配より、瑞希は大丈夫なのか――日下部はお節介とわかっていても、尋ねずにいられない。

「今日、瑞希ちゃんは一緒じゃなくて大丈夫なんですか」

碇が、珍しく動揺した様子で、日下部を一瞥した。

「昼間は、平気だ」

「昨晩、思い切り残業してましたよね」

「いまは川越の実家にいる」

「そうでしたか。なら、安心ですね。お父さん、元捜査一課の敏腕刑事ですし」

碇は、黙っている。

「あの、瑞希ちゃん――」

「なんだ」

正面から受け止められると、尋ねづらい。日下部は、遠回しに訊いた。

「手首、けがをしてましたけど、大丈夫ですか。顔に痣もありました」

碇は困ったような顔で、日下部を見た。これまでのように無視したり、質問を拒絶する態度は見せない。言葉を探しているのか、道路脇の草木や花にせわしなく目をやりながら、ぼそっと言った。

「四日の件はすまなかった。投げ出して帰ってしまって」

いえ、と日下部は短く答えるにとどめた。

「娘はちょっとトラブルに巻き込まれているが、大丈夫だ」

「男に付きまとわれている、とかですか。ストーカーとか」

日下部はわざと、外して見せた。碇は、否定しなかった。

「扉の隙間から腕を掴まれて、引っ張られたんだ。U字ロックはかかっていたんだが――。扉の角に顔を強打して痣が残り、手首もけがをした」

日下部は息を呑んだ。連れ去られそうになったということではないのか。

「それ、いつの話です。芝浦の官舎での出来事ですか」

「ああ。四月一日の夜のことだ」

警察の官舎でそんなことをする男――。

「頭がおかしい奴なんだ」

碇はそれで済ませてしまった。

「逮捕しなくていいんですか。傷害で立件するとか」

「コロナが落ち着いたらな。あった。あの工房だ」

碇が指さした先に、『羽黒工房』とトタンの看板が出た一軒家が見えてきた。両隣の住宅と五十センチくらいしか間隔がない工房は、古い家屋に黒いペンキを塗ってリフォームしたようだ。昔ながらの木枠のガラス戸と相まって、趣がある。入り口の前に小さないすが出ていた。ちりめん生地の張られた、ころんとした人形が置かれている。人形は『いらっしゃいませ』と書かれた小さな看板を持っていた。

「へえ。これが木目込み人形か」

碇がわざとらしい口調で言う。木の人形に、溝を彫って模様を描き、布をその溝に埋め込んで張る日本の伝統的な人形だ。江戸時代に京都で始められ、やがて江戸に伝承された。京都発祥の加茂木目込み人形とはスタイルを変え、江戸木目込み人形として東京の下町で現代でも受け継がれている。表に置かれたのは、相撲取りの木目込み人形だった。

碇が「どうもー」とガラスの引き戸を開けた。正面が販売カウンターになっている。ガラスケースに様々な木目込み人形が並べられていた。四月の上旬も過ぎようとするいまは、五月人形やこいのぼりの木目込み人形が並べられている。

カウンターに人はいない。畳敷きになっている奥の工房に、二人の人間がいた。割烹着姿の女性が「はあい」と立ち上がる。畳の上にあぐらをかいているのは、腕っぷしの強そうな初老の男性だった。木目込み人形の元となる木の塊に、彫りを入れている。兜のようだ。職人らしい、リズミカルな動きで、手のひらの上で木を器用に転がし、刃を押し込んでいる。布を木目込むための溝を作っているようだ。

カウンターに立った女性は、三十代くらいか。よく見ると、奥の職人ふうの男性と、鼻の広がり方や大きさが同じだった。親子か。

「恐れ入ります」と丁重にあいさつし、日下部は碇とタイミングを揃え、警察手帳を示した。女性は、え、と固まってしまっている。

「こちらの、東原雄一さんにお話を伺いたいのですが」

お父さん、と即座に女性が振り返る。女性は、指先が糊でかたまり、白い粉を吹いたようになっていた。

「手が離せないよ」

東原雄一と思しき父親が、日下部たちに見向きもせず、言った。女性が中へ促す。

「よろしかったら、どうぞ。ちょっと汚いですけど」

カウンターの奥へ日下部と碇を案内してくれた。木彫りの人形にあてる色とりどりの反物が、壁にぎっしりと並んでいる。その切れ端や糸くずで畳は散らかっていた。女性が手持ちほうきでささっと糸くずを掃除した後、座布団を二枚出した。東原は、座布団を置いたときに出たちょっとした風もいやがり「おい、美和子」と娘をたしなめる。彼女は美和子という名前らしい。

父親の東原のほうは、いかにも頑固者の職人という感じがする。やりにくそうだ。碇は平気な顔でどっかと座布団に胡坐をかいた。主導権をあちらに握られたくないという態度の表れだろう。日下部は、碇を「怖い刑事」という風に際立たせるため、自分はあえて正座で挑んだ。

「実は、青海埠頭で死体入りの蠟人形が発見された件で、この界隈を回っています」

美和子のほうは「へー」という感じで、木目込み作業を始める。尻を浮かすほど驚いたのは、東原のほうだ。よほど意外だったのか、無警戒に目を丸くしている。

「なんでうちに。うちは蠟人形なんか作ってないよ」

「向島にキャンドルワークスというのがあります。蠟人形の製作もしているようで。山岸紗枝さん、ご存知ですか」

「知ってるけどさ……あの不思議チャンだろ。メルヘンランドの」

同じすみだ伝統工芸会の会員だから顔見知りだろうが、東原は紗枝にいい印象を持っていないようだ。

「アロマキャンドルなんか、伝統工芸でもなんでもないだろうに。先代の言いつけを守り、絵付き蠟燭作ってりゃよかったの」

「先代は、蠟人形製作をしていたようですが」

碇がやんわり言うと、東原が強気で返す。

「どこに需要があんのよ。先々代までは、そりゃあきれいな花を蠟燭に描いてね。東京土産にって買っていく人も多かったのよ。それを芸術家気取りの先代が、蠟人形なんか作りはじめちゃって。メルヘン娘に伝承したばっかりに――」

まるでそのことで、東原に損害がでたような言い回しだ。美和子が「お父さん」とたしなめている。東原は眉を上げて、刑事たちではなく、娘に反論する。

「だってそうだろ。本所歴史博物館は、あのメルヘン娘が無駄に作った蠟人形を展示するために建てられたようなもんなんだから」

美和子はすっと視線を逸らし、木目込み作業に集中しはじめた。東原が、誰にともなく続ける。

「誰も頼んでいやしないのに、本所七不思議をモチーフにした蠟人形を何千万もかけて作ってよう。飾れるハコを建ててくれと、メルヘン娘が当時の会長に泣きついたんだ。きっと色目でも使ったに決まってる。女を使ってさ――」

「お父さん！」

美和子がかなりきつい口調で、言い返す。東原は突然、怒鳴り散らした。

「お前、なんであんな女と親しくする！　だからお前も四十を前に嫁にも行けないんだろうが！」

親子げんかが始まってしまった。日下部は間に入ろうとしたが、碇は胡坐をかいたまま、無言で様子を見ている。

美和子はもう父親を無視して、作業を進める。東原は上げた拳の行き場がなくなったのか、ひとりで勝手に説明を始める。美和子に咎められても、紗枝に対する侮辱的な物言いはやめなかった。

「あそこの娘は売女、元会長はたぬき。会費を払ってる他の職人が納得しないから、我々のスペースを設けることで、やっと本所歴史博物館は開館にこぎつけたんだ」

だがオープン当初から赤字垂れ流しだったようだ。その補塡にまた、東原ら職人が拠出する会費が使われる。

「いまの平井さん夫婦も、伝統工芸なんかなんも関係ないのに、外部から引っ張り込まれてさ。人がいいからあんな博物館を押し付けられて、かわいそうだったよ。やっとつぶれてくれて、ほっとしてるんじゃないの」

東原が、木彫りの人形の溝にふうっと息を吹きかける。木くずがわっと舞った。

「しかもだよ。蠟人形はさ、ほぼ毎日、メンテナンスが必要だとかなんとか。本所歴史博物館は紗枝に対して毎月、メンテナンス料まで払っていたんだ。ン十万もだぞ」

「具体的には、どんなメンテナンスを？」

碇が合いの手を入れた。

「蠟人形は触ったり、肩組んで写真撮ったりすることができるのが売りでしょうよ。蠟だから傷もつきやすい。メルヘン娘は毎日閉館後に博物館に顔を出して、傷を直したり、着物や人形の毛を整えたりしていたらしいが、ここ二、三年は一日の来館者が十人を下っていた。劣化なんかねえだろうよ」

美和子はもう、なにも言わなかった。空虚な顔で木彫りの人形の溝に、布をヘラで埋め込んでいる。

碇が被害者の写真を示した。

「こちら、ＡＩによる被害者の顔の復元写真です。二十代から三十代くらいの男性で、血液型はAB型です。見覚えはないですか」

東原が手に取ってそれを見た。「知らないね」と一言言い、娘の美和子に渡す。美和子のほうも、さあ、と首を傾げる。東原がもう話は終わったとばかりに、「土取ってくる」と工房の外に出ていった。

引き戸が閉まった瞬間、美和子が顔を上げた。碇と日下部に言う。

「父のアレは、一方的な思い込み、誤解ですから」

「アレというのは。具体的に」

碇が、よく響くバリトンボイスで尋ねた。

「紗枝ちゃんは――」

途端に引き戸が開き、東原が戻ってくる。美和子は口を閉ざしてしまった。

「あんたら、いつまでいるのよ」

東原が日下部たちを忌々しそうに見た後、畳敷きの工房の、壁際に向き直った。キッチン台のようなそれは、土をこねる台らしかった。その脇の鉛筆立てに何十本も工具が入っている。彫刻刀のほか、大小さまざまなヘラ、ハケ、ブラシ、焼きゴテなどだ。

「それは、なんです」

碇が腰を浮かせ、尋ねる。

「粘土だよ。顔を作るの」

ちょっと失礼、と碇が畳を横切る。靴下の裏に、小さな端切れや糸くずがついたが、構う様子はない。日下部も立ち上がる。

碇が東原の脇に立ち、焼きゴテを一本、取った。先のほうは長さ三センチほどの正三角形の形をしていた。何度も熱せられたからだろう、三角形は黒くなっている。持ち手は木製だった。

「この焼きゴテ、なにに使うんです？」

「布の皺を取るのに使うんだ。アイロンじゃでかすぎて、他の布に影響が出るから、焼きゴテじゃないと作業できない」

「粘土をお借りしてもよろしいですか」

「はあ？　なんで」

碇が焼きゴテの持ち手を握り直し、思い切り、粘土の山に振り下ろした。何度も、何度も。娘の美和子も正座の足を崩し、仰天している。日下部は碇の背後から粘土を見る。碇が焼きゴテを粘土に突き刺し、振り上げるたびに、抉れた粘土が小さな塊となって、方々に飛び散る。

粘土の表面には、見覚えのある穴がいくつも空いていた。

花びらを散らしたような——。

日下部は、監察医務院の解剖室で見た、被害者男性の上半身を思い出す。

「日下部。写真撮っとけ」

碇が粘土を顎で指し、指示した。東原に向き直る。

「これ、お借りしたいんですが」

焼きゴテを見せた。

「——いいですけど。そんなもの、合羽橋に行けばいくらでも売ってますよ」

「合羽橋で買ったんですか？」

「うちは取引のある金物屋さんに発注してますけど」

金物屋の連絡先を聞き、碇と日下部はすぐさま焼きゴテを持って、桜田門の警視庁本部へ向かった。鑑識課に顔を出し、鑑定を依頼する。

翌日、鑑識課から連絡が来た。

凶器は、先が三角形の焼きゴテと断定された。

だが、碇が持ち込んだ羽黒工房の焼きゴテでは、小さすぎるということだった。

凶器は、焼きゴテ。

四月九日以降、日下部は焼きゴテを求め、すみだ伝統工芸会のリストにある職人を回ることになった。碇と共に、三十六人いる職人のうち、十人を担当する。

午前中で五軒を回り、昼休憩を取る。言問橋と桜橋の間にある親水テラスに降りて、コンビニ弁当を食べることにした。平日の昼間はさほど人がいない場所だが、学校が休校のせいか今日は子どもを中心に人だらけだった。

「やれやれっすね。飲食店は開いてないし、食うところもない」

日下部と碇は川のほうを向いて並んで座り、地面にあぐらをかいた。ベンチがどこも空いていなかったのだ。

まだまだ風は冷たい。尻に伝わるコンクリートもひんやりしていた。隅田川の流れは穏やかだ。

「それにしても、参ったなぁ。焼きゴテ、大人気じゃねーか」

碇がカップラーメンをすすりながら言う。コンビニからこの親水公園まで、階段を上ったり下りたりするのに、店で湯を入れる必要があるカップラーメンなんかよく買ったものだ。レジ袋の中には、おにぎりが二つ、入っている。

「マジすね。屏風（びょうぶ）に焼きゴテ使ったのを見たときには、目が点になりましたよ」

午前中に回った表具屋では屏風を作っていたのだが、工房に大量の焼きゴテがあった。鑑識課によると、焼きゴテの先は長さ五センチの二等辺三角形の形をしたものだという。表具屋にある焼きゴテは、長さが十センチだった。紙を貼った際にできてしまう皺を伸ばすために使用するのだという。

二軒目は革製品を扱う工房で、百本近い焼きゴテがあった。どれも、革製品に柄や刻印を入れるためのものであり、唐草模様とか、屋号の溝が彫られていた。三角形の形状のものはなかった。

続いて回った三軒目は、和菓子屋だった。ここにも焼きゴテが五本あったが、指先くらいの大きさしかない。饅頭やどら焼きに、猫の肉球の柄を入れるためのものだった。こんなにかわいらしい凶器はない。

四軒目は羽子板を製作する工房だった。押絵羽子板と言われるものだ。絵柄の部分は布張りで、溝に布を埋め込む。木目込み人形の製作過程とよく似ていた。こちらも、布に皺が寄ったときに焼きゴテを使う。羽黒工房にあったのと同じく、非常に小さい三角形の焼きゴテで、長さは二センチしかなかった。

五軒目が唯一、焼きゴテを使用しない、皮の加工工場だった。動物の皮をなめして革に加工する工場だ。臭くて音がうるさい場所だった。焼きゴテを使用しないのなら用はない。

親水テラスの地面に置いたコンビニコーヒーは、もう冷めはじめていた。

日下部は、コンビニコーヒーに砂糖を入れ、かきまぜる。

「どの人も、伝統を守るザ・職人って感じですよね。きっと道具を大事にしますよ」

「だろうな。凶器にするとは思えないし、凶器にしたところで、取っておくはずがない」

絞り込みようもなかった。午前中の五軒だけで、四軒も焼きゴテを使っていたのだ。

碇がカップラーメンのスープを汁物に、赤飯おにぎりを食べはじめた。二口で食べてしまった。嘆く。

「参ったな。せっかく凶器が判明したのに、ここから進めないとは」

「また、キャンドルワークスをいじらないとだめですかね」

碇は黙ってカップラーメンの残りのスープをすする。

「まあ、あれです。俺と本部の誰かで、つつきますよ。大丈夫、碇さんはバックアップでOKですから」

碇はレジ袋に手を突っ込み、最後のおにぎりを出した。大きな手で包装フィルムを取る。内側に巻いてある海苔まで破ってしまう。ちまちまとしたその不器用な手で、実は必死に、娘たちを愛してきたのだと日下部は思う。

「碇さん」

「あん？」

「これから、瑞希ちゃんと一緒に暮らすんですか」

碇はおにぎりを咀嚼した後、「そのつもりだ」ときっぱり言う。

「親権を取る。美沙子には任せておけない」

日下部は昼食のゴミを片づけた。太腿の下にあった小さな石ころを、隅田川に投げてみる。小さすぎて、波紋のひとつも広がらない。

「──あの話は、本当だろうか」

碇が川面を見つめ、ぽつりと言う。

「紗枝が、父親の光男から性的虐待を受けていた、という……」

日下部は、答えに窮した。碇を追っ払うために言った『嘘』だと日下部は思っている。すると、二つの前提が必要になる。瑞希が性的虐待の被害者であるということ、そして、紗枝がそれにいち早く気が付いた、ということだ。

日下部はとてもこの二つを、碇に確認することができない。だが、あの場面で碇が慌てて瑞希を守るようにして帰ったことで、最初の前提は肯定されたと思っている。

瑞希は恐らく、美沙子の再婚相手から性的虐待を受けていた。

紗枝がそれに気が付いたのは、瑞希が、包帯を巻いた蠟細工の人形に強い興味を示したからだろう。あれだけ大量の商品がある中で、『傷ついた人形』にいち早く惹かれた。人が人形を求める心理には、鑑賞美を追求する場合と、自分と同化させて癒やされたい場合があるのではないかと日下部は考える。

瑞希は迷うことなく、『傷』がクローズアップされた人形を欲しがった。

あの人形に一瞬で共感し、自分を同化させたからにほかならない。

それは瑞希が深く『傷』ついているからだ。普通の人は、骨折をしたり、捻挫をしたりして傷ついた人形を、欲しがりはしない。瑞希は、心の傷が深いに違いなかった。

「日下部」

碇に呼ばれ、はっと我に返る。考え込みすぎて、どれだけ沈黙していたか、覚えていないほどだ。碇が紗枝の話を続ける。

「紗枝が父親から性的虐待を受けていたとして、その憎き父親の蠟人形を作る神経がわからない。自分を傷つけた加害者の顔を、復元するようなものだろう。しかも、誰かの死体を覆った蠟人形の顔に選ぶ、というのは――」

「紗枝はガイシャ男性にも強烈な怒りがあった、ということでしょうか」

「紗枝の父親と同じことを紗枝にした人物、ということか」

言って碇は「いや」と打ち消す。

「もしかしたら、自分と同じような被害に遭った者へのシンパシーかもしれないな」

「どういうことです」

碇はしばらく、黙した。だが、思い切ったように言った。川面を見つめたまま。

「紗枝は一瞬で、見抜いていた。瑞希のことを」

日下部は、目を逸らした。碇の横顔を見ているのが、辛かった。碇は、日下部が察していることに、気が付いている。日下部が、瑞希が性的虐待の被害者であると薄々感づいていることを、碇もまた、察知している、ということだ。

碇が続ける。

「ほかにも、あの包帯を巻いた蠟細工の少女の人形を手に取って、欲しがった少女が、いたのかもしれない」

日下部は身を起こした。

あれを買うと無料でキャンドル製作体験ができる――。

「すると紗枝が出したあのリストの中に性的虐待被害者がいたのかもしれません。その加害者が、蠟人形で固められた男性だという推理が、成り立ちませんか」

碇が、眉間に強く、皺を寄せた。

「だいぶ飛躍している。根拠がなにもない。根拠を表に出せないし――」

瑞希の被害を、根拠として調書に書けるはずがない。日下部はそれを碇に強いるなんて、とてもできなかった。

「俺たちだけで、その線で動くのはどうです。あのリストを元に、性的虐待被害者を探し出すんです」

「日下部」

ぴしゃりとした物言いで、苗字を呼ばれる。

「俺はもし、誠実そうで頼りがいのある刑事が家に来て瑞希のことを尋ねたとしても、絶対に、言わない」

日下部は、唇を嚙みしめた。

「瑞希も、言わないと思う。なにをされたのか」

「すみません」

日下部は、つい、謝ってしまった。碇は、目尻に皺を寄せて力なく微笑む。

「嬉しいよ、日下部」

「なにがですか」

「口に出さなくてもわかってくれる。世界中で、お前だけだ」

日下部は、照れ隠しでコーヒーを吹いてみせた。嬉しかったのに、なぜか、目頭が熱くなった。

碇が立ち上がった。

「もう一度、羽黒工房に行くか。あのジジイがいない時間を狙って」

ジジイとは、差別的発言を連発していた、東原雄一のことだろう。

「娘の美和子にもう一度話を聞く。なにか言いたそうな顔をしていた」

美和子がひとりで出かけるタイミングを見計らい、声を掛けた。

彼女は食材の買い出しに行くところだった。スーパーのフードコートで、日下部は碇と、美和子の買い物が終わるのを待つことにした。席は老人と家族連れで半分くらいが埋まっていた。日下部はタピオカの店で三つ飲料を買って、席に戻ってきた。

「俺はコーヒーでいいって言ったろ」

「なかったんすよ」

碇が渋々といった様子でタピオカドリンクを飲む。この世で一番タピオカが似合わない横顔だ。

美和子が両手一杯の食材を持って、「お待たせしました」とやってきた。

「すみません、家族二人だけなのに、三食分となると」

フードコートのテーブルを三つ並べ、向かい合わせにならないように座る。美和子は緊張した様子だ。美和子を刑事二人が挟んでいる形になっているので、仕方がない。

「以前、聴取したときに、なにかおっしゃりたいことがあったようですが」

碇が切り出す。美和子はタピオカドリンクを飲んだ後、顎に下げたマスクを戻す。

「紗枝とは幼馴染みなんです。昔は、普通の子だったんです。元気で、はきはきしていました。いまは、そうっとしゃべって、そうっと生きてるみたいな感じですけど。変わってしまったのは、小学校高学年くらいのときだったか……」

美和子がそこで、口ごもる。言葉にするのを、相当に躊躇している様子だった。碇が助け舟を出した。

「紗枝さんは、お父上の山岸光男氏から、性的虐待を受けていたようですね」

美和子がびっくりした顔で、碇を見返した。

「ご本人から聞きました」

「本当に？　本当に紗枝本人が、刑事さんに言ったんですか？」

碇がうなずいたが、美和子は信じがたい様子で、眉をひそめている。日下部は意外に思い、腕を組んで考え込んだ。

紗枝のあれは、碇を追っ払うための嘘だと思っていた。

だが、美和子の反応から見るに、事実のようだ。

美和子が、首の外れた人形のようにせわしなく頭を振り、否定する。

「信じられません。紗枝が、男性にあの話をするなんて」

「正確に言うと、別の性的虐待被害者の少女に話しているのを、自分は偶然耳にしたまでです」

碇の説明に、美和子はやっと納得した様子だ。ストローの先で黒い玉をいじくりながら、話を続ける。

「あそこのキャンドル製作体験教室は、傷ついた少女たちが集うサロンみたいな役割を担っていますからね」

日下部は身を乗り出した。

「包帯が巻かれた蠟細工の人形――あれの購入者のみの特典なんですか。なんとなく、心に傷を負った少女たちが集いそうだという気がしますが」

「限定はしていませんよ。ただ、そういう少女たちやアダルトチルドレンの人々が集いやすい、というのはあると思います」

キャンドル製作体験はほかの客と合同で行われることはないらしい。紗枝と一対一とか、友人連れ、家族連れという単位で、時間を区切って開催される。自助グループとはまた違う緊密な関係性が、紗枝と体験者の間にあったようだ。

「紗枝に促され、経験を口にして辛い体験と向き合おうとする人もいれば、一切なにも語らない人もいますし、そういった心の傷を全く負っていない人も、もちろんいます。決して虐待被害者に限定した体験教室ではありません」

ひとつ咳払いし、美和子が続ける。

「紗枝は傷を負ったまま大人になり、蠟人形を作ることで少しずつ自分を立て直していったんです。当時の、すみだ伝統工芸会の会長は――」

「お父上が、紗枝さんが色目を使っていた相手と言っていましたね」

碇が確認する。美和子は大きく首を横に振った。

「それは絶対にないです。紗枝は、男性とそういう関係になれませんから。当時の会長は紗枝の父親と仲が悪く、その悪行も知っていたんです。だから紗枝に同情し、蠟細工に関係する仕事で事業が継続できるように、支援していただけです」

碇が尋ねる。

「紗枝さんとは親友なのですね」

「ええ」

「あなたも同じ傷を?」

ずいぶん大胆で踏み込んだ質問だった。美和子は慌てて、首を横に振る。

「いえ――私は、性的なほうではない、虐待です」

「お父上から?」

美和子は明確に否定した。

「確かに父は口が悪くて偏屈なところがありますが、私を守ってくれた人です。うちは、母が――」

美和子はそこで、口を閉ざした。あの工房に母親の気配はなかった。美和子は二人分の買い物をしていると言ったし、もはやあの家に母はいないのだろう。

「虐待を受けた子どもというのは、自己否定に走りがちです。紗枝は、私の蠟人形まで作ってくれました。あなたはこんなに素敵なんだよ、って。一体数百万円かかるし、ひとりでやるから時間もかかる。それでも紗枝は、私のために作ってくれました」

「いま、その蠟人形は？」

「紗枝の工房にあります。いまでも調子が悪くなると、紗枝の工房に行って自分の顔を確認します」

碇が首をひねる。二階の工房はキャンドドル製作に関するものしかなかった、と日下部も聞いている。

「四階です」

美和子が続ける。

「蠟人形の製作は、四階で行っているんです」

言って美和子は、しまった、という様子で口を閉ざす。四階の蠟人形製作工房になにかある、と暴露しているようなものだ。美和子が碇に頼み込む。

「捜査のため必要かもしれませんが、四階の工房には、踏み込んでほしくないです」

碇が鋭い瞳で美和子を見据えたまま、理由を尋ねる。

「四階は、紗枝の、心の中なんです。あの場所にずかずかと入ってほしくありません」

スマホがバイブする音が聞こえてきた。碇が日下部に「課長だ」と一言言い、一旦席を立った。すぐに戻ってくる。美和子に丁重に礼を言い、聴取を終わらせた。店の自動扉の向こうに美和子が消えるのを、日下部は碇と共に見送る。美和子は最後、不安そうな顔で碇たち刑事を振り返った。こちらがまだ見ていると知るや、慌てて目を逸らし、店を出た。

碇が、日下部に言う。

「紗枝の工房から、焼きゴテが出たそうだ。サイズは違うらしいがな」

日下部は驚いた。キャンドル製作でも使うのか。

「羽黒工房の東原が話してただろ。蠟人形のメンテナンスに使うそうだ。人が触ったり引っ掻いたりしたことでついた傷を、焼きゴテをあてて一旦蠟を溶かして、成形し直すんだそうだ」

すでに紗枝は件の蠟人形が彼女の工房で作られたことを認めている。中の死体の凶器である焼きゴテを日常的に使っている職業とわかれば、裁判所は家宅捜索令状を出してくれるだろう。

捜査本部は裁判所から令状が出次第、家宅捜索という流れになるようだ。

「四階には入ってほしくない、とたったいま聞いたばかりですが」

日下部は、タピオカドリンクを吸った。勢いあまり、粒が喉を直撃する。

「美和子の話した線もあたってみるか」

碇の言葉に、日下部はうなずく。

「やっぱりあのキャンドル製作体験者リストですね」

日下部が指摘したように、紗枝は別の被害者のために事件を起こしたに違いない。あのキャンドル製作体験者の中に、蠟人形に塗り固められた被害者の、関係者がいる可能性が高い。美和子の証言が根拠になる。

「いやその線じゃない」

日下部は、ずっこけそうになった。

「でも、美和子ははっきり言ったじゃないですか。あのキャンドル製作体験は、傷ついた少女たちのサロンになっている、と」

碇が鋭く、日下部を見る。

「紗枝がどこかの性的虐待被害者のために犯罪をやってのけたのだとしたら、その被害者の名が載るリストを、わざわざ警察に渡すと思うか」

碇が立ち上がり、ジャケットをはおる。日下部は慌てて後に続く。

「それじゃ、どの線で行くんです？　児童相談所でも行くんですか？」

「そっちにはいかない。対象が広すぎるし、令状がない。まずは、警察が把握している事案からだ。家庭内での性的虐待事件で、お宮入りになったのを調べる」

日下部はすぐには理解できず、ん、と首を傾げる。碇が説明を加える。

「性的虐待事案は家庭内で親族間のことだから、表面化しづらい。一方で、事件化された時点で犯人が特定されているケースがほとんどだ」

日下部は手を叩いた。

「そうか。あのガイシャは長らく蠟人形の中にいた、つまり、逮捕されていないってことですもんね」

「ああ。家庭内での性的虐待事案で、お宮入りになったケース——犯人が不明、もしくは逃亡中のものに絞る」

だがこれは、ガイシャが性的虐待事件の加害者である、という想定の上での話だ。

「普通はこんな捜査しないがな」

碇が自虐的に言った。

「お供しますよ、碇さん」

どこまでも——。そこまでは口に出さず、日下部は碇の後に続いた。

五臨署に戻った。碇が未解決事件一覧のデータから、『家庭内』『性的虐待』の二つのキーワードで検索をかける。出てきたリストを日下部と手分けして探るつもりだった。だが、検出された事件は、たったの一件だけだった。

『東大和市（ひがしやまとし）西本叡子（にしもとえいこ）ちゃん虐待死事件』

　碇が画面をスクロールする。逃走中とする犯人の似顔絵画像が、添付されていた。

画像が拡大される。

　日下部は、犯人の顔から目を逸らさぬまま、ジャケットの内ポケットから、蠟人形の中に閉じ込められていた男性の復顔写真を出す。それはこの三日間、持ち歩き続けて、折れかけていた。

　画面の横にかざす。

「似てますね」

「ああ。そっくりだ」

第四章　石膏人間

四月中旬の上野(うえの)恩賜(おんし)公園の不忍池(しのばずのいけ)は、まだまだ水温が低く、寒そうだ。

礼子は午前中、刑事として、東京湾岸署の捜査本部にいた。昼ごろ、水難救助隊から、緊急出隊命令が入った。老人が池に転落したという。礼子はいま、ウェットスーツ姿で上野恩賜公園の不忍池のほとりに立つ。

数日前の緊急事態宣言を受けてか、春先は人でにぎわう上野公園も、人の数はまばらだった。野次馬が、駆けつけた警察や消防車両、水難救助隊のクロヒョウのマークが入った特殊車両の撮影をしている。彼らも密にならないように気をつけているのか、分散している。珍しく静かな現場だった。

池に落下した男性は、不忍池の三つある池のうち、蓮池(はすいけ)にいた。すでに誰かが救命浮環(ふかん)を投げたようだ。蓮の密集する水面のすぐ近くに浮かんでいた。

隊長が、溺水男性に叫ぶ。

「落ち着いて、足をおろしてみてください。大丈夫です。必ず、足はつきますから！」

不忍池は浅い。蓮池の平均水深は八十四センチだったか。

隊長がいくら呼びかけても、男性は浮環に摑まったまま、首を横に振っている。

「パニックになっているのかもしれません。私、行ってきます」

礼子はウェットスーツのフードの上からヘルメットをかぶった。シュノーケルや潜水マスクはいらないだろうが、念のため、ヘルメットに装着する。

野次馬は少ないが、人々の視線が自分に集まっているのを感じる。ウェットスーツは体の線がくっきりと浮かび上がるので、見る人が見ると、女性のその姿は非常に卑猥に映るらしい。特に礼子はバストにそこそこ大きさがある。腰の位置が高いので、くびれも目立つらしい。普段、水難救助の現場はもっと人が集まるので、「セクシーだね」「すけべだな」と、下卑た掛け声を浴びることもあった。

足から池に入った。不忍池は生臭く、非常に冷たかった。ドライスーツにしたほうがよかったか。下のぬかるみに足を取られぬよう、一歩一歩、要救助男性に近づく。歯の抜けた、白髪まじりのボサボサ頭の老人が、礼子を見る。

「あー、すまないね、ありがとう」

老人は礼子を見るなり、浮環をほっぽり出して礼子の腰にまとわりついてきた。礼子は手を振りほどき、浮環を握らせた。

「おとうさん。ここ、水深浅いですよ。歩いて戻りませんか？」

「無理だ、溺れるよ、手を貸してくれ」

老人はまた、浮環を放り投げてしまう。礼子は浮環を小脇に抱え、老人の手を摑んだ。引っ張って歩く。老人はバタ足泳ぎでついてきた。子どもに泳ぎを教えているような気になる。池の周囲に集まった人々が、撮影しているのがわかった。礼子はつい、うつむき加減になる。

柵までやってきた。池の水面から柵の上まで、三メートル近く高さがある。ここから引きあげるのにひと苦労ありそうだ。他の隊員たちが手を伸ばしている。礼子は老人を立たせようとしたが、池の中に足をつくのはどうしてもいやだと言う。

仕方がないので、礼子は老人を背負うことにした。池の中にしゃがみこみ、背中に乗るように言う。老人は嬉々として、礼子の背中に飛びついてきた。軽くて、骨ばった体をしていた。ホームレスかもしれない。耳や頬に吹きかかる口臭がきつかった。礼子は立ち上がり、柵を摑んで上がる。どさくさ紛れに、老人の手が、礼子の胸元に延びてきた。老人は明らかに、礼子の胸を触っていた。礼子は両手で柵を摑み、体を支えているので、振り払えない。隊員たちが老人の体を引きはがす直前には、二度、揉まれたのがわかった。

礼子は、むかついた。

自力で柵を上った礼子は、毛布にくるまれてしゃがみこむ老人の元へ、つかつかと近づいた。見下ろす。

「あんた、さっき私の胸、揉んだよね？」

「えぇ～？」

礼子は自分が警察官であることも、衆人環視の場であることも忘れ、老人を引っぱたいていた。

水難救助隊の隊長は叱らなかった。自分が行けばよかったと礼子に詫びる。同僚は「乳揉み老人」と大笑いしていた。水難救助隊を要する第二機動隊の隊長は、礼子に雷を落とした。特殊車両で第二機動隊基地に戻った後、隊長の執務室に呼び出される。

「確かに、女性警察官へのセクハラが多いのはわかってはいるが、手を挙げるのは絶対にだめだ。そもそも、ちょっとやそっと触られるくらい覚悟の上で警察官になったんじゃないのか。減るもんじゃあるまいし」

結局、女が責められる。

礼子は、性被害相談ダイヤルに電話をかけてきたルナールのことを思い出した。警察官だと身分をばらした途端、連絡がつかなくなって、もう二週間だ。しつこく電話をするのはまずいと思い、電話はかけていない。だが、一日一回、メッセージを入れていた。いつも気にかけている、という態度を示すためだ。元気か、大丈夫か、いつでも電話して……同じ言葉ばかりでは嘘っぽくなるので、最近は、その日、礼子の身近にあった出来事を綴(つづ)るようにしている。

礼子個人を特定できる内容は入れなかった。

ルナールは警察を避けている。

なんらかの犯罪組織に関わっている少女だという印象が強い。万引きや売春、最近多い特殊詐欺の受け子なども、アルバイト感覚でやってしまう少女は多い。ルナールのことは助けたいが、礼子の警察官としての個人情報も守らねばならない。下手に教えて利用されたら、大変なことになる。

隊長の叱責の言葉を聞き流していると、ノック音がした。隊長が返事をしないうちに、スーツの男が顔を出す。

五臨署刑事課の課長、高橋だった。温厚な彼には珍しく、非常に険しい顔つきだ。

「有馬。猫の手も借りたいほど忙しい。すぐ湾岸署に戻ってくれ」

高橋は、有無を言わさぬ一瞥を隊長に送り、礼子の手を引っ張って、隊長室を出た。どうやら、救出してくれたようだった。廊下に出た途端、「お前も大変だな、諸々……」と、気遣われた。

高橋が長い廊下を引き返しながら、駐車場に礼子を連れていく。

「とにかく来てくれ。例の、蠟人形の中のガイシャの身元が、わかりそうなんだ」

礼子は、先を急ぐ高橋を追い越す勢いで、走った。

「いったい、誰だったんです」

「少女への性的虐待と、傷害致死の容疑があった男だった」

礼子は眉を上げた。

「それって、指名手配犯、ということですか」

なぜ指紋やDNA照会で一致がなかったのか。

「指紋やDNAを採取できなかった現場だからだ。犯人の写真もない。似顔絵を取ることしかできなかった。ひどい現場だったようで――」

高橋はそこで、言葉を切った。

「とりあえず、事件を担当した東大和警察署に、碇と日下部が飛んでいる。お前は関係者のところへ行って、ガイシャの復顔写真を見せて、面取りしてきてほしい」

車の中で読め、と礼子は分厚い調書を渡された。

礼子は、高橋が運転する捜査車両の助手席で、『東大和市西本叡子ちゃん虐待死事件』の調書を捲った。

あまりに凄惨な事件だった。

平成二十五年、いまから七年前だ。東大和市南街（なんがい）×丁目××内、わかば荘一〇一号室居住中の大家より、二階から火が出ていると通報が入った。消防が駆けつけたところ、二〇五号室に住む無職、西本花蓮（かれん）（三十二歳）方から出火していた。室内五十平米を焼く火事だった。特に損傷が激しかった浴室から、子どもの焼死体を発見。現場で死亡が確認され、殺人、放火の疑いで、直ちに捜査本部が設置された——。

礼子は、現場の様子を写した何枚もの写真に、指が震えた。タイル張りの古臭い浴室は、煤（すす）で天井まで黒くなっていた。元のピンク色がところどころ残る正方形の浴槽の中に、膝を抱えた状態の子どもが、頭を苦しそうに上に向けて死んでいる。髪は焼け落ちて、ぱっと見では性別がわからない。全体的に黒いが、ところどころ肌色の皮膚は残っている。熱傷で皮膚がさけ、真っ赤になっていた。黒焦げになった両手は、掌をぎゅっとグーに握りしめていた。

礼子は一旦目を閉じて、眉間を押さえる。

「鬼畜だ。鬼畜のなせる業としか、思えない」

高橋が礼子の気持ちを察したように、呟く。礼子は覚悟を決めて、調書の続きを読んだ。

解剖の結果、亡くなったのはこの家に住む西本花蓮の長女の叡子、当時十二歳と判明した。市内の小学校に通う六年生だった。

叡子の死因は熱傷によるものではなく、窒息死とある。喉の小骨が折れており、首を絞められての殺害とみられた。これまでも何度か、児童相談所の職員が通報を受けて西本家を訪問していた。叡子本人から「お母さんの恋人に体を触られたり、下着を盗まれたりしている」という訴えがあったことも判明した。

「お母さんの、恋人――。内縁の夫でしょうか」

礼子の呟きに、高橋がうなずく。

「もう少し先に出てくる。日高聖人。当時、二十三歳。無職。運転免許証を取得しておらず、警視庁には一切の個人情報がない。西本花蓮のヒモみたいな奴だったようだ」

いまどきはSNS上やスマホのアルバムなどに本人画像が残っているものだが、日高についてはそれもない。前科前歴もないので、指紋やDNAのデータもない。この調書に記されているのは、近隣住民の目撃情報をもとにした似顔絵のみだった。

「なぜ写真が残っていないんでしょう。写真嫌いだったんですか。まだ二十三歳なら、高校時代の卒業アルバムの写真とか」

「中卒だ。とはいっても、中学校もろくに通っていなかったようだ。本人所持と思しきスマホも見つかっていない。母親の西本花蓮は恋人の日高をかばうためだろう、娘の死体や日高の痕跡が残る室内と共に、自分のスマホも焼いている。スマホは損傷が激しく、復元はできなかったし、指紋もDNAも検出できなかった」

礼子は目を丸くした。

「ちょっと待ってください——火を放ったのは、母親なんですか？」

「ああ」

高橋が前を見たまま、もっと先のページをめくるように言う。

「母親の花蓮は証言が二転三転して、めちゃくちゃだ。恐らく、同居していた叡子の妹の証言が、事実に最も近いんじゃないかと思う」

礼子は高橋が示した該当ページを読んだ。妹は『月雫』と書いて『ルナ』と読む、いわゆるキラキラネームだった。当時、十歳。小学校四年生だった。

〈お姉ちゃんは、まーくん（※日高聖人）が家にいるのを、とても嫌がっていました。お母さんは、朝から晩まで働いているのに、まーくんはずっと家にいて、テレビを見たり、スマホを見たり、私やお姉ちゃんに、嫌なことをするからです。特に、お姉ちゃんに対して、とてもひどいことをしていました。小学生にはまだ早いといって、お姉ちゃんの上の下着を盗んだり、すけべなことを考えているから胸が大きくなるんだ、とお姉ちゃんの胸をつねったり摑んだりしていました。逃げたり反抗したりすると、殴られ、髪に火をつけられることもあるので、本当に、怖かったです〉

礼子は一度、顔を上げ、フロントガラスを睨んだ。捜査車両はいつの間にか多摩川を越えて、神奈川県川崎市に入っていた。どこへ向かっているのか、礼子には聞く余裕がなかった。

「母親は、叡子が性的虐待を受けていると気が付かなかったんでしょうか」

「気が付いていただろうが、見て見ぬフリをしていたんだろう」

「なぜ。娘がこんな屈辱的な目に遭っているのに――」

「火をつけたほどなんだぞ。娘の遺体に。日高の犯行を、隠すために」

礼子は唇を、嚙みしめた。事件当日の、妹・月雫(ルナ)の証言の続きを読む。

〈お姉ちゃんが、まーくんが買ってきたご飯を残したのを、まーくんはひどく怒って、おしおきだと、お姉ちゃんをお風呂場に連れていきました。お姉ちゃんはずっと、謝っていました。二十分くらいして、お風呂場の扉をドンドンドン、と強く叩く音がして、お姉ちゃんの、これまで聞いたことのないような大きな悲鳴が聞こえて、でもすぐに途切れました。私は、びっくりして、お風呂場に行きました。お姉ちゃんは、裸で、犬みたいな恰好をさせられていました。まーくんは裸で、馬乗りになって、お姉ちゃんの首を後ろから絞めていました。お姉ちゃんは声を出せないみたいで、口からツバがたくさん、出ていました。まーくんが私に、ぶっころすぞ、と言ったので、私は風呂場から逃げました。しばらくして、まーくんが、やべえ死んじゃった、と言って、風呂場から出てきました〉

その後、日高聖人は家の中を荒らしまわり、金目のものや叡子の私物をポケットに入れて、逃げたと書かれている。母親の花蓮が帰宅したときの様子も、詳細に語られていた。

〈お母さんは、お姉ちゃんの裸の体を、足で、きたねぇきたねぇと言いながら蹴って、浴槽の中に入れました。お母さんは、台所から油を持ってきて、お姉ちゃんの頭にかけて、ライターで髪に火をつけたら、予想以上に火が上がって、お母さんの前髪も燃えて、ますます、お母さんはお姉ちゃんに怒っていました。部屋にも油をまいて、私の手を引いて家を出ました〉

礼子は、調書を閉じた。冷静にならなければ、と深呼吸した。二時間前、両乳房を見知らぬ老人に揉まれた嫌な記憶が、胸元にありありと蘇る。

この西本叡子という少女に加えられた屈辱と痛みに比べたら、礼子のそれはあまりに軽い――そう思ったとき、礼子は、見ず知らずの男に胸を揉まれたという事実に、自分がひどく、傷ついていたことに気が付いた。

数珠(じゅず)繋ぎになって礼子の脳裏に浮かんだのは、顔も名前も知らない、ルナールだった。彼女は大丈夫だろうか。早く手助けしないと、手遅れにならないか――。

「着いた」

高橋が速度を緩め、左折する。パチンコ屋の広い駐車場に入った。ナビの住所は、神奈川県川崎市宮前区(みやまえく)になっていた。

「ここは？」

「西本花蓮の勤め先だ」

礼子は目を丸くした。

「もう娑婆に出ているんですか?」

娘の遺体に火をつけた。しかも、虐待を見て見ぬフリをしていたのに。

「殺害したわけではないからな」

高橋が無念そうに言う。女性は一般的に殺人であっても、七年くらいで出てくる。

「母親の西本花蓮は三年前に仮出所して、いまはここで働いている。妹の月雫はもう十七歳だ。定時制高校に通いながら働いて、母親を支えているらしい」

高橋に、蠟人形に塗り固められていた男性の復顔写真を渡される。

「日高聖人で間違いないか、確認してきてくれ。彼女の証言だけが頼りだ。妹の月雫には、見せたくない」

「わかりました。でも、さっきの不忍池のときみたいに引っぱたいちゃうかも」

高橋は、それはだめだと苦笑いで、礼子を見た。

「だが、俺は叱らないよ。あそこの隊長みたいに」

西本花蓮は、このパチンコ屋でコーヒーレディをしていた。客にコーヒーを販売して回る仕事で、ワゴンレディとも呼ばれる。一般的には若い女性が高給目当てに就くことが多い。西本花蓮は今年三十九歳だが、二十代前半と言っても通用するほど見た目は若く、また愛嬌ある笑顔を振りまいていた。

コロナ禍のいま、営業自粛要請を押し切って開店しているパチンコ店は多くないせいか、店に客が殺到し、混雑していた。出入り口では、地元の人か、〝自粛警察〟と言われる数人の男女が抗議の声を上げている。店長と言い争いをしていた。

礼子は、ホールの隅に止めたワゴンでコーヒーを作っていた花蓮に声を掛け、警察手帳を示した。花蓮はぎょっとした様子で「店長を呼んできます」という。礼子ははっきり言った。

「あなたに用があるんです」

礼子は日高聖人の復顔写真を見せる。花蓮はひとめ見て「やめてよ」と写真を持つ礼子の手を振り払った。周囲を気にする。その視線が、パチンコ屋のホールを見回る蝶ネクタイ姿の若い男性店員に止まる。彼は花蓮を心配そうに見ている。

「昔の男のことなんか、知らないし」

汚らわしいと言わんばかりの顔で、花蓮は吐き捨てる。礼子は唖然とした。娘の遺体を焼いてまで、日高への愛を貫き通したのではなかったのか。

「この男性は、日高聖人で間違いないですか？」

「そうだけど、いまどうしているのかは知らない。事件以来、一度も会っていない。

連絡もないし。どこにいるのかも知らないし。私は新しい人生を送っているの。邪魔しないで」

「邪魔はしていません。ただ、日高聖人さんと思しき人が遺体で――」

「やめてったら」

花蓮が押し殺した声で、強く出る。

「ここでその名前を言わないで。新しい人生を送っているって、言ったでしょ」

花蓮がまた、蝶ネクタイの男性店員を気にする。瞳に媚が見えた。

――新しい人生とは、新しい男のことか。

死んだ娘について、言及もなかった。気にするそぶりも、反省もない。

つい礼子は、口出しする。

「娘さんがいらっしゃいますよね。叡子ちゃんの妹の――」

「彼はいい父親になる。聖人とは違う。月雫もやっとお父さんと呼ぶようになったの。ほっといて!」

礼子はパチンコ屋を出た。捜査車両に常備されているアルコール消毒スプレーを服や髪に振りかけた後、助手席に乗った。運転席の高橋に、早速報告する。

「あの遺体は日高聖人で間違いないようです」

高橋が、エンジンをかけた。

「よし。大前進だな」

礼子に喜びはなかった。西本花蓮は、殺された娘への悔恨の念がみじんも残っていない。頭の中は男のことばかりという様子だった。次女の月雫は定時制高校に通いながら働いて生計を支えていると聞いたが、彼女は大丈夫なのか。

ルナールのことを思い出す。

世の中は、虐げられ苦しむ少女であふれているように思えて、礼子は気が滅入ってしまう。

礼子は捜査本部にも隊にも戻らず、自宅に帰らせてもらうことにした。

高橋と別れ、電車の中でルナールにメールをする。日課になっている、今日一日の出来事を、メールに綴る。

〈ルナールちゃん、今日はどんな一日だった？　私はしんどい一日だった。助けた老人に、胸、揉まれた。女性警察官はなかなか、つらい〉

この二週間、ルナールから返信はない。送ったメールの開封済みのマークはつく。元気かどうかはわからないが、無事、生きている証拠だった。

西葛西の駅前にあるウィークリーマンションに着いた。家具付きで便利だが、狭いし、家賃が高い。独身寮に戻りたいという希望はとっくに出しているが、警務部はいま在宅勤務となっているようで、話がなかなか先に進まなかった。

家に帰ってすぐ、シャワーを浴びた。

ルナールから、二週間ぶりの返信がきていた。礼子はスマホに飛びつく。

〈ジゼルさん、いつもありがとう。本当にありがとう。私はいま、とても落ち着いているので、大丈夫です。ていうか、ジゼルさんのほうが心配！　胸揉み老人、私がジゼルさんに代わって、切り裂いて燃やしてやりたい〉

礼子は不思議と、涙があふれてきた。二週間ぶりに返信をくれたのは、礼子の性被害に憤慨したからだろう。同じ気持ちかそれ以上の強い思いで一緒に怒ってくれる人がいる。それが、こんなにも嬉しい。

しばらく、とりとめのないやり取りをする。だが、ルナールの現在の状況について尋ねると、途端に返信が滞る。礼子は思い切って、誘ってみた。

〈ルナールちゃん。もしよかったら、久々に電話しない？〉

スマホに着信がある。

ルナールからだ。

＊

四月二十日。キャンドルワークスの住居兼工房、店舗の家宅捜索が行われることになった。

碇は日下部と令状を携え、墨田区向島に到着した。家宅捜索の準備が進められており、周囲には規制線のテープが張られていた。物証を押収するためのワゴン車への動線も、規制線で確保されている。

周囲の物々しい雰囲気に、近隣住民がなにごとかとベランダなどからのぞいている。緊急事態宣言下にあるからか、野次馬は少ない。

碇は、日下部が運転する捜査車両で、裁判所から戻ってきた。間取り図を手にした藤沢と遠藤が、碇のところにやってきた。

碇は先頭に立った。日下部以下、数多（あまた）の捜査員を引き連れて、キャンドルワークスに向かった。アーチ形の木の扉は閉ざされ、『CLOSED』の札が下がっていた。

その脇に、待ってましたと言わんばかりに、ひとりの刑事が立っていた。

東京湾岸署の強行犯係係長、和田が碇を出迎える。

「よお。相変わらず大活躍だな」

和田は新型コロナウィルスに感染したが、軽症だったらしく、三週間の自宅療養と二度のPCR検査の陰性結果を経て、現場に復帰した。碇は握手の手を差し出した。

和田は遠慮する。

「いいのか」

「いいだろ。もう陰性だ」

和田は「お前だけだよ」と、目尻に涙をため、固く握手をする。

「握手も、差し入れも」

碇は和田の肩を二度叩き、切り替えさせる。

「不穏な状況だ」

「ああ。聞いた」

背後にいた日下部が、話に入る。

「緊急事態宣言が出た四月七日以降、営業を自粛しているようです。この二週間、張り込みの刑事は置いていましたが、三日前から紗枝の姿を見かけていないそうです」

「出前等もなし。食料の買い出しも、だ」

「逃亡したか」

もしくは――。碇はその先の可能性には、言及しない。したくなかった。

藤沢が、この英国風の建物の間取り図を、建築会社から手に入れていた。碇が来店したときには気が付かなかったが、一階から四階を繋ぐ小さなエレベーターがあるらしかった。ここで件の蠟人形の上げ下ろしをしていた可能性がある。すぐさま鑑識作業に入るので、捜査員は使用できない。

「階段はこっちにもある。工房だけでなく、住居にも繋がっている」

和田が手招きし、建物の裏手に回る。隅田川沿いの西側にも、扉と郵便ポストがある。表札は出ていない。

「で、繋がったのか。日高聖人と、山岸紗枝」

和田が確認してくる。今朝復帰したばかりのはずだが、もう捜査概要が頭に入っているようだ。碇は首を横に振る。

「この一週間、紗枝や日高聖人、西本花蓮の人間関係を徹底的に洗ったが、接点は皆無だ。なにも出てこない」

日高聖人は中学校もろくに行っておらず、職歴もほとんどなかった。かといって暴走族や暴力団などの反社会的勢力との繋がりは一切なく、非常に狭い人間関係の中でひっそりと生きていた。日高は、西本花蓮の母子家庭の中に紛れ込んだ、裸の王様のような存在だったのだ。西本花蓮が勤めていたスナックの関係者、被害者の叡子が通っていた学校、ＰＴＡまで鑑取り捜査を広げたが、どうしても、山岸紗枝とは繋がらなかった。

叡子がキャンドルワークスのキャンドル製作体験に参加していたとみるのが自然だが、当時小学校六年生の叡子にそれが可能だっただろうか。

東大和市から墨田区向島まで、小学校六年生がひとりで行けたか。友人と一緒であっても、公共交通機関を使って二時間弱はかかる。

リストにも名前はなかった。あったとしても、紗枝が警察に出すものとして、事前に名前を抜くぐらいのことはしただろう。

どこで接点があったのかがまだあいまいだが、紗枝の姿が見えないという報告を受け、捜査本部は「山岸紗枝が西本叡子という少女の敵討ちとして、日高聖人を殺害した」という線に舵を切ることにした。

紗枝は死体を覆い隠すための蠟人形を作り、工房のどこかに置いて、死体遺棄ができるタイミングを見計らっていた。蠟人形があっても不自然ではない場所は、博物館や美術館のほかに、蠟人形が製作される工房しかない。

その顔に父親を選んだのは、紗枝に同じことをした恨みだろうが、単純に、父親の蠟人形なら紗枝の工房にあっても不自然ではなかったからだろう。

碇は日下部と和田を従え、インターホンを押した。

返事はない。もう一度、押す。碇は扉に耳を付けた。物音ひとつ聞こえず、気配も感じない。

和田が代わる。扉を叩き、「山岸紗枝さーん！　いらっしゃいますか！」と大声で叫ぶ。碇は数歩下がり、建物の全景を見ようとした。比較的窓が多い家で、カーテンはすべて開いている。人の気配を感じなかった。

和田がドアノブを握り、回した。鍵がかかっていた。

「強行突破するか」

日下部が袖口に仕込んだ無線マイクで指示を出す。工具を持った鑑識捜査員が三名、やってきた。巨大なペンチでドアノブをひとひねりして外し、扉を開ける。

碇は中に入った。小さな玄関には履物はひとつも出ていなかった。

「山岸さん！　警察です。入りますよ！」

メゾネットタイプの住宅のように、目の前にあるのは玄関と階段だけだった。碇は靴の上にシューカバーをかぶせ、階段を上がる。この階段は、売り場にあった螺旋階段とは別のものだ。一般住居らしい板張りのものだった。

二階には鉄の扉がひとつあるだけだ。ワンフロアにはひと部屋ずつしかないようだ。扉を開ける。瑞希がキャンドル製作体験をした工房だった。誰もいない。

碇は三階に上がった。同じような鉄の扉を開ける。物置き場になっていた。業者から仕入れているらしい蜜蠟(みつろう)、蠟細工用のパラフィン蠟、蠟燭の座金と芯、ジェルワックスもあった。染料、数十種類の布、ドライフラワー、クリアカップなどが、ごちゃごちゃになって棚に積みあがっていた。

やはり人はいない。

碇は、四階に向かった。

美和子が、紗枝の心の中だから入らないでほしい、と訴えた場所へ、踏み込む。

鉄の扉を開けた途端、むん、と異臭が鼻をついた。

美和子の警告と目の前の光景が相まって、碇は心拍数が上がる。

蠟人形製作の現場らしく、石膏型、蠟を溶かす専用鍋やコンロ、ガラスの目玉がぎっしり並んだ箱などが、無造作にスチール棚に置いてある。

その床を埋め尽くすのは、首、つまり頭部のみだった。

首、首、首——。

全部、同じ顔をしている。顔の体(てい)をなしていないのもあった。髪がないのがほとんどだ。ガラスの目玉が一つしかないのもあったし、目の部分をくり抜いただけのもあった。型から抜いただけの、のっぺらぼうの首もあった。

全部、製作途中の蠟人形であり、紗枝の顔だった。

顔が完全に完成しているのもあったが、それはたいてい、ナイフかヘラでぐちゃぐちゃに顔面を傷つけられていた。

壁際には、完成した蠟人形がぎっしりと並んでいる。全部で五十二体あった。誰かに依頼されたのか、試作品だったのかはわからないが、ダリやマリリン・モンローなど有名人の人形は五つだけだ。羽黒工房の娘、東原美和子の蠟人形もあった。ひとりだけ座位を取っている。蠟人形の美和子は幼い感じがした。まだ十代、高校生くらいのときのものだろうか。

残り四十六体はすべて、同じ人物だった。

父親の山岸光男だ。

作業着姿のもの、ワイシャツ姿のもの、肌着姿のもの、ポロシャツ姿のもの——顔つきも仕草も表情も違う。年齢が違うのだ。

隣に立った日下部が、圧倒された様子で、言う。

「左から順に、年を取っているみたいですね」

一番左の山岸光男の蠟人形は、確かに、若々しい。和服姿で、下駄を履いている。

皺もほとんどなく、背筋がぴんと伸びて堂々としている。髪も黒々として豊かだ。恐らくは死に際と思われる、右端にある蠟人形は、頭が禿げあがり、首周りや腹にでっぷりと肉がついていた。

戸棚には、顔の型を石膏で取るために作ったらしい粘土の胸像が山ほど並べられていた。山岸光男のほか、元総理大臣のものもある。美和子のものも残っているが、紗枝の粘土の胸像はそこにない。床には、これだけ紗枝の蠟人形の頭部があるのに、どうやって自分の顔の型を取っていたのだろう——。

碇は、床に転がる紗枝の首を踏まないように気を付けながら、工房の奥に進む。右手に水場があるはずだ。二階の工房が、そうだったのだ。

蠟人形製作現場を進みながら、碇は、これが性的虐待被害者の心の内なのか、と痛感する。

紗枝の深層心理の海を、碇は泳いでいるような気になる。

彼女は、自分の顔を求めていた。

何度チャレンジしても、わからない。それなのに、加害者の顔、姿は完璧に把握している。何十年たっても、皺の一つ一つまで再現できるほど克明に覚えている。自分の顔は、認識できないのに——。

自己否定を続けなければ、父親から体を弄ばれるという現実を、生き抜けなかったはずだ。紗枝の心の声が聞こえてくるようだ。私はそんなひどいことをされているはずがない。いま、父親に体を預けているのは、私ではない。私じゃない、私じゃない――。

そうやって自分の存在を抹殺し続けて、父親に支配される時間から逃れるうち、自分が何者で、どんな顔をし、どんな風に存在しているのか、わからなくなったのか。父親が死んで二十年近く経ったいまも、紗枝はそれを取り戻そうと、この工房でもがいていたのだろう。

戸棚には処方薬の入った紙袋が、薬の説明書や領収書と一緒くたになって、積みあがっていた。睡眠薬や精神安定剤のようだった。

給湯室が見えてきた。すぐ手前に洗濯機がある。真ん中に、深めの流し台が見えた。首の長い蛇口がついている。

その流し台に向き合って座る女性がいた。作業着らしい茶色のスラックスには、蠟や絵の具が飛び散っている。コットンの白いトップスにも、だ。首周りにはべたべたと垂れた石膏が固まってついていた。袖やスラックスの先から伸びる手足に血が通っている様子はなく、青白くなっていた。

紗枝はいすに座った状態で、死んでいた。

顔がない。

灰色の石膏で、頭を塗り固められていた。

*

「事故死……!?」

日下部は目を丸くして、碇を見上げた。

「ああ。コレ」

碇が不機嫌そうに答え、解剖所見の書類を、日下部のデスクに投げる。そのままいすに落ち、五臨署の天井を仰いだ。

碇は、東京湾岸署の捜査本部から戻ってきたところだ。日下部も捜査本部詰であるべきなのだが、四月二十二日の今日でも、百人規模の集会は禁じられている。東京都の感染者数は増減を微妙に繰り返しながらも減っているようだが、日本国内ではまだ群を抜いて多い。予断を許さない状況だ。

紗枝の死因について発表があった今朝の捜査会議には、碇だけが代表で出席してきたのだ。

「死因は窒息死、死亡推定日は三日前の四月十九日。玄関、窓、すべて施錠されており、不審者が出入りしたような形跡も、争ったような痕跡もない。物音を聞いている近隣住民もいなかった」

「見張りの刑事たちも自宅近くにいたはずですからね。彼らがなにも気づいていなかったのなら、他殺は絶対にないんでしょうが……。本当に、事故ですか」

日下部は暗に自殺を示唆した。碇が大袈裟に眉を上げる。

「自分で顔に石膏を塗りたくって自殺？」

ありえないか、と日下部も首をひねる。碇が、胸の前で腕を組んだ。

「紗枝は日常的に睡眠薬を服用していたようだ。事実、解剖所見でも、血液から睡眠薬の成分が検出されている。意識があいまいな状態で、自分の顔づくりに再度チャレンジしようと、石膏の包帯を巻いたんだろう」

紗枝は自分の顔の型どりを、粘土で胸像を作らずに、石膏に浸した包帯を顔に巻くことで行っていたようだ。自分の顔が〝わからない〟のだから、直接型を取るよりほかなかったのだろう。石膏の包帯を巻いているとき、口は閉じており、鼻の穴に呼吸のためのストローを差し込んでいた。固まった後、裁ちばさみを首元から縦に入れて、石膏で固まったマスクを前後に切り、外していたようだ。

石膏の下の紗枝の髪は専用のネットに包まれていた。肌には石膏を剝がしやすくするための下地クリームが塗られていた。剝がす準備を整えていたのだ。自殺のために石膏を塗ったとは考えにくい。

「恐らく、製作に没頭して、いつ寝たのか、いつ睡眠薬を飲んだのかも、あいまいだったんじゃないか。そんな状態で石膏の型どりをしているうちに、昏睡してしまった。鼻に差した呼吸用のストローが落ちて、垂れてきた石膏で鼻が塞がれたようだ」

手や首にもがいたような痕も一切、なかったという。意識がないまま窒息死したのでは、と監察医務院の医師は言ったらしい。

「本人は、死んだことに気が付いてすらいないんじゃないか」

碇が立ち上がり、日下部の手元にある解剖所見を捲った。石膏まみれの顔面の鼻の部分をアップで撮影した写真が出てくる。

「科捜研が詳しく分析したが、誰かが外側から鼻腔を故意に塗り固めたような痕跡は見つからなかったそうだ」

日下部は、事故死ということで納得した。

「――だとしても、これでクローズですか、全部」

「んなわけないだろ」

碇が再び、ドサッといすに腰かけ、腕を組む。

「誰が日高聖人をメッタ刺しにしたのか」

紗枝が愛用していた焼きゴテは、凶器にするには小さすぎたのだ。一方で、自宅兼工房のエレベーターの中からは、痕跡が見つかった。エレベーターの床にカーペットが敷かれており、床とカーペットの両方から、ルミノール反応が出たのだ。

「死体遺棄罪は紗枝で決定だろう。上は、被疑者死亡のまま書類送検すると言っている」

問題は、誰が殺したのか、なのだが――。碇が言う。

「紗枝が殺した証拠はないが、動機はあると言っていいだろう」

「叡子と自分を重ねてしまった……？　ただ、接点がわからないままです」

「もうひとつ、大きな問題がある」

警察の捜査網をもってしても逃げおおせた日高を、紗枝はどうやって見つけたのか。

「日高は逃げおおせたのではなく、殺されて蠟人形の中に塗り固められてしまったから、見つけられなかったのでは？」

日下部の意見に、碇が視線を外す。考え込んでいる。

「なるほど。事件直後には蠟人形になってたってことか。すると日高は逃亡先にキャンドルワークスを選んだ、もしくは立ち寄った、ということになる。なんのために？ 日高と紗枝は個人的には一切、繫がらなかったんだぞ」

日下部は首を横に振った。

「紗枝のほうから、東大和市の西本家に出向いたのでは？ 叡子ちゃん本人から助けを求める電話があったとか」

「紗枝があのアパートに出向いて日高を殺害し、運び出したということになる。だがそんなことは妹の月雫の証言には出てこないぞ」

日下部はうなる。

「かばっている、とか？」

「日高が逃げていくのを見たという目撃証言はそろっている。だが、紗枝を連想させる女の目撃証言はないし、死体を運び出しているというような証言もない」

日下部は唇を嚙みしめた。慌てた様子でアパートを出ていく日高聖人の姿を、アパートの大家、近所の住民など、五人ほどが目撃しているのだ。

碇が、やめやめ、と立ち上がった。ジャケットを取る。

「探偵みたいな推理ごっこは終わりだ。警察は足で動く、そして物証がすべてだ」

「でももう、墨田区を歩き回って三週間ですよ。なんにも出てこないじゃないですか」

「そうだ。日高聖人の死体も七年、出てこなかった。蠟で固められていたからだ。もしかしたら凶器や証拠品も、蠟で固められているのかもしれない」

日下部の脳裏に、紗枝のできそこないの首と、老いも若きも揃った山岸光男の大量の蠟人形が並べられた、四階の工房が浮かんだ。

「しかし、押収は簡単じゃないですよ。完全なる蠟人形だけで五十二体ありました。運び出すのもひと苦労なら、移送もひと筋縄ではいきません」

東京湾岸署にある鑑識係のワゴン型の捜査車両に詰めるだけ詰めても、せいぜい十体が限界だろう。蠟人形は壊れやすいため、梱包（こんぽう）を完璧にするとなれば、一度に車に詰め込める量は数体だけかもしれない。碇が口角をちょっと上げ、日下部を挑発する。

「なんで湾岸署のワゴン車両頼みなんだよ」

「だって、うちには鑑識がないからああいった押収用のでかいワゴンもないじゃないですか。それともあれですか、どっかの機動隊に応援要請して、二トントラックでも借りてきますか？」

「お前、水上警察署員だろ。うちの署にある大きな乗り物を忘れている」

日下部はちょっと考え、手を叩いた。

「警備艇！」

碇が五臨署別館の船艇課を突き進む。船艇課配船二係の係長、磯部が拒否反応を示した。

「来た、五臨署のリヴァイアサン……！　警備艇は出さないぞ」

碇は眉を上げる。

「俺はまだなにも言っていないぞ」

「顔でわかるんだ。碇君がその面で船艇課に突っ込んでくるときはたいてい、警備艇出せ、だからな！」

「今回は荷物を運んでもらうだけだ。台風の海でも、半グレのボートチェイス現場でもない」

「だが、聞いたぞ。碇君、スマホをわざわざ防水加工しているそうじゃないか」

なんの話だと言わんばかりに、碇が眉を上げる。

「そりゃあする。これまで四度もスマホを水没させてるんだ。水上警察だぞ。スマホの防水加工してなにが悪い」

日下部はしていないので、ちょっと笑ってしまう。磯部が碇を「ほらぁ！」と指さした。

「刑事が水没するようなボートチェイスとか危険な行為を日々想定しているから、防水加工するんだ！」

君原が間に入った。

「まあまあ、磯部さん、ご挨拶はそこまでってことで」

どの艇でどの現場に行くのか、と君原が管内の海図を作業台の上に広げる。

「墨田区向島。隅田川の、桜橋近くだ。あのあたりは川沿いが親水テラスになっている。桟橋はないが、係留はできるだろう」

碇が説明する。磯部が「どれくらいのものを運ぶんだ」と話に入ってきた。さっきのやり取りは、碇が船艇課に来たときのお約束なのだ。

「等身大の蠟人形五十二体と、頭部、百個くらい」

磯部が首を傾げた。ぱっと想像しにくいのだろう。日下部は説明する。

「マネキン五十二体と、考えてもらえれば」

磯部が難しい顔になった。

「それは大量すぎやしないか。キャビン、デッキ、両方使っても、警備艇ふじを出さないと厳しいだろう。重量は？」

蠟人形は一般的に、モデルとなった人の体重の八割くらいの重さがあるらしい。キャンドルワークスにあるのはほとんどが山岸光男のそれで、見たところ推定体重は七十キロ前後か。蠟人形だと一個約五十五キロ程度となる。

「全部で五十二体ありますから、ざっと三千キロくらいですかね」

警備艇ふじは定員が三十二名なので、三千キロくらいは問題なさそうだが、君原が首を横に振る。

「警備艇ふじでは、隅田川に架かる数多の橋をくぐれませんよ」

三千キロ近い重量を運べて、隅田川の橋をくぐれる警備艇は、十二メートル艇か。

磯部が提案した。

「警備艇たかおにするか。十二メートル艇の中でもデッキが広く作られているから、蠟人形を積みやすいだろう」

警備艇たかおはほかの十二メートル艇と比べると建造年が古く、そろそろ引退が見えてきている艇だ。かつての警備艇はみなボディの色が灰色だった。新造されるものは白い塗装に赤いデッキ、キャビンの屋根の青いラインが目印だ。また、警備艇たかおは船尾にトランサムリフトと呼ばれる、要救助者や救命用具を上げ下げできるリフトがついている。メッシュ状のステンレスのそれは普段は折りたたまれ、船尾デッキの手すりのような役割を果たす。

　磯部が窓辺に立ち、桟橋に繋がれた警備艇たかおを眺める。

「たかおを以てしても、蠟人形五十二体は厳しいかもしれんなぁ。デッキに積みすぎると、キャビンの扉の開閉ができなくなる」

　君原が提案する。

「たかおの救護室も使いますか？　そこにも十体くらいは入りそうですが」

　警備艇たかおは操舵室の先に、半地下のようになっている救護スペースがある。救助者を休ませるための簡易ベッドやトイレ、手洗い場もある。

「だとしても、五十二体は無理だ。せいぜい詰めても半分の二十五、六体かな」

　磯部が結論づけた。

「なら、二往復してもらうか」

　碇がさっさと結論付ける。磯部が「簡単に言うな」と眉を上げた。戸棚から、日本海難防止協会が発行している『船舶の河川航行に関する安全対策の手引き』を引っ張り出してきた。

「十二メートル艇でも、隅田川だと満潮時はいくつかくぐれない橋があるんだよ」

隅田川は東京湾に河口があるため、東京湾の潮汐の影響を受ける。最大で三メートル近く高低差が出るときもある。

「警備艇たかおは、高さ何メートルですか」

「キャビンの屋根に乗ったアンテナ計器類を含めたら、だいたい四メートルかな」

磯部が隅田川の橋と桁下の高さを示した一覧表を示す。

「最大潮位で二メートル高くなるとしたら、通常時に桁下が六メートル切っている橋は、時間によってはくぐれない」

該当となるのは、中央区と江東区を結ぶ永代橋と、厩橋、駒形橋だ。後の二つの橋は、墨田区本所あたりにかかる橋だ。

「この三つの橋は満潮時刻から一時間後には、桁下が三・五メートルになる」

隅田川に東京湾の潮汐の影響が出るのが、だいたい三十分から一時間後らしい。

「大事をとって干潮時に行きましょうか」

君原が、潮汐表を戸棚から持ってきた。磯部がページをめくりながら「全くタイミングが悪い」とぼやいた。君原もうなずく。

「ちょうど今日から大潮の時期ですからね」

大潮とは、満月と新月の時期の、干潮時と満潮時の潮位の差が最も大きくなる期間のことだ。小潮のときよりも潮位が上がりやすいのだ。

「今日の干潮は十時五十三分。もういま十時半ですから、ちょっと間に合わないですね。あとは夜になっちゃいます」

船は車のようにエンジンをかけてすぐ出発はできない。船が大きくなればなるほど、エンジンをかけてから出航までにエンジンの温めなどをして機関を大切に扱わないと、故障やエンジントラブルの原因になる。

刑事側も、あの蠟人形たちを押収するとなったら、破損を防ぐ梱包材や水濡れを防ぐブルーシート、動線確保のための規制線のテープなど備品をかき集めてこなくてはならない。必要人員の調整、上官の了承、所轄署の根回しなど、準備事項がたくさんある。

「次の干潮は？」

碇が急いたように、潮汐表をのぞきこむ。

「今日は十七時に満潮、二十三時に干潮です」

日下部はひとつ、ため息をついた。

「明日ですね。十一時の干潮時を狙って、満潮になる十七時半までに橋をくぐって帰ってきましょう。二往復目は――」

碇が眉をひそめる。

「現場の作業が六時間で終わると思うか？　二往復目もあることだ。今日の夜の干潮時刻に出航。明日朝一で作業して、満潮になる前に帰路につく」

君原が、えぇ、と嫌そうな顔をした。夜勤日でもないのに、深夜まで残って警備艇を出したくないのだろう。

「民間の桟橋に停泊ってなると、見張りで一人、警備艇に海技職員を置いておかないとまずいです。いまはコロナの影響で、最少人数で業務を回していますから……」

君原一人に負担が行きすぎるのはまずい。磯部が軽い調子で碇に言った。

「奥さん使えよ。いま刑事で捜査本部にいるんだろ。警備艇も動かせるし、押収作業だってできるじゃないか」

碇は礼子については言及せず、さらりとかわす。

「なら、俺が警備艇の見張りをしとく。今日の夜出航したら、あんたがたは捜査車両で帰っていいよ。俺はたかおの救護室で仮眠を取る」

碇が言いながら、ジャケットの胸ポケットを押さえる。電話のようだ。スマホを耳にあて、船艇課から出ていった。なかなか戻ってこないので、日下部が代理で警備艇出動要請書類を書くことにした。上にも報告をあげねばならない。

碇が戻ってきた。

「悪い、日下部。夜の出航までに戻る」

碇は顔が真っ青になっていた。唇が少し、震えている。瑞希になにかあったと、日下部は察した。

「わかりました。諸々、整えておきます」

碇が船艇課を出ていった。日下部は、胸騒ぎがする。


二十二時半、君原が警備艇たかおのエンジンをかけた。

船の振動が、芝浦運河の水面に細かく伝わっていく。夜間の黒い水面に、街灯の光が反射していた。光の輪も波紋で歪んでいく。

押収作業準備は整った。ブルーシート六十枚と規制線のテープを三十個、三角コーンを二十個、と日下部は出航の最終確認をしていた。

碇が庁舎から、栈橋に降りてきた。いつの間にか、署に戻っていたようだ。

「あ、お疲れ様です」

「すまない、言い出しっぺが準備を丸投げにしてしまった」

庁舎から桟橋への出入り口に、瑞希が困惑気味に立っていた。やはり、連れてきた。しばらく実家で、碇の父親が見ていたようだが、なにかあったのか。瑞希は桟橋に降りることを躊躇しているようだ。コンクリートの桟橋は若干劣化が進んでいる。細い桟橋には手すりも柵もなく、足を踏み外したら海へドボンだ。慣れない人には怖いだろう。日下部は碇に尋ねる。

「一緒に警備艇に乗るんですか」

碇は、迷っているそぶりで、キャビンの中の君原や磯部を見る。

瑞希をさらしたくないが、目を離したくもないのだろう。ぼやく。

「くそ、太田がいてくれたらな……」

五臨署強行犯係に唯一いた女性刑事の太田由起子は、いま産休中だ。確か四月の中旬が出産予定日だった。刑事課には彼女しか女手がなかった。

「礼子はどうです」

碇は即座に首を横に振った。どうしても、礼子と瑞希を引き合わせたくないらしい。瑞希が芝浦の官舎に転がり込んできた時期と、礼子を追い出した時期がほぼ同じなのだから、礼子は瑞希にトラブルがあって離婚となったと感づくだろう。碇は瑞希の性被害を漏らすまいと必死で、身動きが取れなくなっているようだった。

　日下部は、提案した。

「船艇課に頼むのはどうです。海技職員は女性が多くいますから」

　海技職員をはじめ警察行政職員と呼ばれる職種は、警察官ほど激務でもなく危険な仕事も少ないため、女性に人気の職だ。特に、海や船が好きで海洋関係の学校を出た女性たちが、警察の海技職に殺到する。海運業界のようなガテン系の仕事を兼ねてはいないし、公務員で安定している。しかも海上保安庁のように転勤もない。

「船艇課なら女性専用の仮眠室もあります。とりあえず、磯部さんたちと運航計画の最終確認をしてきてください。言い出しっぺがいないって怒ってましたから。瑞希ちゃんは僕が」

　日下部は、桟橋の手前で突っ立っている瑞希のほうへ向かう。碇の声が背後から聞こえてきた。

「瑞希から絶対に目を離さないように、伝えておいてくれ」

「わかってます。大丈夫」

　日下部が瑞希を呼ぶと、彼女はうつむきがちに、目を上げる。

「中で待ってよう。お父さんは夜通し外で仕事なんだ」

はい、という消え入るような返事が聞こえてきた。日下部は瑞希の先に立ち、案内しようと庁舎の中に入った。薄暗い桟橋にいたので、蛍光灯の灯に、目が眩む。自動販売機が見えてきた。日下部は「なにか飲む」と、瑞希を振り返り、はっと息を吞んだ。

瑞希の顔に、以前とは違う、暴行の痕があった。右目が腫れ上がり、くっきりしていた瞼の二重が、消えるほどだった。マスクをしているので口元は見えないが、顎の下の首にまで痣が広がっている。

「大丈夫――」

日下部は一歩近づき、瑞希の肩に手を置こうとした。瑞希はハッと息を吞み、日下部から飛びのいた。

「――ごめん」

日下部のほうから、あとずさりしてしまう。こんな、腫れ物に触るような対応も、瑞希を傷つける。日下部は必死に泰然自若を装った。とりあえず、缶コーヒーと、ミルクティを買う。自動販売機に小銭を入れようとする手が、怒りで、震える。

スマホのバイブ音がした。瑞希がひっと喉を鳴らし、小さく悲鳴を上げたが、出ようとはしない。背負ったリュックの肩バンドを両手でぎゅっと握りしめ、スマホの振動に必死に耐えている様子だった。顔色は真っ青だった。

「──俺が出ようか」

瑞希は床の一点を凝視したまま、答えない。日下部は瑞希に触れぬよう、リュックの脇ポケットからスマホを取った。

「お父さんに出てもらったほうがいいかな」

瑞希がうなずいた。日下部は自動販売機の横のベンチに瑞希を待たせた。桟橋へ急いで戻る。日下部の手の中で、スマホが大暴れしているようだった。ただの細かい振動なのに、それは日下部の胸を激しく揺さぶる。

日下部は、ディスプレイを見た。

栗原翔太とある。碇に託す前に着信は止んでしまった。直後に、メールが届いた。添付画像がついているようで、ディスプレイに画像のサムネイルが小さく表示される。顔はよく見えないが、明らかに少女の裸体のように見えた。

日下部はすぐに目を逸らし、警備艇たかおのキャビンを見た。

娘を守ろうとてんてこまいになっている父親に、これを渡さねばならない。

二十三時、警備艇たかおが芝浦運河を出発する。医療関係者応援のために今日から青色にライトアップされたレインボーブリッジはもう目前だ。

警備艇たかおには日下部と碇のほか、キャビンに磯部と君原がいる。瑞希は船艇課の女性海技職員が見てくれていた。正式な事件被害者ではないが、右目が大きく腫れている、捜査員の娘を見て、「官舎でひとり留守番しておけ」と言える警察関係者はいない。押収作業が終わるまでの子守を、女性海技職員は快く引き受けてくれた。

右手に月島埠頭、左に竹芝桟橋を見る。伊豆七島への定期船であるさるびあ丸も出航したところだが、緊急事態宣言下ということもあり、デッキに人の姿がない。通常なら東京の夜景を眺める乗船客や、甲板に寝床を敷く若者たちなどでごった返す。さるびあ丸が今日乗せているのは、離島へ運ぶ荷物と、最小限の乗客のみらしかった。

強い風が吹きつける。左手に見える浜離宮庭園は暗闇に沈んでいた。隅田川にかかる橋は二十一時にライトアップが消えてしまう。非常灯ばかりが目につき、両岸の建物の灯の反射が光源だった。

勝鬨橋が見えてきた。干潮時なので、難なく通過する。護岸の遊歩道の灯に照らされ、岸壁が光の下でむき出しになっている。水位がかなり下がっていた。普段は水に没している岸壁は茶色く変色している。苔の付着でぬめって、街路灯の光を反射する。

日下部は碇と、船尾にあるトランサムリフトに寄りかかり、なんとなく、空を見上げる。明日にも新月で、昼に見えていた繊月はもう見えない。

「碇さんのお父さんでもってしても、だめだったんですか」

唐突かと思ったが、キャビンの扉がぴっちりと閉まったのを確認し、日下部は尋ねた。碇も静かに答える。

「いや――学校だ」

今日、瑞希は休校中の自習課題を受け取る登校日だったらしい。

「そういう連絡は、俺のところにはこない。本人と保護者に入る。俺は学校から親にメールで連絡が来るということ自体、知らなかった」

アナログだな、と自嘲する。碇は昔ながらの連絡網で情報が来ると勘違いしていたらしい。

「保護者が学校に登録しているメールアドレスに登校日が一斉配信されるとは、知らなかった。これまで子育てに全く関わってこなかったことのつけだな」

「学校で待ち伏せされたんですか」

碇は、「らしい」とだけ答えた。

「顔のけがを見る限り、かなりの騒ぎになったんじゃないかと思いますが――」

碇は首を横に振る。

「校門の前で騒ぎになるようなことができるか。瑞希は黙ってあいつの車に乗った。隙を見て車から逃げ出そうとして、ああなった」

自ら車に乗った——理解できず、日下部はつい問いただす。

「なぜ車に乗るんです。学校の前ですよね。教師に助けを求めるとか、警察呼ぶとか」

「お前ならどうする」

碇が真顔で、問う。

「娘は……!」

押し殺した声で碇が迫ったが、あとを続けず、黙り込んでしまった。日下部は察して、ジャケットの懐に手を入れた。預かっていた瑞希のスマホを、碇に渡す。

「栗原翔太という男から、しつこく着信が」

出航までの三十分の間に、二十回も着信があった。

「画像や動画つきのメールも、届いています」

画像や動画は見ていない、と日下部は念のため、言った。碇はスマホに目を落とすことなく、無言で受け取る。ワイシャツの胸ポケットにしまった。

日下部は、唇を嚙みしめた。もしわが子が――。置き換えて想像しようとすることですら、全身が拒絶反応を示す。碇はそれを、当事者として背負っている。

気が付けば、両国橋が見えてきた。左手から神田川が注ぎ、柳橋のイルミネーションと相まって美しいのだが、すでに二十三時過ぎだ。こちらも非常灯のみが光る。四年前、ここで碇が半グレとボートチェイスを繰り広げたのを、日下部は思い出した。両国橋の橋桁にぶら下がって派手にやり合っていた。あのとき、碇を警備艇でバックアップしていたのは、礼子だった。

「碇さん。礼子にも、やっぱり、言わないんですか」

「言うわけがない。彼女は、他人だ」

「そうでしょうか。礼子なら、瑞希ちゃんを守ると喜んで協力したと思いますが」

碇が黙り込んだ。日下部は続ける。

「彼女はなにも知らない。あまりにもかわいそうです。碇さんに未練タラタラじゃないですか。こないだは救助男性を公衆の面前で平手打ちしたというし、精神的に参っているに違いないです」

両国橋をくぐる。碇が体の向きを変えた。進行方向に背を向け、トランサムリフトに肘をつく。警備艇が隅田川につけるハの字の航跡を、じっと見下ろしている。

「碇さんが、そうさせてるんですよ」

碇が航跡を見つめながら、きっぱり言う。

「俺は、もう二度と、瑞希を傷つけないと決めたんだ」

「二人とも傷つけないように努力すべきでは？」

碇がぎろりと、日下部を睨んだ。

「お前は、紗枝の最期を見ただろう。忘れたとは言わせない」

自分の顔を求め、自分の顔に石膏を塗りたくり、自分の〝出来損ない〟の海で命を落とした女――。

「あれは、瑞希の将来かもしれない。あの子はたったの十五年しか生きていないのに、体の内側に、取り返しのつかない傷を負ったんだ。突然わけもわからず夫に捨てられた礼子とは、比べ物にならないほどの傷だ……！」

隅田川沿いの遊歩道の街路灯が、碇の目尻にたまった涙を、光らせる。

「礼子はいくらでもやり直せる。だが瑞希は、十五で負った傷と、一生共生していかねばならない」

あの日――。碇が、低い声で、顎を引き、続ける。もはや彼の憤怒は彼自身に向いているようだった。

「瑞希のＳＯＳは、前からあった。美沙子と栗原が再婚して半年経ったころだ」

たいした用事もなさそうなのに、碇は瑞希に呼び出されたのだという。

「雑談の端々に、栗原との生活の不安をのぞかせる。俺と一緒に暮らしたいとは言わない。だが、俺の状況を探ってくる」

父親と同居できる道がないのか、瑞希は模索していたのだろう。碇が拳を握る。

「俺はそれに気が付いていた。それが、栗原とは一緒に暮らしたくないというＳＯＳだとわかっていたが、俺は、無視した……！」

碇が、トランサムリフトを殴りつけた。金属の大きな音が、隅田川に響く。

「瑞希に呼び出された喫茶店の外で、礼子が、待っていたんだ。紺色の、襟元と袖がシースルーになっている、本当によく似合うきれいなワンピースを着て、俺を待っていた。一緒に婚姻届を出しにいく予定の日で……」

碇が頭を抱えた。髪をぐしゃぐしゃにかきむしる。指の第一関節が反り返るほど、強い力だった。

「礼子のことが」

碇が、絞り出すように言った。

「礼子のことが、本当に、好きだったから――いとおしくてたまらなくて、絶対に手放したくなかったし、心から幸せにしてやりたいと思っていたから――」

だから。碇は、大きく息を吸い、吐いた。

「俺はあの日、礼子と入籍するために、瑞希のＳＯＳを、無視したんだ」

電車の音がして、碇の声をかき消す。警備艇たかおは総武線の鉄橋に差し掛かっていた。黄色のラインのＪＲ総武線が、ゆっくりと隅田川を渡っていく。

電車の通過音がやみ、静寂が戻った。

「俺は瑞希が四歳の時点で、家庭を去って瑞希を捨てている。そして五ヵ月前、俺は二度までも、瑞希を捨てたというわけさ」

「碇さん――」

自分を責めないでほしい。日下部はその屈強な肩に、手をやる。今日それは日下部が不安に思うほど、か細く、震えている。

「だから俺は、決めたんだ。今後、一ミリたりとも、瑞希を傷つけない。そのためには、誰を傷つけてもかまわない。瑞希は、被害を周囲に知られるのを嫌がっている。知られればまた傷つく。だから礼子にも言わない」

なにも事情を知らない礼子と三人で暮らすのは、確かに無理がある。

「だから俺は一切を語らず礼子を追い出した」

日下部は、唇を噛みしめた。

「瑞希を傷つけるくらいなら、礼子を傷つける。俺はそう決断したんだ」

日下部は、慰めのつもりで置いた碇の肩から、手を離した。

この人の強さに、ただ、圧倒される。

進行方向に向き直る。

夜のしじまに、東京スカイツリーが見えてきた。地球をイメージさせるブルーのライトアップが輝く。未知のウィルスに打ち勝つという思いを込めた色らしかった。

第五章　この世で一番必要のない逮捕

キャンドルワークスから蠟人形を押収する作業は、日の出と共に始まった。捜査本部からの応援要員三十名も到着し、バケツリレー方式で搬出することになった。四階工房を担当する捜査員が、ブルーシートで蠟人形を一体一体包み、エレベーターに乗せて運び出す。建物から路地、路地から桟橋の階段という具合に、点々と捜査員が立つ。碇は日下部と共に、桟橋から警備艇に運び入れるまでの区間を担当した。

和田が、ブルーシートに包まれた蠟人形を右肩に担ぎ、ほ、ほ、と掛け声を上げながら、親水テラスの階段を降りてきた。日下部がもらいうける。重心をうまく落としていたが、やはり重いのだろう。碇のいる警備艇に向き直ったときの、一歩、二歩が若干ふらついた。

「いきなりダリが来た気がします。八十キロ近くありそうですよ」

碇はブルーシートの蠟人形を担ぎ上げた。足元に注意しながら、簡易的に渡した木造のタラップの上を通り、デッキに寝かせた。ワイシャツの胸ポケットから、するりと、瑞希のスマホが落ちた。

瑞希はいま、五臨署だ。明け方に様子を窺う電話を船艇課に入れたら、仮眠室で横になっているようだが寝てはいない、と女性海技職員が教えてくれた。

スラックスには自身のスマホが入っている。両方の尻に二つのスマホがあるのはさすがに動きづらいので、碇は一旦、瑞希のスマホをキャビンの操舵席脇にあるホルダーに収めた。

深夜のうちに瑞希のスマホに届いた画像や動画は、栗原のメールフォルダごと全部、削除した。しつこい栗原からの着信にも応じた。実際には消去したが、証拠が揃ったのでじきに逮捕しに行くとどやしたら、慌てて栗原は電話を切った。試しにかけなおしてみたら、電源が切られていた。いまごろ怯（おび）えているに違いない。どこかへ逃亡した可能性もある。

捜査がひと段落したら、ぶち殺しにいってやる。

二体、三体と蠟人形が運ばれてきた。

ブルーシートに包まれていても、背恰好から、すべて山岸光男の蠟人形のようだ。

ちらりとブルーシートの顔の部分を捲る。どの人形も、穏やかな表情をしていた。娘を弄ぶ酒飲みの身勝手な自称芸術家だったはずなのに、その片鱗（へんりん）すらも見て取れない。免許証の写真は、もっといかめしい顔をしていた。目つきが鋭く、口元が歪んでいた。

紗枝は理想の『父親』を蠟人形で作り続け、自分を凌辱した父親を、抹殺しようとしていたのか。それらに囲まれることで自分を育て直そうとしたのだろうか。

不意に強い視線を感じた気がして、碇は高架橋のほうを見る。英国風ののっぽの建物が、首都高速道路沿いにこちらを見下ろしている。その窓に人が立っていてこちらを見下ろしていた気がしたのだ。気のせいか。中で作業している捜査員だろう。

紗枝だったのではないか――。

紗枝の魂が、彼女の屋敷から大量に生産された『山岸光男』が運び出されていくのを、眺めおろしているようなビジョンが浮かぶ。

紗枝の遺体を発見したのは碇だ。それなのに碇は、紗枝が死んだという気がしなかった。たったの一時間、やりあっただけの相手だが、瑞希を見る目には深い情が見えた。同じ傷を持つ者同士の――。

紗枝はとっくに、死んでいたのかもしれない。

魂はすでになかったのだ。だから、肉体が死んだとき、普通の人の死が周囲に残すものとは違うなにかが残る。あの家にはそれがある。碇はそんな気がしてならなかった。

五時半を過ぎ、完全に日が昇ると、テラスをランニングする人の姿が見えるようになった。緊急事態宣言下でいろいろなことに自粛がかかっているせいで、隅田川沿いにランナーが集まっているようだ。通常なら平日の朝にランニングする人は少ないだろう。いったいなにを運び出しているのか、と野次馬が集まりはじめてしまった。

管轄の向島警察署に、交通整理を頼む一報を入れた。電話を切ったとき、画像付きのメールを受信していたことに気が付いた。赤ちゃんを抱いているすっぴんのおばさんが、満面の笑みで写っている。

「――誰だ、コレ」

メールの本文には、こうあった。

〈係長。おかげ様で昨晩二十三時二十分、元気な男の子を出産しました！　名前は、創矢（そうや）です。南極観測船宗谷（そうや）からいただきました。碇係長と礼子ちゃんとの間にも、早く天使が舞い降りますように〉

旧姓細野の、太田由起子だ。すっぴんが普段と違いすぎるが、メッセージに余計な一言をつけくわえる部下は、由起子しかいない。

碇は日下部から蠟人形を受け取りながら、伝えた。

「太田由起子、無事出産だとよ。いらねぇのに本人のすっぴん画像つきだ」

「俺、見ませんからね。見せないでくださいよ」

日下部が口で辛辣に言いながらも、目尻は赤ん坊を想像してか、優しげに垂れる。

「仲良くしてやれよ。娘、同い年だろ。創矢君だってさ」

南極観測船宗谷は船の科学館前に展示されている。四年前に宗谷を巡った殺人事件があった。由起子は宗谷が現役時代に起こした数々の奇跡に感動した様子だったから、息子の名としたのだろう。

碇は受け取った蠟人形を、二体の蠟人形の間に重ねた。デッキは四体並べるので精一杯だ。積み重ねていくしかない。

「碇さん！　超軽いです。これは東原美和子ですね」

日下部から、蠟人形を受け取る。座位の蠟人形だった。碇はそれをキャビンに持っていく。ブルーシートに包まれた蠟人形を後部シートに座らせた。首、腰、膝、足首に、シートを固定するためのロープが巻かれている。ブルーシートに包まれているとはいえ、人間の形だった。外から見る人はぎょっとするかもしれない。

また由起子からメールが入った。赤ん坊のいろんな顔のショットを何枚も送りつけてくる。デッキに出て、碇はついぼやく。

「くそ、創矢地獄だ」

日下部が苦笑いする。

「そういや、お前んとこ、名前決まったのか」

日下部が、蠟人形を渡しながら、とっくですよと答える。

「美乃（よしの）です。日下部美乃」

漢字を説明してくれた。由来を尋ねる。海上保安庁の巡視船の名前だという。

「お前、水上警察署の警官たるものが、警備艇じゃなく海保の巡視船の名前を取るとはどういうことだ」

「奥さんの思い出の船らしいんですよ。学校出て初着任したのが、巡視船よしのだったらしくって」

碇は肩をすくめた。

「宗谷もよしのも海上保安庁の船じゃないか。どーなってんだ、新東京水上警察は。玉虫が聞いたら泣くぞ。家庭内での力関係がよくわかるエピソードだな」

碇はそう日下部を揶揄し、ハッとする。

同じようなことを最近思った。

碇は記憶を辿る。

名前。

子どもの、名づけ――。

碇は無意識に、口走っていた。同時に、母親に亡骸を焼かれた少女の、無残な最期が碇の脳裏に蘇る。

「西本叡子」

「誰が名前をつけた？」

碇の問いが唐突だったのだろう、日下部が眉をひそめた。

「なんでいま、その話を」

「母親は花蓮だぞ。きらびやかなかわいらしい名前だ。そして花蓮は、十九歳で長女の叡子を産んでいる。誰が、叡子なんて名前をつけた」

日下部は、それがどうした、と言う顔だが――遠い目になる。

「父親にあたる人、ですかね」

「叡子の実の父親は誰だかわかっていない。そして妹は『月の雫』と書いてルナだぞ。どうして叡子だけ、堅苦しい古風な名前をつけた。十代で誰の子かもしれない子どもを産んで、最終的に男のために娘の遺体に火をつけるようなアッパラパーの母親が、叡子、なんて名前を娘につけるか？」

日下部は、困り果てた顔をした。

「そんなこといま、僕に言われても……」

碇の頭の中で、二つのパズルのピースが合う。すると、ほかに散らばっていたピースが、次々と、周囲にぴたりとはまっていく。そんな感覚があった。

碇は日下部の手から蠟人形を乱暴に奪い取る。いくぶん乱暴に、デッキに置いた。

「あぁ、大事な押収物が、壊れちゃいますよ」

「たぶん、ただのゴミだ」

日下部がしばし、絶句する。

「証拠品が固められているかもしれないって言ったの、碇さんですよ！」

「間違えたかもしれない」

碇は正直に反省したつもりだが、日下部には無責任に見えたようだ。

「こんだけ人と車両、警備艇まで出させておいて、それはないですよ」

日下部の大袈裟な嘆きを無視し、碇は日下部に向き直った。

「来い」

腕を掴み、警備艇を降りた。押収作業は続いている。碇は和田に叫んだ。

「すまない。俺と日下部は一旦、抜ける。警備艇までの区画、あんたに頼んだ」

大汗をかいて蠟人形を担いだ和田は、顔を真っ赤にして怒った。

「ふざけんなよ、俺は階段も担当してるんだぞ！　しかも病み上がりだぞ！」

碇は階段を駆けあがった。遠藤と藤沢が乗りつけてきた、五臨署の捜査車両を見つける。碇は、日下部を運転席に座らせた。

「どこに行くんです」

「本所歴史博物館だ」

＊

四月二十四日。日下部は懐に逮捕状を携え、捜査車両を運転していた。隅田川が見えてきた。台東区側から言問橋を渡って隅田川を越え、墨田区向島に入る。北側にある桜橋は、隅田川唯一の、歩行者専用の橋だ。車両は通行できない。桜橋のたもとに、ブルーシートの塊をデッキに山積みにしたままの、警備艇たかおが見える。

早朝に蠟人形の押収を行ったのは、昨日のことだ。

いまとなっては、無駄な作業だった。あの押収物をどうするのか、まだ捜査本部も指示を保留している。海技職員たちは一旦署で待機となった。警備艇は無人の状態で、大量の蠟人形を積んだまま、桜橋近くの親水テラスの係留装置に繫がれている。碇が鍵を預かっていた。

言問橋の近くにある民間の桟橋が見えてきた。

五臨署の捜査車両に乗っている藤沢と遠藤が、逮捕執行のバックアップのため、桟橋近くの通りで待機している。同じく、和田が東京湾岸署の捜査車両で後ろにつけている。

日下部は、助手席の碇に言う。

「いました」

二人の男女が桟橋で、小さな観光船の手入れをしているのが見えた。

平井幸一と、淳子だ。学校の休校が続いているからか、今日も伊吹が、桟橋の傍らで遊んでいた。

「瑞希」

碇に呼ばれ、後部座席で静かに座っていた瑞希が「ん」と身を起こす。右目の腫れは引いてきてはいるが、目立つ傷なので、いまは眼帯をしている。

「伊吹ちゃんを見ていてくれるか」

「わかった」

栈橋へ降りる階段の近くで、日下部は捜査車両を止めた。栈橋脇の小さな空き地で花を摘んでいた伊吹が、気づいた。

「あー！　お姉ちゃんだ」

瑞希は「また来たよ」と言って、碇と日下部を抜き去った。あっちの広場で遊ぼう、と伊吹を親水テラスへ連れていく。

碇と日下部は、チケットカウンターを消毒していた平井と、向き合う。

風が強い。

平井が、「ああどうも」と頭を下げ、船のほうに顎をやる。

「ゴールデンウィーク明けに再開を目指していまして、いま必死に消毒作業です」

碇も日下部も、返事をしなかった。ニコニコしていた平井だが、神妙な表情になる。

恐らく、警察が蠟人形の中から死体が見つかったと発表した時点で、覚悟は決めていたはずだ。

平井は「お待ちください」と一礼し、桟橋から身を乗り出した。「おい」と、観光船『びわ号』のデッキを掃き掃除していた淳子に、声を掛ける。

淳子がはたと顔を上げた。厳しい表情の刑事を前に、淳子はがっくりしたように、肩を落とした。

日下部は、言葉がなかなか出ない。逮捕状を出して、手錠を掛け、しょっ引く。それだけなのだが……。

背後の親水テラスから、無邪気な伊吹の笑い声が聞こえてくる。

この世で一番、必要のない逮捕を執行する、という気がしてならない。

日高聖人は、殺されて当然の野郎だったのだ。ぶちのめして息の根を止めた平井夫妻と、その死体を蠟人形という牢屋(ろうや)に閉じ込めた紗枝は、称賛に値することをしたのではないか。

碇が、口火を切った。

「今日は――伊吹ちゃんのお姉さんである、叡子ちゃんの話を、聞きに来ました」

平井が唇を震わせ、うつむく。淳子は、膝が震えている。いまにも泣き崩れそうだ。

やらなくてはならない。

日下部は懐から、一通の契約書を出した。昨日、都内にある特別養子縁組あっせん事業を行う業者のもとへ出向き、押収してきたものだ。

「西本叡子ちゃんの出生病院にて、記録を確認してきました。十九年前、西本花蓮さんはこのあっせん業者と、出生した子を特別養子縁組に出す契約を結んでいます」

当時、西本花蓮は十九歳で妊娠六ヵ月だった。堕胎できる週数を過ぎていた上、本人に育てる意思がなかったため、産婦人科医が特別養子縁組業者を紹介したようだ。

「そのあっせん業者が、養子先として選んだのが、あなた方ご夫婦だった」

淳子が、申し訳なさそうな顔で平井を見て、言う。

「私は体が……。若いころに子宮筋腫をやって、子どもが産めませんでしたので、早くからあっせん業者に登録して、わが子がやってくるのを、ずっとずっと待っていました……」

私たちは――平井が言い訳するように続ける。

「妊娠中から花蓮さんを必死にサポートしました。無事元気な赤ちゃんを産めるように、なんでもやりました」

淳子は、両親のサポートもない花蓮の自宅アパートまで赴いて、栄養ある料理を作ってやったという。平井は、産婦人科の検診のたびに車を出してやったとも話す。

「三人でエコー画像も見ました。我々はあのときから、叡子の両親だと言う自覚をもっていました。もう、あのときから、叡子の父親と母親だったんです……」

平井がとうとう嗚咽を漏らし、口元を押さえた。

昨日のうちに、日下部は特別養子縁組あっせんの業者から、詳しい話は聞いている。西本花蓮も契約書にサインしており、産後、すぐに赤ん坊を平井夫妻に託すつもりでいたようだ。やがて無事出産した。生まれた女の子に、平井夫妻は「叡子」と名前をつけた。碇が問う。

「奥さんの故郷から取った名前なのではないですか？」

淳子がうなずき、観光船びわ号の舷側に、手をついた。琵琶湖畔で生まれ育った彼女は、船には故郷の湖の名前をつけ、娘には山から取った名前をつけた。

「叡子さんの『叡』は、比叡山の『叡』ですね。伊吹ちゃんは、伊吹山からそのまま取ったんでしょう」

どちらも、琵琶湖から見える山の名前だ。

「お二人は、生後すぐに叡子ちゃんを引き取り、わが子として育てた。間違いないですね」

日下部は確認しながら、もう、嗚咽が漏れた。日下部はまさにいま、生まれたての赤ん坊をわが家に迎えたばかりだ。妻と協力しながら三時間おきに授乳をし、オムツを替え、こまめに着替えもさせ、毎日沐浴させる。血の繋がりがなくとも、名前を与え、必死に世話をし、成長を見守るだけで、強烈な愛情が湧くものだ。そこに血は関係ない。しかも平井夫妻は、叡子が生まれる前から、その誕生を待ち望んでいたのだ。

淳子が涙ながらに言う。

「生後十ヵ月までは、私たちが育てました。首が座った日はお祝いし、初めて寝返りを打った日も記念日です。初めて一緒にお風呂に入った日、初めて私たちに笑いかけてくれた日、全部が、大切な思い出として心に刻まれています」

初めて離乳食を口にした日は夫婦で抱き合って喜んだ。お座りがひとりでできるようになってからは、後ろにひっくり返って頭を打たないように、さっと背中にクッションを置く――。淳子の口から、わが子との日々があふれてくる。母性だった。

「叡子は成長が早い子でしたから、生後九ヵ月でたっちができるようになって、生後十ヵ月では、言葉を……ママ、と言えるようになっていたんです」

「その矢先だった……！」

感情を爆発させるように、平井が叫ぶ。

「あの女が……！　やっぱりかわいいから自分で育てたいと。ペットかおもちゃぐらいにしか見てなかったに違いないのに、突然、契約を破棄したいと主張して……！」

日下部もこの経緯を、すでにあっせん業者から聞いている。

特別養子縁組は、出生後すぐに成立とはならない。本当に育てていけるのか、養父母には厳しい審査が課される。生後半年ほどしてから、裁判所に初めて審理申し立てを行う。決定まで更に半年かかるのが一般的らしい。すべてが完了するまで、養父母には養育権が発生しない。養育権があるのはあくまで、子を産んだ実母なのだ。

「私たちは実母の元に叡子を返すことに反対し、裁判も辞さない覚悟だったんですが――現状の法律ではどうしようもない、と業者からも弁護士からも言われました。身を切られる思いで、叡子を手放したんです。生後十ヵ月と、十五日目のことでした」

日下部は、つい、自分に置き換える。大切なわが子が突然、他の家の子どもとして、連れていかれてしまう。そういう法律だから。実母が育てるべきという、血縁を重視した法律のために、育てたわが子を奪われる。

家には、わが子が使っていたベビーベッド、服、おもちゃ、すべての気配が残っている。わが子だけがいなくなる。

しかも、合法的に。

地獄だ。

叡子の戸籍には、平井夫婦の痕跡が、一切、残らない。生後十ヵ月まで、精一杯の愛情を注いで叡子を育てた夫婦の存在が、記載されることはない。

記録が残らない、ということは捜査の最大の壁でもあった。碇が「名づけ」で気づかなければ、平井夫妻は永遠に捜査線上に上がることはなかっただろう。

平井が涙を流し、訴える。

「それでも私たちは、忘れません。叡子という長女がいたことを。戸籍上は、伊吹が長女です。しかし自宅には叡子の生後十ヵ月までの写真が、何千枚と残っています。伊吹には、かわいいお姉ちゃんがいたことを、話していました」

日下部は、親水テラスを振り返る。瑞希と伊吹は、花を摘んでいた。お姉ちゃんがいたということを物心ついたころから教えられ、会ったこともないお姉ちゃんに焦がれていたから、伊吹は瑞希にすぐなついたのだろうか。

日下部は、悲しい想像をしてしまう。隅田川のほとりの、両親が観光船の準備をする横で遊ぶ、叡子と伊吹。実母の元に戻されず、この本所で平井夫妻の娘として育てられていたら——。

「叡子さんの事件を、どうやって知ったんですか」

碇が尋ねた。平井が答える。

「日高聖人本人からです」

日下部は目を丸くした。

「どういうことです。知り合いだったんですか？」

「いいえ。全く。ただ、日高のほうは我々の存在を知っていたんです。花蓮さんから、こう聞かされていたらしいです」

〝叡子が生意気なのは、生後十ヵ月まで育てた本所の養父母の教育が悪かったから〟

事件の直後、日高自ら、平井夫妻のところへ出向いてきたようだ。

どうやって日高は平井夫妻の住所を突き止めたのか。日下部の問いに淳子が踵を返し、観光船の操舵席脇の神棚の戸を開けた。なにかを手に持って、戻ってくる。

碇と日下部に、差し出す。手毬のような、木目込み人形だった。髪を結った小さな頭がついている。球体部分はちりめんや桃色の布が木目込まれていた。日下部は手袋をした手で受け取った。底のほうを見る。『東』の刻印がされていた。

「羽黒工房の東原さんが、叡子のために作ってくれた人形です。毎日一緒に寝るくらい叡子は気に入っていました。西本花蓮のところへ送り出すときも、叡子に持たせました」

平井が説明した。淳子が事件当日の経緯を語り出す。

「突然、これを持った男が、本所歴史博物館を訪ねてきたんです。確かに叡子が大事にしていたもので、私は心臓が止まりそうになりました」

日高は、これを作った工房を探していたらしい。『東』は製作者である東原の刻印だ。羽黒工房と結び付かなかったのだろう。伝統工芸家の作品を展示・販売している本所歴史博物館に情報を求め、やってきた。

「日高は、私たちを探していたんです。名前は知らなかったようですが、本所にいる夫婦で、この人形に関連する、というのを手掛かりに」

「いったいなんのために」

尋ねた日下部に、平井が大きく息を吐き、言った。

「叡子を殺害した罪を、我々になすりつけるためです」

日下部は言葉を失う。碇もまた、絶句していた。

「電話で花蓮に指示して、叡子の遺体に火をつけさせたのも、日高です。性的虐待をした自分の痕跡を消して、私たち夫婦が叡子を殺して、無理心中を図ったように見せかけるつもりだったようです。私にそれを握らせて――」

いまは日下部の手にある木目込み人形を優しく見て、平井が言った。温かいまなざしはその一瞬だけだ。日高への憎しみが、平井の目に赤く燃えたぎった炎として現れる。淳子が説明する。

「最初はもちろん、そんなそぶりは見せません。私たちに、叡子を育てた両親を探している、叡子が会いたがっているから、と日高は言うんです」

まだ事件の発覚前で、平井夫妻は叡子が殺されているなど、知りようもなかった。叡子の死は、母親の花蓮が夜に帰宅し、火をつけて、初めて露呈したのだ。

「私は喜んで、桟橋にいた夫を博物館へ呼びました。そこで突然、日高が豹変しました。叡子を殺したと告白し、凶器を持って、夫に襲い掛かってきたんです」

これですね、と碇が凶器の写真を示す。本所歴史博物館の一階展示室にあったものだ。墨田区内の各伝統工芸を紹介するコーナーには、職人の工具が展示されていた。焼きゴテが何種類も並んでいる。

「その展示品は貴重品というほどでもありませんから、ガラスケースには入っていませんでした。彫刻刀などの刃物類は危険でしたから、展示していなかったんです」

それで、凶器が焼きゴテになったようだ。現物は処分しているという。だが、博物館のパンフレットには、現物の写真が残っていた。平井が説明を続ける。

「日高が焼きゴテで我々を刺そうとしました。揉み合ううちに――」

「二十八ヵ所も刺した？」

「怖かった。殺さないと、殺される……。ですが、恨みもありました」

淳子が強く出る。

「叡子になにをしたのか、どうして死んだのか。日高に教えられた直後でしたから。私は、夫を止めませんでした。もっともっと苦しんで、悶えながら死ねばいいと思いました」

淳子は未だ怒り冷めやらぬ様子だ。

沈黙があった。隅田川のせせらぎの音と、伊吹の笑い声が聞こえてくる。日下部はつい、責めてしまう。

「なぜ、警察に言わなかったんですか。それは、正当防衛です。不起訴処分で済んだはずです」

「いまならそうしていましたよ。でもあのときだけは、どうしても、できなかったんです……！」

平井が、親水テラスの娘を見る。シロツメクサを摘み、瑞希に花冠を作ってもらっていた。瑞希が伊吹の頭にそれをのせている。平井は顔を歪ませ、泣いた。碇が言う。

「七年前――伊吹ちゃんを引き取ったころの話ですね」

平井が、腕で目頭を押さえる。

「伊吹を引き取って、十ヵ月目でした。裁判所の審理の真っ最中だったんです」

平井夫妻にとって、生後十ヵ月目が、どれほどのハードルだったか――。

「叡子を奪われた記憶が、私と妻の脳裏にありありと残っています」

平井が、喘（あえ）ぐように続ける。

「たとえ結果的に不起訴処分に終わったとしても、警察沙汰を起こすことは絶対にできなかった。もし逮捕されたら、我々は伊吹までも、失うことになってしまう……！

あの地獄は。あの地獄だけは……！」

耐えられない。平井からその言葉は出なかったが、日下部には容易に想像できた。

「日高の遺体を隠すため、山岸紗枝さんを巻き込んだのですか」

碇が幾分厳しい口調で問う。淳子が、断固とした調子で首を横に振る。

「こんなことに人様を巻き込むことは、これっぽっちも考えていませんでした。ですが、紗枝さんが、来てしまって……」

「蠟人形の手入れのために、毎日、閉館後に博物館に顔を出していたそうですね」

碇が指摘する。夫妻が同時に、うなずいた。平井がか細い声で言う。

「死体を見られてしまいました。我々は事情を話し、どうか黙っていてくれ、と紗枝さんを拝みました。死んだ叡子のため、そして伊吹のために」

紗枝は日高の死体を見て、一言、こう答えたという。

〝この男は、死んでもまだ足りない〟

日下部は、紗枝が父の光男の話をしていたときのことを思い出す。警備艇で待機していた日下部は声しか聞いていない。だが、迫力があった。酒に酔って橋から落ちて死んだ父──呆気ない幕切れだからこそ、憎悪が募っていたのか。持て余していた憎しみを、紗枝は、もう一人の性的虐待加害者の死体に、ぶつけたのだろうか。

平井が言い訳する。

「私に任せてくださいと紗枝さんは言って、死体を布でくるんで、乗りつけてきた車で工房に運んでいきました。あと、どうしたのか、教えてくれません。謝礼金を包んで持っていっても受け取ってくれず、あとは、我々も口にすることもおぞましく──」

平井夫妻は、碇や日下部が尋ねてきたとき、蠟人形の中に日高の死体があると知らなかったのだ。紗枝が蠟人形として遺棄したことも知らなかったし、あのときは事件の報道もされていなかった。だから、刑事に蠟人形のことを聞かれても、善良な市民の顔のままで、刑事と対峙できた。いや、本来は善良だったのだ。彼らに鬼の仮面をかぶせたのは、日高聖人にほかならない。

碇が深いため息をついた。手錠ケースを付けた腰ベルトに手を掛けたが、躊躇したのか、後ろを見る。

「しばらく、伊吹ちゃんとお別れになります。なにか、言葉を掛けますか？」

平井夫妻は泣き崩れそうになった。互いに支え合うように手を取り合い、うなずく。お願いします、と頭を下げた。碇が二人を連れて踵を返そうとして、立ち止まる。スマホが着信していたようだ。ジャケットの内ポケットから出し、ちらりと見る。

碇の様子が豹変した。日下部は、ディスプレイを碇の背中越しに見る。『瑞希』とある。日下部は反射的に親水テラスを振り返った。瑞希は伊吹と遊んでいる。変わりはない。碇が低い声で呟く。

「瑞希のスマホは、警備艇に置きっぱなしだ」

誰が鳴らしているのか――。

碇は電話には出ず、路地で待機中の遠藤や藤沢、和田に、平井夫妻の確保を指示する。瑞希と伊吹の保護も無線で頼んだ。無線マイクがついた右手をおろす。碇がようやく、スマホの通話ボタンを押した。

「もしもし」

日下部の耳にまで、男性の叫び声が聞こえてきた。かなり切羽詰まっている様子だ。ひどく咳き込んでいて、なにを言っているかはわからない。碇は、電話を切った。

「誰です」

「栗原だ。だが——なんでだ」

碇が眉をひそめ、数百メートル先に見える、桜橋のたもとを振り返った。

警備艇たかおが、親指ほどの大きさで見える。

船尾部のデッキから、黒い煙が上がっていた。

第六章　月下老人

日下部は碇と共に、桟橋を全力で駆ける。桜橋へと続くテラスの柵を、飛び越えた。

黒煙が近づいてくる。火は大きくなっていた。船舶火災の際に漂う、重油のにおいではない。蠟燭が燃えるにおいだ。碇が走りながら、袖口の無線に指示を出す。

「全捜査車両並びに捜査員に告ぐ、警備艇たかおから失火。繰り返す、桜橋の南、墨田区側に係留中の警備艇たかおから失火。消防へ通報を求──あっ」

碇が突然、立ち止まる。日下部はもろにその背中にぶつかり、はじき返された。

「動き出したぞ」

日下部はテラスの柵から身を乗り出して、川上を見た。

係留索が切れている。警備艇側の係留装置がすでに炎に包まれていた。索が焼け落ちたのだろう。警備艇たかおが黒煙をあげながら、下流に向けて水面を滑る。エンジンの音は聞こえない。

キャビンの操舵席脇の小窓を開け、顔と腕を出して助けを求めている男がいた。

あれが、栗原翔太か。

助けてくれ、出られない、と泣いているように見えた。

「おとうさーん！　助けてください！」

碇が顔を引きつらせ、目の前の光景を見ている。

「──まさか、GPS追跡したんじゃ」

瑞希のスマホは昨日明け方から警備艇に置きっぱなしだったと日下部は聞いた。そして栗原は瑞希を、連れ戻そうとしていた。瑞希のスマホのGPSを辿り、警備艇に侵入したのか。

「だからって、なんで火事になってるんだ！　蠟は勝手に燃えないだろう。誰が火をつけた！」

「知りませんよそんなこと！」

日下部もパニックになり、そう叫び返す。

キャビンの出入り口は、デッキにしかない。そのデッキは火の海だ。操舵席脇の小窓は開閉できるが、小さすぎる。成人男性は通り抜けられないだろう。他の窓ガラスはすべて嵌め殺しになっている。栗原は閉じ込められていた。栗原自身が火をつけたとは、到底思えない。

「まさか——紗枝が？」

碇が、思わずといった様子で口にする。

「なに言ってるんですか。彼女はもう、死んでいます」

「しかし、蠟人形に仕掛けでもしてあったんじゃないのか。だから突然、燃えだした」

「だからといって、このタイミングで燃え出すなんて」

まるで、もうひとりの性的虐待加害者である栗原を、焼き殺すようなタイミングで……。

碇は、躊躇している様子だ。いつもの碇なら、すぐさま川に飛び込み、助けに入っただろう。また栗原が叫ぶ。

「助けてください……！」

風が吹く。日下部の耳に囁きかける。

助ける価値がある男なのでしょうか——。

紗枝の、鈴を転がすような声がする。日下部は、背筋が寒くなった。背後の英国風の三角屋根の建物から、紗枝に、問われている。

平井夫妻の逮捕を執行した碇と日下部に、罰が与えられているようだ。加害者側を罰することができなかったのに、被害者を逮捕しなくてはならなかったのだ。

それが、正義というならば。

娘を凌辱した男を、命がけで助けてみろ。

あの世に逝った紗枝が、碇に、強烈なジレンマを仕掛けているようだ。

碇が腕時計を見て、真っ青になる。

「十七時半――くそ、もうすぐ満潮時刻じゃねぇか！」

あと三十分もすれば、隅田川は水位が二メートル近く上がる。

「このまま流されたら、駒形橋でぶつかります。くぐれたとしても次の厩橋はもっと低い。確実に引っかかります」

消防車のサイレンの音が聞こえてきた。

「消防車は、あの速度で流されている船を消火しながら走れるのか？」

「消火しながら走れる消防車はないでしょう。停車して、近隣の消火栓と消火ホースを繋がないと、水は出ません」

碇がスマホを出した。

「高輪消防署に消防艇を出させる。橋をくぐれる船があったはずだ」

高輪消防署の港南出張所は、五臨署のすぐ北隣にある。消防艇を何隻か有している。日下部は首を横に振った。

「品川埠頭からこの桜橋まで、全速前進でも二十分はかかりますよ」

二十分ものあいだ、火にあえぐ栗原を、ただ護岸から見ていろというのか。しかも、係留索が燃え落ちて、船は川に流されている。

「このままじゃ、駒形橋か厩橋で引っかかる。炎は橋の周辺に燃え広がるぞ。あの界隈は、本所だ」

日下部は頭が真っ白になった。

本所は火事に始まり、火事と共に発展した。

伊吹が得意げに話した言葉が、思い起こされた。碇も呟く。

「本所をまた火の海にしてしまう」

耳に入れた無線機に、方々から罵声、怒声にも似た指示と報告が飛ぶ。

日下部はなんの判断も下せぬまま、ただ、碇の背中を見つめた。碇の肩がこれまでになく震えている。正義しかなかったあの大きな背中が、いまは、憎悪と憤怒で、卑屈に歪み、小刻みに揺れている。

「くそ！」

碇が叫んだ。その言葉で、迷いを払拭したかのようだった。ジャケットを脱ぎ、日下部に託した。靴を脱ぐ。

隅田川に、飛び込んだ。

碇のぴんと伸びた腕のラインと、浮き上がった肩甲骨が、ワイシャツの上からでもわかる。それが優雅に川面に吸い込まれていく。

すぐさま川面に顔を出した碇は、クロールで泳ぐ。十秒で警備艇に泳ぎ着いた。炎を上げる船尾ではなく、船首部に回り、手すりや甲板の突起物に手を掛ける。全身から水を滴らせ、警備艇に乗り込もうとしている。

日下部は柵に取り付けられた救命浮環を取った。護岸から、警備艇たかおと並走する。墨東クルーズの観光船乗り場まで下ってきていた。藤沢と遠藤が、平井親子を捜査車両に誘導しているところだ。

瑞希が柵にしがみついている。目を丸くして、火を吹く警備艇と、泳ぎ着いて中に乗り込もうとしている父親を、見ていた。

「瑞希ちゃん、車で待ってるんだ。大丈夫だから」

腕を引きながら、日下部は遠藤と藤沢に言う。

「下流域の橋をすべて封鎖するよう、無線で流して。大至急だ！」

はい、と遠藤が叫ぶ。黒い煙が流れてきて、藤沢は咳き込んでいる。

瑞希はまだ、柵にしがみついている。

「行くんだ瑞希ちゃん！　ここも危ない」

瑞希が咳き込みながら、川に向かって叫んだ。

「お父さーん！」

呼んでいるのではなく、ただ、叫んでいる。泣いていた。日下部は瑞希の腕を強く引き、藤沢に託す。浮環を抱え、警備艇たかおを追ってテラス沿いを走る。

碇が甲板に転がり込んだのが見えた。立ち上がろうとして、豪快につるっと滑った。方々の突起に手をかけながら必死に立ち上がろうとしているが、何度も足を滑らせている。

水であんな風に滑るはずがない。そもそも、デッキは水で滑らないように滑り止め加工が施してある。

日下部は、嫌な予感がした。

*

これはまずい現場だ。碇は鼻をつんとつくにおいでわかった。

ぬるぬるとした感触を靴下の足に感じながら、警備艇たかおの船首デッキに、やっと立つ。目の前はガラス張りの操舵席だ。栗原翔太が、ガラスを挟んだ目と鼻の先にいる。こぶしでガラスを叩き、助けて、と泣き叫んでいる。

体中から、灯油のにおいが立ち込める。滑ったとき、船首部デッキにたまっていた水たまりに体を浸した。あれは水ではなく、灯油だ。灯油は四十度以上温度があがらないと引火しないが、船尾デッキで燃える蠟でじきに温められ、火があがるかもしれない。

碇は、あっという間に煙に巻かれた。風向きが変わったのだ。いまはキャビンが船尾の炎の盾になってくれているが、北から風が強く吹けば、キャビンの両側の壁をつたい、黒煙が流れてくる。火の粉と、細長い火の手が、碇のほうにも迫ってくる。

なぜこうなったのか考える暇も、栗原にお説教を垂れている暇もない。

碇は、操舵席の窓ガラスに拳を突き立てる。嵌め殺しの窓にひびが入る。二度目の打撃で亀裂が大きくなった。三度目で割れた。靴は履いていないが、靴下を履いているだけまだましか。足を振り上げた。ガラスをかかとで割り、素手で取り除いていく。手から流血がある。ガラスを蹴り壊した右足も、紺色の靴下が破れ、皮膚が裂けているのが見えた。

「おとうさん！」

栗原が、上半身をはいずらせてきた。助けて、と両腕を差し伸べてくる。

警備艇たかおは、水色の言問橋をくぐっていた。

夕陽(ゆうひ)が栗原の顔を赤く照らしていた。橋の陰に隠れ、その顔が暗闇に包まれる。

笑った。

「お前、なに考えて――」

言い終わらぬうちに、碇は栗原に両腕を掴まれた。キャビンの中に引き摺り込まれる。碇は栗原の体を支点にぐるっと一回転して、キャビンの後方シートに体を強打した。すぐさま立ち上がり、体勢を整える。

キャビンの中は、赤と黒の世界だ。

デッキへ繋がる扉の窓ガラスは炎にあぶられ、黒い煤がついていた。煙が出口を求め、扉の隙間から入り込んでくる。両側の窓も船尾から流れてくる煙で真っ黒で、なにも見えない。

「瑞希は、僕の子だ」

栗原の声がした。捨て台詞だったようだ。碇の反応を待たず、栗原が操舵ハンドルに足をかけ、割れた窓から脱出しようとしていた。碇は飛び掛かろうとしたが、靴下が吸った灯油と出血で、足が滑る。また腰を打った。

「あんた、瑞希を捨てただろ。何度も、何度も。いまさら父親面するな」

栗原の卑屈に歪む目が、黒煙から垣間見える。カチャン、と金属音がする。銀色に光るジッポライターが、栗原の手の中に見えた。栗原が操舵ハンドルを足場に、キャビンの外に脱出した。その動作のうちにジッポをぽいと空中に投げる。それが床に落ちるよりも早く、栗原の姿が見えなくなる。川に飛び込んだ水の音がした。

碇は立ち上がり、操舵ハンドルに足をかける。キャビンの外へ脱出しようとした。ジッポライターが、床に落ちた直後だった。

炎の柱が立つ。

碇の目の前に壁となって立ちふさがる。碇は熱さで、キャビンの中にひっくり返るしかない。

「クッソ。なんでいつもこうなるんだよ、クソ……！」

碇は拳で床を叩いた。ガラスで切れた手に、激痛が走る。

碇は身を低くして、一旦操舵席のすぐ下にある救護室に逃げ込んだ。黒煙が入り込みはじめた操舵スペースと違い、ここはまだ空気の層がたっぷりある。スマホを出した。十秒ほど川に入ったが、防水加工してあるからちゃんと動く。

礼子に、電話をかけた。

「――もしもし？」

探るような声で、返事があった。礼子は東京湾岸署の捜査本部で待機しているはずだが、電話のむこうは異様に静かだ。湾岸署の捜査本部には、警備艇たかおが火を吹いて隅田川を下っていると、報告が入っていないようだった。

落ち着いて聞いてくれと前置きし、碇は説明する。

「いま俺は、警備艇たかおのキャビンに閉じ込められている。たかおは、変態野郎が姑息な真似をして、いま火の海なんだ」

「……は？」

礼子の大きな目が点になっているのを想像しながらも、碇は事実を述べた。

「キャビンの周囲にぐるっと灯油が撒かれたようだ。黒煙と炎で俺は三百六十度なにも見えない。警備艇たかおはのろのろと川の流れに乗って、隅田川を下っている。動いているから、消防車は消火に手間取るだろう。消防艇もまもなく駆けつけるだろうが、そもそも灯油の火で、なおかつ船尾に大量の蠟があるわけで、この火は簡単には消えない」

はぁ、と困ったような返事がある。礼子は、話半分で聞いているといった様子だ。

「つまり、碇さんは炎に包まれたキャビンに閉じこめられて、脱出できなくなっている、ということですか」

肯定した。

「つまり、これは、最期の電話、ということですか。相変わらず悪運が強いですね」

「おい、頼むから本気にしてくれ……！」

礼子の電話の声の向こうで、至急報が鳴っているのが聞こえた。隅田川とか、警備艇とか、橋の封鎖がどうのという放送が、碇にも聞き取れる。ギギッといすが鳴る音がした。礼子が立ち上がったのだろう。

「え、本当なの！」

「だから言っているだろう！　船は川に流されている。そしていま、満潮だ。川面ももうすぐ、二メートル近く上がるぞ」

「現在地は！」

「わからない。窓の外は煙で真っ暗闇なんだ。だが、さっき言問橋をくぐった」

礼子のスイッチが入ったのがわかった。声音が一オクターブ低くなる。

「次は伊勢崎線の鉄橋です。くぐれたとしても、黒煙に電車が巻かれてしまいます。すぐに東武鉄道に連絡を――」

「そっちのほうは他の連中が手配しているはずだ」

外の様子が全くわからないが、護岸には部下三人のほか、和田もいた。それくらい気を回しているだろう。

「俺がお前に電話した意味を考えろ。え、この世で一番気まずい相手に電話かけてんだぞ！」

碇はもうやけっぱちになって、叫んだ。

「言って。私は何をすれば？」

「船の動かし方を教えてくれ。俺が操船する」

「火を吹いている船を動かすと言うんですか？」

「燃えているのはデッキだ！　船底の機関は無事かもしれない」

言ったそばから、猛烈な熱さを感じる。救護室は高さが一・五メートルしかなく、天井の上は灯油の火が上がっている船首部だ。船は耐熱ＦＲＰ素材でできているからすぐに燃え落ちることはないだろうが、少し頭が触れると飛び上がるほど熱かった。

すでに室温はサウナと同じくらいになっている。

「とにかく、隅田川を下って東京湾に出る。満潮の影響を受ける前に隅田川を出ないと、橋に引っかかって周囲の街を燃やしてしまう！」

ちょっと待ってください、と礼子は悲鳴を上げるように言う。

「機関室まで火が回っていたらエンジンかかりませんし、エンジンキーがないじゃないですか！」

「俺が預かってる」

碇は手錠ホルダーの脇に引っかけたキーチェーンを引っ張り出しながら、救護室を出た。やはり救護室は熱の真下で暑すぎる。操舵席に上がると、涼しく感じた。だが、ここは黒煙が入り込み、息苦しい。口元を腕で覆いながら、操舵席に座ってエンジンキーを差しこむ。爆発しやしないかとつい想像してしまいつつも、キーをひねった。

ぶうん、と床が震える。

「よし！　かかったぞ」

いい子だ、と碇は操舵ハンドルを撫でる。

「急いでください、機関室に火が回ったらすぐエンジン停止します」

礼子にせかされた途端、碇は煙で咳き込む。スマホをスピーカーにして太腿の上に置き、叫ぶ。

「日下部が護岸にいるはずだ。日下部と連絡を取り、船の現在地、船の向きを聞いて、舵取りを俺に指示してくれ」

「了解！」

「電話は切らないでくれ、このままで」

礼子と切れてしまったら、二度と繋がらない。突然そんな気弱な気分になる。スマホの向こうから、礼子がガチャガチャとやっている雑音が聞こえてくる。

「わかってます。大丈夫。待ってて」

峻、と呼びかける声が聞こえてくる。捜査本部の電話で日下部に電話をかけているのだろう。やりとりの声が聞こえる。「えっ、そうなの」「待って」と礼子の慌てた声が聞こえる。今度は無線のやり取りも聞こえてきた。碇はしびれを切らし「どうなってる！」と電話越しに叫んだ。礼子が早口に言う。

「日下部君は警備艇に火をつけた犯人を追っています。護岸にいるのは遠藤君と藤沢さんだけですが、二人とも平井夫妻の確保を――」

あの夫婦は逃げないだろうが、その場には瑞希もいる。碇は叫んだ。

「和田もいるはずだ。湾岸署の捜査車両58だ」

了解、と礼子が短く答える。無線に呼びかけるのが聞こえた。和田とのやり取りは詳しく聞こえないが、話はついたようだ。礼子の和田に下す指示は力強い。

「たかおの現在地、船首の向きを十秒ごとに私に報告してください！」

礼子が碇との通話に戻ってきた。

「碇さん」

「おう。どうすりゃいい」

「面舵いっぱいで。あと十秒で岸壁に激突します」

まじか、と碇は慌てて操舵ハンドルを右一杯に回す。

「伊勢崎線の鉄橋は通過して、いま吾妻橋目前です」

金色のフラムドールがある、アサヒビール本社近くだ。吾妻橋から見える下町の象徴の景色を思い出したら、猛烈に生ビールを飲みたくなってきた。

「川は右に蛇行しています。川の向きと平行になったら合図しますから、スピードを上げてください。満潮時刻は過ぎています。あと十五分程度で隅田川も水位が最高位に上がります」

わかった、と言おうとして、がんと何かに激突した音と衝撃がある。

「おい、ぶつかった！　岸壁に激突したのか！」

「私からは見えないの、ちょっと待って！」

和田さんどうなってるの、と礼子が別の電話へ叫んでいる声がする。スマホと受話器を通しているが、和田の叫び声まで聞こえてきた。水上バス乗り場の浮き桟橋にぶつかっただけだ、と言っているようだ。

「碇さん、大丈夫です、警備艇への損傷はありません」

水上バス……！　隅田川は一時間に数本、水上バスが行き来する。その他、屋形船やプライベートクルーザーなど、ひっきりなしに船の行き来がある。

「礼子、隅田川を全部通行止めにしてくれ！」

「いまは緊急事態宣言下ですよ、水上バスも屋形船もすべて運休しています。隅田川はいま、警備艇たかおの貸し切り状態ですから。大丈夫、碇さん。落ち着いて」

そうだった。碇は落ち着かなくてはと深呼吸したが、余計、咳き込む。

いま、吾妻橋をくぐるところだと礼子から報告が入る。

「上はちゃんと通行止めになっているか」

「陸地のことも心配しないで。高橋課長が当該所轄署に橋の封鎖を指示しています。碇さん。そろそろ舵を正常位置に戻してください。ゆっくりでいいです。五秒に一回転くらいの速さで」

五秒で一回転のつもりで回してみたが、どこが基点だったのか、わからなくなった。早い、と礼子から注意が入る。和田が船首の向きを正確に礼子に報告しているようだ。サイレンの音が聞こえてきた。

「消防車か？　サイレンの音が聞こえる。橋から水引っかけてンのか？」

「消防車が吾妻橋を封鎖していますが、警備艇の火に水を直接かけることはできません。あくまで周囲の延焼を防ぐためかと」

灯油の爆炎があがっているのだ。

「水を直接かけたら、水蒸気爆発を起こします。碇さんが木っ端みじんになっちゃう」

碇は真っ青になった。

「化学消防艇かちどきが、品川埠頭から出航したと連絡が来ました。到着は十分後くらいになるかと。いま聞こえているサイレンは恐らく、消防艇きよすのものかと」

日本橋消防署浜町(はまちょう)出張所が、隅田川護岸にある。ここに消防艇が常に待機しているのは、碇も知っている。

「消防艇きよすは普通の消防艇だろう。蠟まじりの灯油由来の火を消せるのか？」

「化学消防艇か化学消防車でないと無理ですから、こちらもあくまで周囲への延焼を防ぐための放水です」

「消防艇かちどきが到着するまでに、停船すべきか？」

「いまは進んでください。停船して消火剤を使ったところで、鎮火に数時間かかります。船を走らせることで煙を後ろに流し続けないと、キャビンに煙が充満して、碇さんは一酸化炭素中毒になります」

額からだらだらと汗が流れてきた。眉を通り越してまつげに落ちる。熱い。後部シートに座らされた美和子の蠟人形が、変な恰好に傾いている。ブルーシートに包まれているのでよくわからないが、溶けはじめているのだろう。室温が八十度を超えたのだ。そろそろここもサウナと同じ温度になる。碇はネクタイを緩め、額の汗をぐるっとぬぐう。ハンドルが正常位置に戻った。

「いま、直進状態に戻った」

「もう一度面舵十五度で固定して」

了解、と言った途端に咳き込んだ。息が苦しくなってきた。目もひどくしみて痛む。

「そろそろスピードを上げていいか。煙が充満してきた」

「あともう五秒、我慢して。船首の向きと川の流れる方向が同じになります」

言われるまま、耐える。数は数えなかった。

「碇さん、ゴーです！」

碇はリモコンレバーをいっきに引き上げた。

「警備艇たかおは最高速度三十ノットです」

時速で言えば、約五十六キロだ。

「スピードを落とさずうまく舵取りすれば、二十分で東京湾に出られます。駒形橋と厩橋は通過できると思います」

君原が当初、桁下の低さを心配した、本所あたりにかかる二つの橋だ。浅草(あさくさ)の雷(かみなり)門(もん)からも近い。碇は、アーチ形の橋の形を思い出しながら、礼子の説明を聞く。

「残る難所は三つです」

「なんでだ。駒形橋と厩橋を通過できれば、あとは永代橋だけだろう」

「桁下の問題だけではありません。隅田川は二ヵ所、大きく蛇行しているポイントがあります。両国橋の南と、新大橋(しんおおはし)のすぐ先です」

礼子が覚悟を求めるように、厳しい声で忠告する。

「いいですか。いま碇さんは最高速度で、くねっている隅田川を滑走しています。川の流れも考慮すると、時速は六十キロ以上出ています。そしてご存じでしょうが、船は減速してもすぐ止まれません。大きな船ではないので、後進をかけて急停止することもできますが、エンジンにかなりの負荷がかかります」

デッキ上が炎上しているいま、これ以上エンジンに熱が加わるようなことはしないほうがいいだろう。

「そのままのスピードで行くしかありません。舵取りを一つ間違えたら、岸壁に激突して碇さんは死ぬし、その界隈は護岸ギリギリまで住宅やビルが建っています。近隣に火災が広がり、大惨事になります」

碇の額の汗が、直接、スラックスの上に落ちる。

「わかった。両国橋、新大橋、そして最後の難関が、桁下の低い永代橋だな」

「通過予定時刻は、十八時半です。東京湾の満潮時刻が十八時なので、恐らく、一メートル半から二メートルは水位が上がっています」

永代橋は桁下が五・五メートルだ。今後、その高さは三・五メートルまで低くなる。

急がないと、キャビンの頭を擦るだろうし、キャビンの屋根につく無数の無線の通信機器やアンテナが吹き飛ぶ。

「碇さん、舵を正常位置に。船と川の流れが同じになりました」

「了解。いま、どこだ」

礼子が黙り込む。和田にいちいち問わなくても、彼が無線で実況中継をしているようだった。和田の声を確認し、礼子が伝える。

「いま、駒形橋を通過しました。厩橋は目前です。大丈夫、桁下四・五メートルはあるそうです。通過できます」

この後は桁下七メートル級の橋が続く。碇は一旦、キャビンの床に座り込んだ。息が苦しくてたまらない。まだきれいな空気がありそうな救護室は、天井の上を灯油の炎で焼かれ続け、サウナを通り越して焼き釜のようだった。入っただけで火傷しそうだ。

救護室には小さな手洗い場もある。あの蛇口をひねって水を飲みたい。だが、金属の蛇口をひねれば、手のひらの皮膚が焼けただれ、熱湯が出てくるだけだろう。

あといくつ橋をくぐれば、東京湾に出られるか。この先の蔵前橋、両国橋——碇は数えようとして、やめた。

隅田川の河口は八の字に広がるが、そこに三つの埋め立て地が並ぶ。運河が複雑に入り組んでいる。隅田川を進むより、運河を回るほうが早く海に出られるのだが、直角に曲がる運河を抜けないと、東京湾へ出られない。気が遠くなった。

碇はいすの下、キャビンのすみっこに顔をやり、深呼吸する。だが、呼吸したという感じがしない。吸っても吸っても、息苦しい。呼吸の回数が自然と増える。もう、キャビン内は黒いもやがかかっていた。腕で顔をこすると、黒ずんだ汗が袖についた。

碇は次の指示が出るまで、舵を固定しながら、床に座り込む。はたと、気が付いた。

東京湾に出たところで、俺はどうやってこの船から脱出すればいいのだ？

キャビンの周囲は火の海だ。栗原が撒いた灯油の火が上がっている。四方八方を火に囲まれているのだ。

碇は、操舵席に立った。煙に目を細めながら、ガラスで切ってしまった血のにじむ手で、天井をパンチする。血が飛び散っただけだった。びくともしない。

礼子の声がスマホ越しに流れてきた。

「碇さん！　船が蛇行しています、しっかり舵を握って！」

碇は座席に座り、舵を握った。取り舵十度の指示が出る。従いながら、礼子、と呼びかける。

「東京湾に無事出たらの話なんだが、俺はいったい、どうやってキャビンから脱出すればいい？　水をかけたら大爆発で木っ端みじんだ。化学消火剤を使っても数時間かかるだろう。だがそんなに持ちそうもない。早く脱出しないと、俺はいずれ一酸化炭素中毒で死ぬ」

礼子から、返事がなかった。

燃えた船を延焼の心配がない広い海に出すことはできても、碇自身が、火を上げる船から出られることはなさそうだった。

これが、最期の電話か……。

「礼子」

想いがあふれてくる。どれだけの感情を彼女に対し抱いているか、言葉に変換しようとすると、陳腐で、なにひとつ届けられそうもなかった。礼子が覚悟を求めてくる。

「碇さん。私の指示に忠実に従って。この先、絶対です」

「わかった」

「なんでだ、とか。どうしてだ、とか。言わないで」

重ねて、碇は了承した。復縁を迫られると思っていた。生きて戻ったら、もう一度お嫁さんにして、とか。そういう甘えた声が、聞こえてくると思っていた。

「碇さん。ギアを全速後進に入れてください」

甘ったるい妄想に耽りそうだった碇は、バケツで冷や水をかけられた気分だった。

「はあ!? なんでだ！」

「だから、なんでだって聞かない約束。いいから従って」

「何のためにバックしろってんだ！」

「バックに入れても後ろには進まないから大丈夫、いま船は三十ノットで水面を滑っているの、スピードが落ちるだけだから」

「くそ、意味わかんねぇ！」

碇はやけっぱちになって、リモコンレバーをいっきに引き下げた。エンジンがううんと苦しそうに唸る音がした。景色は見えないが、急減速した状態なので、碇は体が前に持っていかれる。だが、船が後ろに進んでいる感覚はない。

「OK。碇さん、ギアを戻して。でも全速前進はだめ。十ノットで行きましょう」

「ふざけんな。チャリと同じ速度じゃないか！」

スマホから和田の報告の声がかすかに聞こえてくる。礼子が碇に伝える。

「もうすぐ両国橋です。そこから川が東へ蛇行します。取り舵三十度！」

言われたとおりに、舵を左に切る。もう両国橋まできた。神田川が注ぐ地点であり、中央区と墨田区を繋ぐ。いよいよ、東京湾河口に近づいてきた。

「さっき言った三つの難関は、一つに減りました」

「そりゃそうだろう。チャリと同じ速度なら、蛇行する川も余裕でのんびり下れる」

「その代わり、最後の難関が超絶難関になりました」

「どういうことだ」

「聞かない」

「わかったよ」

しばらく礼子の指示通りに舵取りを行った。首都高速六号向島線でもある両国大橋と、日本橋浜町と深川（ふかがわ）を結ぶ新大橋を通過したと報告が入る。確実に東京湾へ下っている、大丈夫だ、と碇は自分に言い聞かせる。

消防のサイレンの音が幾重にも聞こえるが、煙の向こうで姿も赤色灯も見えない。遠いどこか異国の地に、碇だけが取り残されたような気になる。速度を落としたせいで、数分おきに聞こえた「〇〇橋を通過しました」という礼子の声が、聞けなくなっている。碇は頭の中で隅田川周辺の地図を描き、自分で自分を励ます。

礼子という命綱が、碇に指示を出す。

「碇さん、ギアを中立に」

「停止しろというのか。いや、行き脚で進むことはわかっているが」

「速度を最大限にまで落としたいんです」

なんのために――というのは、もう聞かなかった。

「いま、最後の蛇行地点を無事通過して、清洲橋目前まで来ました」

清洲橋は、ライン川にかかるケルンの吊り橋をモデルにした橋だ。隅田川にかかる橋の中で、最も美しいと碇は思っている。だが、碇からはなにも見えない。

「この後、隅田川大橋を過ぎたら、問題の永代橋です」

礼子が緊張したように、息を吞み、言う。

「ここを、全速前進で飛ばします」

最初からそうすればよかったのではないか。

「速度を落としたせいで、ここまででもう二十分かかっている。満潮でとっくに水位が上がっちまって、いま最高水位なんじゃないのか!?」

息苦しさも増している。碇はつい声を荒らげた。礼子があっさり言った。

「あえてそうしたんです。碇さん、最高速度までリモコンレバーを入れたら、舵をなにかでしっかり固定してください。索とかボートフックとか。それで碇さんは、床に伏せて、体を低くして、衝撃に備えてください」

「どういうことだ、警備艇で永代橋に体当たりしろというのか！」

衝撃……？

「そういうことです」

殺す気か――と言いかけた言葉が、引っ込む。桁下はいま三・五メートル。この船の高さはそれより五十センチほど高い。碇は礼子の指示を脳裏で映像に変換し、やっと、納得する。納得したが、あまりに無謀だ。

「ちょっと待ってくれ――」

「まだあります」

礼子がぴしゃりと跳ねのける。

「永代橋の超絶難関を通過するのとほぼ同時に、即座に取り舵いっぱいにしてください。永代橋を越えた目の前は月島や勝どきなどの埋め立て地です。そのまま突き進んでしまうと、その埋め立て地の突端に突っ込んで、火の海にしてしまいます」

隅田川が二手に分かれる目の前は、高級タワーマンションが林立する中央区佃地域だ。きっちり舵取りしないと、タワーマンションの腹に火を上げた警備艇を突っ込ませることになる。

「わかった。取り舵ということは、隅田川派川(はせん)のほうへ向かうんだな」

すぐに晴海(はるみ)運河に入るため、今度は面舵いっぱいにする。これが東京湾への近道なのだが――。

「右へ左へ、そんな乱暴な操船をして、この警備艇は持つか」

「大丈夫。船が燃え尽きたら、却(かえ)って助けられます。沈没でも、碇さんがうまく水中へ脱出してくれたら、救助できます。正直、このまま火を吹いて走り続けるほうが、救助が難しいんです」

礼子の指示は、最悪のパターンを想定した上でのものだと理解する。

「でも大丈夫。絶対死なせません。四年前からずっと言っています。何度でも助けると」

碇は目頭が熱くなった。こみ上げる感情を必死に飲み込む。

「碇さん」

礼子が、強く、囁きかけてきた。

「舵を固定してください」

碇は咳き込みながら、脇にある棚をあれこれ探る。三十センチほどのペンチを見つけた。手に取ったその金属は熱くなっていた。室内はもうとっくにサウナの温度を超えているのではないか。碇は、あちち、と手をわらわらさせながら、ペンチを舵の間に引っかけ、固定する。

「固定完了」

「了解。永代橋までの五百メートル。全速前進で……！」

碇はリモコンレバーをいっきに引き上げた。

「伏せて！」

碇は床に飛び込もうとして――。

ホルダーに置きっぱなしになっていた、瑞希のスマホに気が付いた。無意識だった。碇はそれを摑みとる。抱きしめ守るようにして体を丸め、頭を両腕で覆った。

＊

日下部は歩行者専用の桜橋を、捜査車両で暴走していた。

栗原は隅田川に飛び込んだ後、泳いで台東区側に逃げた。本来なら台東署に緊急配備の要請をするべきだった。

日下部は、しなかった。

栗原を他の捜査員に逮捕させてはならない。スマホで瑞希の画像や動画を大量に取っている。あれを解析させてはならない。日下部の手で押収する。

　俺が捕まえる。

　墨田区向島からなら、台東区の対岸へは南へ下りて言問橋を渡るべきだが、遠回りだ。日下部は目の前の桜橋を選んだ。歩行者専用の橋だが、いまは緊急事態だ。

　サイレンを鳴らした捜査車両の登場に、野次馬たちがびっくりした顔で、欄干に体を擦（なす）りつける。日下部は無線で野次馬を蹴散らし、決してスピードは落とさず、桜橋を走り抜けた。女性の悲鳴、男性の罵倒が聞こえたが、無視した。桜橋は両端が二股になっている。日下部は南側を選んだ。渡り切る直前でブレーキを踏む。窓を開け、野次馬に尋ねる。

「護岸に泳ぎ着いた男、どこに逃げたかわかりますか！」

　野次馬たちがそろって、叫ぶ。

「台東リバーサイドスポーツセンターの、屋外プールです！」

　いま日下部の目の前にある総合運動場だ。野球場、テニスコート、陸上競技場、プールなどを備えている。

　橋を渡り切った目の前は、陸上競技場だ。コロナ禍で閉鎖中なのだろう、トラックは静まり返り、人の姿はない。屋外プールは競技場の南側にある。日下部はハンドルを左に切ったが、ここもまた遊歩道だ。車両の乗り入れは禁止されている。護岸よりも二メートルほどかさ上げされており、護岸に降りられる階段がついている。ハンドル操作を誤ったら、護岸へ転げ落ちそうなほど遊歩道は狭い。日下部はハンドルさばきに集中し、突き進む。犬の散歩をしていた老人が、慌てて階段を駆け下りた。

サイレンを消した。

右手に屋外プールが見えてきた。

屋外プールは寒々としていた。張った水は濁り、緑色に変色している。栗原の姿は見えない。西側にある子ども用のプールが見える路地へハンドルを切ったとき――スーツ姿の男が、幼児用の浅いプールの脇のパラソルの下で、四つん這いになっているのが見えた。全身ずぶ濡れだ。上半身が上下へ大きく揺れている。呼吸を整えているようだ。

日下部は幼児用プールの手前にある二十五メートルプールの近くで車を止め、降りた。フェンスを登る。

栗原が日下部に気づいた。

刑事と察したのだろう、くるりと背を向け、逃げ出す。日下部はフェンスの反対側へ飛び降りた。プールサイドに着地する。走るまでもない。

栗原はもう、よぼよぼだった。

警備艇たかおのデッキにあった蠟人形に火をつけ、碇をおびき寄せる間、焦燥しながら待っていたはずだ。自らが放った火柱から逃れるように川に飛び込んだが、ジャケットの背中、スラックスの裾は焼け焦げ、破れていた。台東区側の護岸までスーツで泳ぎ切り、体力を相当消耗したはずだ。

元家庭教師でいまは無職と聞いた。よたよたと逃げる栗原の背中を、日下部は大股歩きで追いながら、なんでこいつはスーツ姿なのだろう、と思った。

日下部は栗原の首根っこを摑まえて、引いた。栗原は簡単によろけたが、すぐに体勢を立て直し、日下部と組み合おうとした。日下部よりも、頭一つ分小さい男だった。日下部は栗原の頭頂部を鷲づかみにして、投げた。栗原は情けない悲鳴を上げて、幼児用の浅いプールに尻もちをついた。パンダや星、スカイツリーの絵が、薄緑色に濁った水の向こうにぼんやりと浮かぶ。水深は、日下部のくるぶしくらいしかない。栗原は、ジャケットの裾をばたつかせて、慌てている。苔で滑るのか、何度も足を跳ね上げさせて、頭からプールに突っ込んでいる。

弱い。だから少女をターゲットにするのだ。

日下部はもう一度、その首根っこを右手で摑み上げた。両手両足をじたばたさせている様子は、赤子のようだ。その体で、長い言い訳をする。

「僕は、瑞希を探しに来ただけだったんです！　スマホのGPSが川の中を示していて、まさか入水自殺でもしたのかと、慌ててあの場所へ行ったんです。そうしたら、キャビンに人影が見えた。ブルーシートに包まれて、明らかにおかしい、なにがあったのかと、シートを開いたら、蠟人形って……！」

一度大きく深呼吸し、栗原が続ける。

「そして気が付いたんだ、あの船は警察の船だと！　きっと不法侵入か公務執行妨害とかで僕を逮捕するための罠だったに違いない。僕の逆鱗に触れるようなことをしたあの男が悪い……！」

日下部は左手で栗原の襟ぐりを持ち上げ、正面から栗原を見据える。なおも碇への批判を続けようとした小男が、日下部の一瞥に、黙りこんだ。目尻がひくひくと、震えている。

「あの蠟人形はただの押収品だ。瑞希ちゃんのスマホがあそこに置きっぱなしになっていたのは、ただの偶然だ」

あそこに蠟人形があったから、栗原は逆上し、犯罪に走った。瑞希の件を出さなくても、日下部は栗原を逮捕できることになった。

蠟人形のおかげとは——。

紗枝のおかげとも言うべきか。紗枝の魂が、栗原を一秒でも長く檻へ閉じ込められるような状況を、演出したような気すらしてくる。

栗原は、小さなGのマークが並ぶ、グッチのネクタイをしていた。スーツは右前身ごろにテーラーのラベルと苗字の刺繡が見える。どうやら、オーダーメイドスーツのようだ。

女医のヒモが、わざわざこの服装を選んで、碇を——警察を挑発する。

日下部は栗原の顔面を、拳で殴りつけた。栗原の鼻から血が零れる。栗原は、おもしろいほどに殴られる。全く、抵抗しなかった。日下部は、殴るほどに気分がスカッとするどころか、汚れていく気すらしてきた。栗原の体を、プールに捨てた。栗原は鼻血をぽたぽたと垂らしながら、パンダの絵柄の上でよろめいている。

これが仕上げだ。

日下部は、革靴の先でちょいと栗原の尻を軽く蹴り、仰向けにさせた。最後、その股間に思い切り蹴りを食らわせる。革靴を履いてはいても、確かにその柔らかい袋を潰したという感覚が日下部にあった。栗原が断末魔の悲鳴を上げて、股間に両手をやる。浅いプールを、バシャバシャと水飛沫をあげ、のたうちまわった。

日下部は栗原の体からジャケットを引っ剝がし、内ポケットからスマホを出した。ご丁寧に、防水パックに入っていた。警備艇たかおの備品入れに入っていたものだ。

日下部は栗原のスマホをジャケットの内ポケットにしまった。改めて栗原へ近づく。栗原は悲鳴を上げて、股間を押さえ、丸まった。日下部は栗原の背中を跨ぎ、右ひざでその腰を押さえつけながら、逮捕を執行する。

「栗原翔太。公務執行妨害、傷害致傷、建造物等侵入及び放火、そして殺人未遂の疑いで、現行犯逮捕する。四月二十四日、一七四八、執行!」

碇はどうしたか。

日下部は、びしょ濡れの栗原を引き摺り、捜査車両の後部座席に放り込んだ。運転席に座り、台東リバーサイドスポーツセンターを出た。無線のスイッチを入れる。まさに近隣警察署は混乱、パニックの極みだった。

警備艇たかおは炎上の火の粉を下町に浴びせないため、炎を上げたまま隅田川を爆走しているらしかった。東京湾岸署の捜査本部や、警備艇たかおを出している五臨署だけでなく、周辺の本所署、台東署、墨田署が状況確認している。消防署と連携し、警視庁航空隊に応援要請をしているのは、高橋のようだった。

「えらいことしたな、あんた」

日下部はバックミラー越しに、栗原に言った。

「瑞希は、僕の作品だ」

栗原が体勢を立て直しながら、言う。

「僕は小四のときから瑞希を見ている。もう五年、僕が彼女を教え、導いてきた。教育だけじゃない。料理も洗濯も掃除も、僕がいちから全部教えて、彼女をカスタマイズした！　あれを五年かけて造形したのは僕だ。何人たりとも瑞希を僕から奪う権利は――」

「悔しかったら力ずくで奪い返してみろ。キンタマいくつあっても足りないぞ」

ひくりと栗原の下半身が動く。相手にする価値もない。日下部は無線のボリュームを上げた。和田と礼子の無線のやり取りは、半ば怒鳴り合いのけんかになっていた。無線は周囲も聞くものであり、形式的な言葉遣いをするものだが、二人はそれを忘れ、やり合っている。

和田が捜査車両で隅田川沿いを走りながら、警備艇たかおの位置、船首の向きなどを礼子に報告しているらしかった。礼子はそれを受け、船内の碇に直接、舵取りを指示、東京湾を目指しているようだが――。

永代橋をどうくぐるのかで、和田と礼子の意見が割れていた。

「なんでとっとと通過させなかった！　下手したら橋桁とキャビンが接触して、碇ごと吹き飛ぶぞ」

「水位が上がるのをわざと待っていたんです。キャビン上部しか橋桁に激突しません。窓から上、屋根の部分が吹き飛ぶだけで済むはずです！」

「そううまくいくとは――」

「いきます。キャビンは炎に焼かれてもろくなっている上、上部と下部は操舵席の窓ガラスで仕切られていますから、根本からキャビンが破壊されるはずがない。窓の上の部分だけ吹き飛べば、碇さんを空から吊り上げ救助できるんです！」

また礼子のやつ、無謀なことを――。

日下部は頭を掻きながら、アクセルを踏む。再びサイレンを鳴らし、一般道を飛ばした。碇は礼子に従っているようだ。こういうとき碇だけでなく周囲の男たちを黙らせるのが、礼子という女性だった。

和田は礼子とやり合いながら、「くそ、この先、隅田川護岸から離れる！」と嘆く。捜査車両で隅田川沿いを走り続けるのは限界があるだろう。今度は君原から無線が入った。両国橋のたもとにある隅田川水上派出所から、警備艇わかちどりを出航させたらしい。警備艇たかおを追うという。礼子は和田との無線をブチッと切り、君原とやり取りを始めた。

とにかく永代橋へ——。

日下部はサイレンを鳴らして周囲の車両を蹴散らしながら、言問橋を渡って墨田区に入った。首都高速六号向島線にのる。両国橋を過ぎたところで、首都高速六号向島線は、隅田川を渡る。隅田川両岸を何度も行ったり来たりしているが、車両だとこのルートが一番早いのだ。

首都高速六号向島線はほかの橋と同じく、一部通行止めになっていた。日下部はサイレンを鳴らす。見張りの警察官が慌てて三角コーンをどかしてくれた。

隅田川を渡る。真ん中にさしかかったあたりで、ハンドルを握ったまま、少し腰を上げた。下流域を見る。

改めて、警備艇たかおを目にする。

船体はどこもかしこも真っ黒で、水上警察旗は焼け落ちていた。船尾のトランサムリフトも黒焦げだ。燃え残った青いビニールシートの一部をひらひらと舞わせ、ゴミと火の粉を川面に落としながら、滑走している。黒煙と赤い炎のせいで、キャビンは影も形も見えない。

黄色の主塔が目印の新大橋を、警備艇たかおがくぐる。橋は封鎖され、消防車両の真っ赤な列ができている。天に高く上がっていた黒煙が橋桁で分断され、橋の上の赤い車列を覆う。

首都高速六号向島線を走る日下部は、隅田川を渡り切ってしまった。建物に遮られ、隅田川は見えなくなった。天に立ち昇る黒煙だけが、その場所を知らせる。日下部はアクセルを踏み込み、先を急ぐ。箱崎（はこざき）ジャンクション手前で首都高速を下りた。日本橋川沿いの箱崎川第一公園脇を通過する。車も人も、都心とは思えないほど少ない。外出自粛の影響だろう。障害物はないに等しい。サイレンなしでも信号無視できそうなほどだ。日本橋川にかかる小さな橋を渡った。永代通りに入る。笑っちゃうほど車も人もいない。

水色のアーチが目印の、永代橋が見えてきた。鉄骨の枠組みが橋のアーチの上部をバランスよく繋いでいる。橋を美しい網目模様で覆っているようだ。

窓を開ける。黒煙は見えないのに、焦げ臭いにおいが鼻をつく。

永代橋には警察官が立つ。通行止めにしていた。パトカーや電子掲示板つきの特殊車両が横付けしていれば完璧なのだが、警察官ひとりだ。永代橋を渡りたい宅配便の運転手と、話している。

日下部は赤色灯のサイレンのボリュームを上げ、その横を走り過ぎた。永代橋に乗り入れる。橋の真ん中で急ブレーキをかけた。後部座席の栗原が助手席のシートに激突した。どうでもいい。日下部は車から降りる。上流側の欄干から身を乗り出した。

警備艇たかおが、いま、エンジンの爆音を上げて、猛スピードで永代橋に突っ込もうとしていた。黒煙は船のスピードで後ろに流れ、永代橋には全くかかっていない。だが、火の熱さが日下部の顔面にも迫ってきた。橋を封鎖していた警察官が様子を見ようと、近づいてきた。東の江東区側からもひとり、警察官がやってくる。日下部は大きく両手を振った。

「伏せろ、三秒で激突する！　車の下に隠れろ！」

日下部は、乗りつけてきた捜査車両の下に、もぐりこんだ。腹や胸をコンクリートに押し付けた途端に、猛烈な衝撃がへそを突き抜けた。

礼子の目論見（もくろみ）が外れて、橋が落ちたら、自分も死ぬな……。

脳みそを掻き乱すような激しい衝撃音が、続く。

橋のコンクリートと橋桁の金属が、警備艇の屋根をこすっている音だ。日下部は腹にくる衝撃と耳をつんざく音に、十秒くらい耐えた。アンテナを吹き飛ばしている音なのか、ビシビシとなにかが空気を切る音もする。隅田川に警備艇の破片が落ちたのだろう、バシャンバシャンと水の音も聞こえる。

車のほうから、ガラスが割れる大きな音がした。日下部の目と鼻の先の地面に、火を吹くアンテナが、割れたガラスと共に落ちてきた。車両の窓を直撃したようだ。

やがて、衝撃音と振動が収まり、静かになった。日下部は車両の下から這い出た。捜査車両の後部座席の窓ガラスが、大破していた。手錠で動けない栗原はガラス片を浴び、べそをかいている。

日下部は下流側の欄干に飛びついた。

警備艇たかおは、かなり速度が落ちていた。だが、スクリューは動いている。船尾で白い航跡を作り、河口へ向かっている。

黒煙が湧き上がり続け、キャビンの様子が全く見えない。近くの水中に、警備艇のものと思われる、剝がれた外壁が沈みつつあった。窓枠の一部がくっついている。白地に青いラインが入っている。間違いなく警備艇たかおの屋根の部分だ。

「よぉし!」

日下部はガッツポーズを作り、足を鳴らして喜んだ。いても立ってもいられず、礼子のいる捜査本部に電話をかけた。礼子は、碇への舵取りの指示を忙しくしているが、日下部からの電話に応じた。びっくりするほど冷静だった。こういうとき、却ってどんと構えるのが、礼子なのだ。

礼子が、警備艇わかちどりで碇を追う君原の報告を、日下部に伝える。

「いま、たかおは隅田川派川を経て晴海運河に入った。あとまっすぐ進めば、東京湾第二区よ」

海上での消火活動に充分な広さがある場所だ。日下部は礼子をねぎらう。

「よくやった。あとは、高輪消防署と海保が碇さんを救出してくれる」

礼子から、意外な反応があった。かなり軽蔑した声だった。

「はあ？　なんで消防と海保任せなの」

日下部もまた、耳を疑う。

「狭い隅田川で猛火をあげる警備艇を、無事、東京湾まで誘導したんだ。放火犯は俺が逮捕して、身柄確保している。あとは消防が火を消し、海保が碇さんを吊り上げ救助して終わりだ」

礼子が挑発するような声音で尋ねる。

「まさか、特殊救難隊に頼むつもりなの？」

当たり前だ、と日下部は息巻いた。海上保安庁の特殊救難隊は、海の救難の精鋭部隊だ。妻の東子の出身部隊でもある。火を吹く船からの人命救助となれば、この特殊救難隊のほかに、誰がいるのか。警察も消防も船からの救助技術を持っていない。自衛隊を呼ぶのは、大袈裟すぎる。

「しかも特救隊は羽田にいる。出動要請すれば、五分でヘリ飛ばしてきてくれる」

「峻はそれで新東京水上警察署員？　いくら妻が元海上保安官だからって、プライドまで海保に持っていかれるのはありえないから」

「そうは言っても、警視庁でなにができる？　特殊救助隊は立川だ、遠すぎる」

しかもこの隊は災害専門の部隊だ。人為的な船舶事故での救出活動の訓練をしているとは思えない。礼子が声を荒らげた。

「だから、どの部隊も頼らない。私が助ける。この手で」

礼子との通話が一方的に切れた。

＊

礼子は日下部との電話を、叩き切った。もう立ち上がっている。碇と繋がったスマホを耳に当てたまま、礼子は湾岸署の捜査本部を出ようとした。

警備艇が火を吹いていると知るや、五臨署の玉虫署長が飛んできていた。いまも血相を変えて、方々に指示を出している。呼び止められた。

「有馬君！　いま、碇はどうなってる」

「東京湾第三区に出ました。最高速度を保った状態で、レインボーブリッジをくぐります」

「停船させせろ。あとはもう、高輪消防の仕事だ！」

「吊り上げ救助のために、屋根を吹き飛ばしたんです。ここで停船させたら、煙が上からキャビンに充満して、碇さんは一酸化炭素中毒で死にます。碇さんを救出するまでは、走らせ続けるべきです」

いまも――礼子は、スマホに耳を傾けた。碇の声に、力がなくなってきている。咳き込みがひどく、返事も減ってきた。だが、指示通りに舵は動いているので、意識はまだあるようだ。

「碇さん！　生きてますか」

んあぁ、とため息をつくような返事がある。呼気の回数が多く、苦しそうだった。

玉虫が言い返しているが、礼子は無視し、耳に無線をねじ込んだ。袖口にマイクを取り付けながら、大急ぎで捜査本部を出た。

一分、一秒を争う。上の許可を待っている暇はない。礼子の独断専行で行く。エレベーターを待てず、階段でいっきに地下一階まで駆け下りた。袖口の無線で、警備艇わかちどりの君原に呼びかける。

「こちら捜査本部、有馬。警備艇たかおの現在地は？　どうぞ」

「豊洲(とよす)沖、南西五百メートル地点、船首は正面を向いたままです。どうぞ」

礼子は碇と繋がったスマホに、指示を入れる。

「碇さん。レインボーブリッジをくぐります。煙がキャビンに充満してしまうから、速度は維持してください。船が前進する風で煙を後ろに流し続けるんです。取り舵二十五度」

碇から「了解」と返事があったが、途端に咳き込みに変わる。えずき、いまにも嘔(おう)吐(と)しそうな声だった。

留置管理課に入った。男子専用の独房へ、礼子は突き進む。取り調べだと留置担当官を言いくるめ、独房の鍵を開ける。

矢野完吾が背を向け、正座していた。和机で、なにやら書き物をしている。９９６という数字が記された紙が、周囲に散らばっていた。呼ぶと、「移送ですか」と矢野は変な顔をする。

ここのところ矢野は検察と留置場を行ったり来たりしている。礼子は「そんなところよ」と適当に答え、矢野に手錠を掛けた。留置担当官がついてこようとしたが、断る。礼子は自ら矢野の腰ひもを引っ張った。

エレベーターを待てない。階段をいっきに駆けあがる。矢野は引っ張られて駆けあがったが「エレベーターは？」ともう息切れしている。

「運動不足でしょ。ちょっと運動よ。外を走るから」

「はあ？」

礼子は、湾岸署の裏口から、庁舎の外に出た。十八時十分、強い夕陽が、海を挟んだ大井埠頭のずっと向こうの陸地に、落ちている。矢野はずっと薄暗い場所にいたせいか、かなり眩しそうに目をしばたたかせている。

礼子は捜査車両の後部座席に、矢野を押し込めた。

ハンドルを握り、公共桟橋へ向かう。駐車場を出ながら、北のほうを振り返った。黒い煙が見える。新しい国際クルーズターミナル桟橋ができたせいで、地上からではレインボーブリッジの下の海が全く見えなかった。礼子は桟橋の手前で車を止め、降りた。警備艇たかおと同じ仕様の警備艇しおかぜが、係留されていた。デッキに飛び乗り、予備の係留索を摑んだ。蛇がとぐろを巻くように、デッキの片隅に置いてある。

礼子は、碇の二の腕くらいの太さがある係留索の束を肩に担いだ。重さからして、二、三十メートルほどの長さがあるはずだ。海水を吸った生臭い係留索が、首元をちくちくと刺激する。矢野を押し込めた捜査車両に戻った。助手席に係留索を投げ、運転席に座った。エンジンをかけ、急発進する。「あの」と身を乗り出した矢野が、後ろにひっくり返る。

「おい、被疑者をこんな風に扱っていいのか！」

さっきまで低姿勢だった矢野が、豹変した。いつかの元気を取り戻したようだ。

「早く出てまた組合活動をしたいでしょ、警察の捜査に協力しなさい！」

「捜査協力？　いったい、なんの話だっ」

礼子は捜査車両の無線機を取った。君原と連絡をつける。

「碇さんの現在地は！」

「レインボーブリッジ、通過したところです」

礼子は、アクセルに足を置いたまま、碇と繋がるスマホを耳に当てる。交通違反だが、いまは緊急事態だ。

「碇さん。取り舵解除、ハンドルを正常位置に戻してください」

今度、返事は、「お」だけだった。大丈夫か。間に合うか。

「がんばって。すぐ助けてあげるから……！」

矢野が、手錠を掛けられた手で助手席のシートを摑み、身を乗り出す。

「いったいなにがどうなっている、俺をどうするつもりだ！」

「教えてあげる」

礼子は急ブレーキを踏んだ。矢野がつんのめってくる。礼子の左腕に、その頭がぶつかった。車は青海縦貫道路沿いの、青海コンテナバースのゲートに来ていた。管理棟から人がやってくる。礼子は警察手帳を示す。第〇号バースはもう規制線のテープが外されているが、なにかの捜査と思ったようだ。すぐに通してくれた。礼子は猛スピードでコンテナヤードの隙間の道路を突き進む。所狭しとコンテナが積み上げられている。街の雑居ビルと同じくらいの高さがあるので、建物の間を走っているようだ。左折したとき、車体をコンテナに擦った音がした。

始末書だ。

いや、矢野を勝手に連れ出していることと合わせ、始末書二件分か……。

怖くはなかった。礼子はコンテナバースに出た。そこは第二号バースだった。南の第〇号バースへ向けて、時速百キロで走り抜ける。

矢野は手錠を掛けられているので、容易に体勢を保てない。やっと向き直り、目を白黒させている。礼子はバックミラー越しに言う。

「これからあなたは、警察官を救う」

「は？　どうやって？　腰ひもに手錠の状態で――」

「あなたならできる。あなたは今日を境に、ひとり組合で９９６運動を孤独にやる偏屈な港湾労働者ではなくなる。警察官を救い出した、ヒーローになる」

矢野が肩で息をしながら、じっと、礼子をミラー越しに見る。

「なぜあなたの扇動にみなそっぽを向いていたのか、教えてあげる。あなたはヒーローじゃなかったから。人は、ヒーローにしかついていかないのよ」

そう、碇のような――。

「ヒーローになれたら、ついてくる人が増える。あなたの組合は力を持って、９９６運動も盛り上がるわ」

矢野は口を変な風にひん曲げながら、左手を手錠で吊り下げた右手で、猛烈に頭を掻いた。心が揺れているようだ。具体的になにをするのか、尋ねてくる。

「まずはガントリークレーンの運転室へ連れていって」

「どのガントリークレーンだ」

「あなたが蠟人形を吊り下げたところ！」

すべての始まりの、青海コンテナ埠頭、第○号バース南側ガントリークレーンへ。

青海埠頭は荷役が終わっている。船は一隻も泊まっていない。そして第○号バースは死体発見現場として、封鎖されたままだ。

礼子は、運転席側のサイドミラーに異様なものが映っていることに気づいた。東京西航路に、火を吹く警備艇たかおが、姿を現したのだ。

真っ黒だった。

キャビンの様子は、周辺から湧き上がる黒煙と炎で、よく見えない。赤かったデッキは、燃え残った蠟なのか、黒い塊に覆われ、トランサムリフトにもびっしりと蠟や煤がついている。一方で、海面と接する灰色の船体部分にはさほどダメージはない。警備艇たかおの文字がくっきりと見える。

サイレンを鳴らした警備艇わかちどりが遠巻きに並走している。高輪消防署の化学消防艇かちどきとありあけが、警備艇たかおを挟むように、距離を保って並走し、消火剤をまいていた。赤い炎は見えなくなったが、黒煙はひどくなる一方だ。蠟人形が大量にキャビンに積んであったことを礼子は思い出す。

キャビンは屋根が吹き飛んでいるが、黒煙と消火剤の泡で何も見えない。碇は、あんなところにいるのか。

「碇さん……！」

スマホを耳に当て、叫ぶ。返事の代わりに、咳き込む音がした。咳き込んでいるのなら、生きている。

礼子は矢野に、後ろを見るように言った。

「あの船から、人を救出するの」

矢野が窓の外を見た。すぐさま礼子に向き直り、真顔で言う。

「無理だ」

「やる」

礼子も真顔で返した。

「ガントリークレーンで、中にいる警察官を吊り上げる。あなた、操縦できるでしょ」

「免許は持っているが、ガントリークレーンは特殊なんだ。そう簡単には——」

「どうして。ガンマンにさせてくれないのかと会社を訴えたくらい、操縦技術に自信があるんでしょ！」

矢野は反論しようとしたが、ひいひいと呼吸の音が喉から漏れるだけだ。

「くそ、あんた、なんて女だ！」

礼子は急ブレーキを踏んだ。矢野がシートから転がり落ちる。時速百キロ近く出していたから、あっという間に第〇号バースに到着した。礼子は車を降りた。後部座席に回り、扉を開ける。ひっくり返っている矢野の腕を引っ張って、係留索も肩に担ぐ。

管理棟の制御室から作業員がやってきて、用件を尋ねてきた。礼子は口からぺらぺらと、嘘を吐き出す。

「四月一日の死体遺棄事件について、〇号バース南側ガントリークレーンに於いて、これより実況見分を行います。起動準備をしておいてもらえます？」

始末書三件目、と思いながら、礼子はガントリークレーンの足元まで、矢野の腰ひもを引っ張って走る。エレベーターの手動の扉をガラガラと開ける。矢野を押し込み、礼子も乗った。地上四十メートル地点の運転室まで、ひとっ飛びだ。エレベーターの扉の窓ガラスからも、黒煙を吹き上げる警備艇が見えた。レインボーブリッジをくぐったいま、船はお台場海浜公園のほうへ向いていた。礼子はスマホを耳に当てる。

「碇さん、面舵四十度！」

返事がない。初めてのことだった。礼子は心拍数があがる。だが、東へ逸れようとしていた船首がゆっくりと、東京西航路と同じ方向になっていくのが見えた。碇が舵を動かしている証拠だ。

生きている。だが、碇はもう返事ができないほど、酸欠で意識がもうろうとしているのだろう。炎による熱さで脱水症状を起こしているのかもしれない。

地上四十メートル地点に到着した。礼子は矢野を運転室に押し込み、「ブームをおろして！」と叫ぶ。「手錠外せ！」という怒ったような返事があった。礼子は睨み返すにとどめた。くそ、と矢野が悪態をつく。両手を繋がれたまま、計器をいじりはじめた。クレーンに垂れたワイヤーが縮み、巻き取られていく音がする。天空を指していたブームが、ゆっくりと、降りてきた。海と水平になる。運転室から見ると、頭上に二本の小路が開けたように見える。

「スプレッダーを手前に近づけて、ここの目の前に！」

礼子はブームのはるか先に見えるコンテナ吊り具を顎でさし、訴える。

「両手を使う、頼むから手錠を外してくれ！」

矢野が拝んだ。礼子は、係留索をエレベーターの前に置いて、運転室に入った。どいて、と矢野を蹴散らし、自ら操縦席に座った。

「あんたが手錠を外してくれたら済む話だろ！」

「手錠と腰ひもだけは無理。始末書が増えちゃうから。とにかく操作方法を教えて！どうやってスプレッダーを手前に持ってくるの」

矢野は舌打ちしながらも、いくつかの計器のスイッチを入れ、指示する。

「左のレバーがキック装置だ。前後左右に振れば、スプレッダーも同じように動く。右のレバーは巻き上げ装置。スプレッダーの上げ下ろしに使う。レバーを前に押せば、巻き下げ。手前に引けば巻き上げだ」

礼子は左のレバーをいっきに手前に引いた。スプレッダーが運転室めがけて突進してくる。

「待て、いきなり全速ノッチはだめだ！」

「ノッチってなに！」

「とにかく、スピード出しすぎなんだ！」

矢野が叫ぶ。礼子は慌てて左レバーを中立の位置に戻した。ガクンッ、と強烈な音を立てて、スプレッダーは止まった。運転室にまで猛烈な振動があり、耳をつんざく大きな金属音が響く。揺れはなかなか収まらず、スプレッダーも前後に大きく揺れている。

「急停止もだめだ！　インチングで調整するんだ、横ノッチを効かせて」

礼子は全く意味がわからなかったが、いちいち専門用語の意味を尋ねている暇もない。おっかなびっくりスプレッダーを操作する。小刻みな操作になってしまう。ガクン、ガクンと大きくブレながら、スプレッダーが目の前に近づいてきた。スプレッダーが停止するたびに、運転室も激しく揺れる。矢野が横からうるさく口出ししてくる。

「インチングしすぎだ！　ここからは全速でいい。荷触れしないように俺が追いノッチをかける」

矢野が左ハンドルの前に立ち、礼子の手を押しのけて、レバーを握る。

礼子はあとを矢野に任せ、運転室を出た。途端に風に煽られる。地上は無風でも、地上四十メートル地点は強い風が吹いている。鉄骨に掴まりながら双眼鏡をのぞき、北の方角を見る。

警備艇たかおが、今度は品川埠頭の岸壁に突っ込もうとしていた。スマホを耳に当てて、叫ぶ。

「碇さん、取り舵いっぱい！」

礼子は、碇の返事をもう期待しなかった。彼の意識が残っていることだけを信じる。礼子はガントリークレーンの素人、碇は警備艇操船の素人だ。素人同士、やり遂げるしかない。タイトスカートだったが、足を広げてふんばり、礼子は係留索を再び肩に担いだ。ブームの脇の細い足場を行こうとする。

運転室から、目を丸くした矢野が顔を出す。

「バカか、いまは起動中だ、感電の危険がある！」

「でも、行くしかない！」

「安全帯は」

「どこにあるの」

矢野が一旦運転室に引っ込んだ。壁に引っかけられていた安全帯を、両手を手錠で繋がれたまま取る。礼子にそれを押し付けながら運転室を出て、エレベーター脇の階段を降りていく。

「自分でつけろ。俺はフートスイッチを押してくる。電源開放だ、これで感電を防げる」

まさか逃げるのではないか、と礼子は安全帯を腰に巻きながら思ったが、矢野は階段に備え付けられたフートスイッチを足で踏み、すぐに運転室に戻ってきた。腰にベルトのように巻いた安全帯の先に延びるフックを、矢野が保守点検用の手すりに引っかけてくれた。

「優しいのね」

礼子は思わず、微笑みかけた。矢野はなぜか、目を丸くして、礼子を見返す。これまで、誰かと協調して生きてきたことがなかった矢野だ、そんな誉め言葉を言われたことがなかったのかもしれない。矢野の頬がみるみる赤くなった。

礼子は、地上四十メートル地点にかかる幅五十センチの足場を進む。メッシュのステンレス板の足場から、下を見てしまった。

目が眩む。鉄骨に掴まる手に力が入り、膝が震える。

だが、この空中にかかる保守管理用の細い足場を渡らないと、スプレッダーに係留索を巻きつけることができない。

礼子は、自分を奮い立たせる。やけっぱちになって叫びながら、パンプスの足で一歩、二歩と進む。下をもろに見ないようにした。目を細めて、遠目に見ながら、足を踏み外さないように気をつける。たったの五十センチ幅しかない天空の通路をひたすら、突き進む。

スプレッダーに手がついた。礼子はスプレッダーと呼ばれる四角い鉄骨の枠を右腋の下で挟むようにしながら、係留索を巻き付けていく。高さの恐怖で膝が笑っている状態だった。

　いかり結びで、係留索と鉄骨とを結索する。

　礼子が好きな、得意な、絶対に外れない巻き方だ。結んだら、力一杯、引っ張る。係留索はささくれていて、礼子の両手のひらにちくちくと痛みが走る。ロープの先端は、碇が手足を引っかけやすいように、輪に結んだ。

　ロープを、両手と足で蹴り落とす。重さはたぶん三十キロ近くある。長さが三十メートルほどの係留索が、ぶうんと風を切って下に落ちた。重量でピンと張る。スプレッダーとの結び目が、強くなった。

　礼子はガクガクと震える足に鞭打った。地上四十メートルの空中に渡された五十センチ幅の足場を、パンプスの足で、引き返す。安全帯を取り、運転室内に辿り着いた。ひと息つく間もなく、双眼鏡で海を見た。

　碇の乗る警備艇たかおは、爆炎を後ろに垂れ流し、青海埠頭の北部にさしかかっていた。東京国際クルーズターミナルの建物が目の前だ。

　礼子はスマホで碇に舵の角度を指示し、もう一度、彼の名前を呼んだ。

「碇さん……！」

　返事はない。

「碇さん！　生きてる？」

咳の音がした。ほっとしたが、その咳き込みに力がなくなっていた。

「わかった大丈夫。返事をしなくていいから、聞いて。いま、碇さんは東京西航路を走っている。もう少し取り舵にしてくれたら、コンテナバースに近づいてくる。岸壁ギリギリに、誘導していきます。私はこれから、〇号バースのガントリークレーンで、碇さんを吊り上げる」

「はあ⁉」

予想外に力強い反応が返ってきた。

「無理だッ……」

言ったそばから、碇が咳き込む。

「そこまで反応できる元気があるなら、大丈夫」

「待て、ガントリークレーンで吊り上げるだと？　お前、動かせんのか。そもそも。えっ。スプレッダーにつかまればいいのか……？」

珍しくうろたえている碇を、礼子は挑発した。

「いいのよ、碇さん。私が吊り上げなくても、じきに警視庁航空隊が特殊救助隊と共に吊り上げ救助にやってくる。呼べば海保の特救隊だって、消防だって来る。碇さんは、誰に吊り上げてほしいの？」

　碇が、大きく息を吸う音がした。

「ここでその質問はない――」

　泣きそうな声で嘆く。また猛烈に咳き込んだ。咳のついでといった様子で「礼子」と短く、答えた。

「聞こえない。なんて言ったの？」

「礼子がいい」

　碇の声には投げやりな色があったが、それでも礼子は、体の奥底から力がみなぎるのを感じた。操縦席に座る。左のレバーを前に倒した。スプレッダーは、ガタガタと変な音をたてながら、海のほうへ移動していく。

　スプレッダーと連動するように、運転室も前へ動き出した。礼子は叫ぶ。

「えっ。この運転席、動くの！」

　矢野も目を丸くする。

「そんなことも知らないでガントリークレーン動かすと言ったのか。真上からコンテナを見ないと、コンテナの四隅とスプレッダーをドッキングできないだろう！」

　礼子は窓の外を見渡した。ブームの先は海の真上だ。東京西航路が一望できる。警備艇たかおが見えた。薄い黒煙が、操縦席の窓ガラスに届くほどになっていた。

礼子は、碇と繋がったスマホを耳に当てる。舵取りを指示した。

運転に集中しろ、と矢野が叫ぶ。

「そろそろ減速しないと、衝突防止装置にぶつかる……！」

ぐわあんと大きな音がして、スプレッダーが止まった。運転席に再び、大きな衝撃があった。礼子は慌ててレバーを中立に戻す。ぶうんぶうんと、鉄骨の四角いスプレッダーが、ブームの先で前後に揺れている。まるで、打ち鳴らされた教会の鐘みたいな揺れ方だ。はずみで係留ロープが振りあがり、ガントリークレーンの足の部分を鞭打っている。

スプレッダーの揺れが収まらない。いつまで経っても係留索も揺れたままだ。

「無理だ」

矢野が言う。

「あのブレブレの係留索の下に、燃える船をピットインさせるなんて、とても——」

「やるから！　黙ってて！」

礼子は金切り声を上げた。碇は礼子を、選んでくれたのだ。

「今度無理って言ったら、ここから突き落としてやるから！」

「わかった、わかった。わかったよ」

矢野が腹の前で必死に両手を振る。

礼子は、深呼吸した。

「スプレッダーをギリギリまで下におろす」

礼子は右レバーを押し、スプレッダーを巻き下げる。ガラス張りの床の先に見えるスプレッダーが係留索を揺らしながら、海面へ向けて、降りていく。

東京湾西航路の海は、優しく、凪いでいた。

礼子は限界までスプレッダーを下ろし、係留索を海面に水没させた。水の抵抗で、係留索の揺れが小さくなっていく。引火させないため、濡らしておく必要もあると考えたのだ。

スプレッダーを巻き上げる。揺れは完全に収まり、係留索は一本のまっすぐな線になっていた。海面より二メートルの高さに係留索の先端が来るように、スプレッダーを操作した。

あとは、待つ。そして、吊り上げるだけだ。

「吊り上げたら、左レバーを後ろに倒せばいいのね？」

「ああ。今度はインチングはなしだ。スプレッダーがブレブレになる」

碇は不用意な揺れに耐えきれず、地上数十メートルから落下し、コンクリートの地面に叩きつけられてしまう。礼子の耳元で、矢野がアドバイスした。

「スプレッダーと一緒に運転室も動く。様子はガラスの床からよく見える。いいか。スプレッダーは、君の両手だ。やさしく、生卵を扱うように大事に、抱き下ろすつもりで、左右のレバーを動かせ」

「わかった」

礼子は、碇と繋がるスマホを、耳に当てた。黒い煙の一部が操縦席の窓にかかる。警備艇たかおは〇号バース目前まで来ている。礼子は、スプレッダーの位置を動かし、警備艇の突き進む先に係留索が垂れるように、調整する。

スマホで碇に呼びかけた。

「碇さん。もう少ししたら、係留索がキャビンの上から垂れてくるはずです。一瞬しか時間がありません。若干スピードが残っているので、係留索を掴み取るチャンスは、五秒くらいです。必ず掴んで。必ず吊り上げるから」

返事はない。だが、ギイ、と音がした。いすの上に立った音ではないかと、礼子は想像する。屋根が吹き飛んだキャビンから空に手を伸ばし、礼子の垂らしたそれを待っている——。

大丈夫。碇さん。もうすぐ、会えるから。

警備艇たかおが、〇号バースに入った。礼子は両レバーに手をかけた。唇を嚙みしめ、その時を待つ。係留索の先の輪が黒煙に包まれ、なにも見えなくなった。赤い炎が係留索を焦がす。頑強にできているし、濡れている。すぐに炎を上げることはない。
一、二、三。
警備艇たかおが、南へ——。礼子の目の前を通り過ぎていく。

スプレッダーの先の係留索が船尾デッキの黒煙に差し掛かる直前、礼子は右レバーを手前に引き、スプレッダーを巻き上げた。スプレッダーが係留索といっしょに上がっていく。同時に礼子は左レバーも後ろに倒し、スプレッダーを岸壁側へと水平移動させる。運転室も後ろへ動く。

やがて——。

警備艇たかおが青海埠頭〇号バースの前を通り過ぎる。

係留索の先に、人がしがみついているのが見えた。

顔は真っ黒で、ワイシャツも黒く焦げ、ところどころ焼け落ちている。それなのに、しっかりと臙脂色のネクタイをしめていた。背後では、消防艇二隻に囲まれた警備艇たかおが大量の化学消火剤をこれでもかとぶちまけられ、停船した。その真っ白な光景を背にしているからか、黒くあぶられた碇の姿は痛々しい。礼子が結んだ係留索の輪に右足を入れ、太腿でそこに腰かけるようにして、巻き上げられてくる。

碇は床のガラス越しに、操縦席の礼子を、見上げていた。

困ったような顔をしていた。

すでに日が落ち、あたりは薄暗くなっていた。

救急車が猛スピードで、青海コンテナバースを走ってくる。けが人ひとりなのに、消防車が三台もついてきていた。サイレンのけたたましい音が、大袈裟に聞こえる。

碇が岸壁に転がっていた。係留索はその少し上で、ゆらりと風に揺れている。礼子はそれを、ガントリークレーンのエレベーターのガラス窓から見ていた。

救急車を追い越した捜査車両があった。『五8』の文字が屋根にみえる。五臨署の捜査車両だ。急ブレーキを踏んで止まり切らぬうちに、助手席から日下部が飛び出してきた。碇の元に駆けよる。座り込んで膝に抱え、かいがいしく、碇の顔をハンカチで拭いてやったり、首元のネクタイを緩めてやったり、水を飲ませてやったりしている。碇はペットボトルの水を一瞬で飲み干した。まだ立ち上がれないようだ。上半身を日下部に預け、靴下の足は地面に投げ出している。

　礼子はエレベーターから降りた。矢野の腰ひもを引いたままだ。矢野は興奮を隠しきれない様子で、足がくがくと震えていた。人助けをした喜びなのか、瞳が赤く濡れていた。

　碇の姿は、日下部と遠藤、藤沢に囲まれ、見えない。投げ出した足だけが、礼子のほうを向いている。靴下が破れ、血の色が見えた。救急車が止まる。隊員が降りてくる。ストレッチャーがおろされ、碇に酸素マスクが取り付けられた。

　礼子は矢野を、捜査車両の後部座席に乗せた。車両のそばに立ち、いつまでも遠巻きに、碇の様子を見ていた。後部座席から、矢野が言う。

「なんで行かないの。あんたが助けたのに」

「別れた夫なの」

　矢野は大袈裟な風に、肩をすくめた。

「最後の最後で、退屈な話を聞いた」

「ほんと。退屈ね」

　ストレッチャーが持ち上がった。日下部が碇の手を握り、ストレッチャーについていく。碇が不意に、身を起こした。

礼子のほうを見ている。付き添う日下部がやっと、礼子に気が付いた。来いよ、と礼子に手招きする。礼子は、首を横に振った。自分でも恥ずかしいくらい、子どもっぽい顔をしていたと思う。いじけたように口をすぼめ、感動の場面の片隅にいるしかない。

日下部が、隊員となにか話している。やがて、日下部がストレッチャーを押し、礼子のほうに近づいてきた。

来なくていいのに――。

礼子は碇を前に、どういう顔をしていいのかわからない。

碇は元気そうだった。スマホでやり取りしている間は苦しそうだった呼吸も、いまは少し、落ち着いている。碇が右肘をついて上半身を起こし、酸素マスクを外した。

「礼子」

「――はい」

かしこまった返事になってしまう。

「お前、パンツ見えてた」

「はあ⁉」

礼子は思わず、ちょっとなにを言っているの、と碇の胸をパンチする。碇は礼子のゆるく結んだ拳を、右手で受け止めた。

二人の指が触れ合ったが、すぐに、離れた。

視線はしばらく絡まったままだ。

二人をよそに、日下部が腹を抱えて笑っていた。遠藤は、きゃあきゃあと女子高生みたいに騒ぐ。

「ガントリークレーンの運転室、床もガラス張りですからねー」

藤沢が碇をたしなめた。

「いくら相手が元奥さんだからって、セクハラですよ、碇さん」

碇は「すまん、すまん」と笑って、くたっと、担架に体をうずめた。いまは空を見ている。喉仏が大きく上下したのが見えた。ストレッチャーで救急車のほうへ運ばれていった。

他の捜査車両が次々と青海コンテナバースに入ってきた。和田の姿も見える。礼子は遠藤に頼む。

「ごめん。矢野、留置場に戻してもらっていい？」

顎で捜査車両の中の矢野を指した。遠藤が太い眉毛をひそめる。

「いいですけど——礼子さん、どこへ」

礼子は手のひらを見せただけで応えず、ひとり、ふらふらと、岸壁へ向かって歩き出した。

やり遂げた達成感で心は満たされていた。だが、ほんの一瞬、碇と触れ合った指先の些細(ささい)な感触と、どこか淋しげに自分を見つめた碇の視線が、心を締め付けていく。

ひとりの刑事として冷静に後処理ができない。

いまは、ひとりの女性として、ただ泣きたい。礼子はガントリークレーンの足元まで来た。背中をつけて、しゃがみこんだ。ここなら、刑事たちから姿を見られることはない。

海を見て涙をぽろぽろ流しながら、一方で、これは悲しみの涙ではないとも気が付いた。相手にされなくても、愛してもらえなくても。

好きでいるだけで幸せ。

なんという自己満足だろう。女子高校生、いや、小学生みたいだ。

それでも――。

理解してくれる人はいる。礼子は、スマホを出した。

今日も『ルナール』にメッセージを送る。

＊

救急車の観音扉が閉まった。

ストレッチャーに横たわる碇を、すぐ脇のベンチで日下部が見守る。よく見ると、日下部の髪の分け目が乱れていた。ネクタイも曲がり、スラックスの裾は濡れていた。酸素マスクを少し持ち上げ、碇は尋ねる。

「栗原は」

「俺がワッパ掛けました」

日下部の顔を見ていたら、泣けてきた。日下部が無言で、碇の右手にスマホを握らせる。栗原のスマホらしい。

正式には押収せず、取り上げたのだろう。碇に託すために。この中に、瑞希の将来がかかった画像や動画が入っている。

「ありがとう」

自宅に帰ったら、これを煮て焼いて金槌（かなづち）で粉々に叩き潰す。

「栗原のガラは？」

「五臨署の取調室にぶちこんでいます」

自分以外に聴取はさせない——日下部の口調から、そんな心意気を感じる。

「瑞希は」

「湾岸署で、女性警察官が見てくれています」

碇の指に、酸素濃度計測器のクリップが挟まれた。数値を見た救急隊員が、運転席と助手席にいる二人の隊員に呼びかける。

「外傷よりも、やっぱり一酸化炭素中毒の治療が優先で。呼吸器内科へ」

いまはコロナ禍真っただ中だからか、隊員が碇に言う。

「受け入れ先を探すのに時間がかかるかもしれません」

碇は再び酸素マスクを持ち上げた。

「警察病院へ」

美沙子がいる。栗原を逮捕したいま、直接、美沙子に事情を説明する必要があった。

スマホが短く、バイブした。

碇の心臓の上で、震えている。

自分のスマホはスラックスのポケットの中だ。栗原のは手に持っている。

——瑞希のスマホを、ワイシャツのポケットに入れていたのだ。

　碇は、胸ポケットからそれを出した。『ジゼル』という人物からメールが届いていた。娘のプライベートをのぞくつもりはなかったが、最初の数行はディスプレイに表示される。目を引く内容だった。

〈ルナールちゃん、今日はとんでもない一日だった！　警備艇が隅田川を、火を吹きながら滑走して……〉

　碇はメールをタップし、その全文を読んだ。火を吹く警備艇には、『ジゼル』の元夫が乗っていたこと。助けるため、地上四十メートル地点の細い通路を命がけで渡ったこと——。碇が読んでいる間も、『ジゼル』なる人物から次々とメッセージの連投があった。相当に興奮しているのが、伝わってきた。

　碇は、スマホの画面をいっきに上へスクロールさせる。指が、震えてしまう。メッセージのやり取りの先頭まで戻り、碇は最初から、読む。

　瑞希と『ジゼル』は、三月十四日に性被害相談ダイヤルで、知り合ったらしい。瑞希は『ルナールちゃん』と呼ばれている。瑞希がそう名乗ったようだ。恐らく、本名を言えばすぐさま警視庁内で瑞希の一件が事件化されてしまうと思ったからだろう。

　警察官は二親等以内の親類の氏名及び本籍地を、本部に報告する義務があるのだ。栗原瑞希という戸籍名も、去年の美沙子の再婚後、碇は警務部に報告している。

栗原のことも、「父親」と言ったり「母親の恋人」と称したり、身元がバレないようにあいまいな言い回しをしていた。性的虐待をしたのは母親の再婚相手であり、現在は実父と暮らしていると告白したのは、つい一週間前のことだった。瑞希はすぐに『ジゼル』に気を許したわけではないのだ。

『ジゼル』は心を開かせるため、毎日のように瑞希に励ましのメッセージを送っていた。決して、瑞希の素性を暴こうとしたり、被害の詳細を強引に聞き出そうとしたりはしなかった。自分の心の内を、率直に話していた。『ジゼル』が受けた、女性警察官であるが故の性的な被害についても言及している。

二人は、共感し合い、また、信頼し合っていた。

『ジゼル』は、離婚した夫への未練まで赤裸々に綴っていた。瑞希は、それが自分の父親のことだとも知らずに、『ジゼル』を励ましている。

〈無理に嫌いになる必要は、ないよ。好きでいて、いいんだよ〉

瑞希も瑞希で、性的虐待被害以外の、プライベートの悩みを吐露していた。

〈最近、お父さんを見ているのが辛い〉

と、切り出している。

〈私を引き取るために離婚したらしいんだよ。最初は、正直ざまぁって思ったけどさ。だって四歳で私のこと捨ててからずっと知らんぷりしてた人だよ。だけどさ、一緒に暮らしてみて、仕事がすごい大変だというのを目の当たりにしたし、そんな中で私を守ろうと必死になっているのを見て、なんか――。やばい、メッセージ打ち込みながら泣けてきた〉

笑い泣きしている絵文字が、挿入されている。碇も、泣いていた。

〈お父さんの、自分の人生の残りを全部、私のために捧げようとしている覚悟がすごい。なにも言わないけど、感じる。正直、この一ヵ月でもう一生分愛された感じ。落ち着いたら、離婚した奥さんとよりを戻してほしいよ〉

再び、『ジゼル』からメッセージが届いた。

〈電話しない？　いま、話したい気分〉

碇は、すぐさま返信した。

〈いま行く〉

碇は起き上がった。酸素マスクをしていたことをすっかり忘れていた。コードが引っかかり頭が後ろへ引っ張られる。日下部も救急隊員も驚き、立ち上がった。寝かせようとしてくるが、碇は手を振り払う。

「すぐ戻る。ちょっと一旦、出させてくれ、頼む」

碇は救急車の観音扉を自ら開け、青海コンテナバースの地面に降りた。コンクリートに立った途端、足の裏に激痛が走る。ズタボロの靴下の足のままだった。ガラスでぱっくり切ったのだ。火傷もしている。

激痛を堪えながら、礼子を探す。青海コンテナ埠頭は、捜査車両が倍以上に増えていた。遠藤や藤沢のほか、和田をはじめ、東京湾岸署の刑事たちでごった返している。礼子が乗っていた捜査車両の後部座席には、矢野がいる。なぜだか目をキラキラ輝かせていた。

遠藤と藤沢が驚いて、碇を見ている。

「碇さん、どうしたんですか」

「礼子は……！」

碇の剣幕に、その場にいた捜査員たちが、静まり返る。遠藤が海のほうを指さした。

〇号バースの南側ガントリークレーンの足元で、スーツ姿の礼子が立ち上がったところだった。スマホを握りしめて、周囲をきょろきょろ見ている。やがて礼子が、碇を見つけた。

碇は、礼子に近づいていった。地面に足をつくたびに腰までびりっと痛みが響く。

歯を食いしばりながら、一歩一歩、礼子に向かう。

　碇は、瑞希のスマホで『ジゼル』に電話をかけた。五十メートルほど先にいる礼子が、肩を震わせ、スマホを見る。すぐに顔を上げ碇を見つめたまま、電話に出た。

「――はい」

「俺だ」

　礼子は、答えない。あまりに離れていて、薄暗く、表情もよく見えなかった。

「父親、なんだ」

　あまた出かかった説明の言葉が引っ込み、その一言に、想いが集約される。礼子は理解したようだ。一歩、二歩と碇のほうへ近づいてくる。

　碇は足の裏の激痛も忘れ、駆けだしていた。

　礼子が走ってくるからだ。

　抱きしめる。

参考文献

『港湾荷役のQ&A　改訂増補版』　港湾荷役機械システム協会編　成山堂書店

『基礎から学ぶ　海運と港湾』　池田良穂　海文堂出版

『クレーン・デリック運転士　テキスト&問題集』　コンデックス情報研究所編著　成美堂出版

『クレーン・デリック学科試験〔クレーン限定〕』　山本誠一　弘文社

『世界に通じる、未来へ通じる「港湾」の話』　日本経済新聞出版社

『東京港ハンドブック』　一般社団法人東京都港湾振興協会

『隅田川の橋　〝水の東都〟の今昔散歩』　東京今昔町あるき研究会編　彩流社

『中原淳一の人形　人形への熱き想いと作り方のすべて』　中原蒼二編　平凡社

『人形師　ホリ・ヒロシ（別冊太陽）』　平凡社

『川本喜八郎　人形――この命あるもの（別冊太陽）』　平凡社

本書は講談社文庫のために書き下ろされました。

|著者|吉川英梨　1977年、埼玉県生まれ。2008年に『私の結婚に関する予言38』で第3回日本ラブストーリー大賞エンタテインメント特別賞を受賞し作家デビュー。著書には、「原麻希」シリーズ（既刊11冊）、「警視庁53教場」シリーズ（既刊4冊）、「十三階」シリーズ（既刊3冊）、『ダナスの幻影』『葬送学者 鬼木場あまねの事件簿』『海蝶』『新宿特別区警察署 Lの捜査官』などがある。旺盛な取材力とエンタメ魂に溢れる期待のミステリー作家。本書は「新東京水上警察」シリーズの第5作。

月下蠟人（げつかろうじん）　新東京水上警察（しんとうきょうすいじょうけいさつ）

吉川英梨（よしかわえり）

講談社文庫

定価はカバーに
表示してあります

2020年12月15日第1刷発行

発行者――渡瀬昌彦
発行所――株式会社　講談社
東京都文京区音羽2-12-21　〒112-8001
電話　出版（03）5395-3510
　　　販売（03）5395-5817
　　　業務（03）5395-3615

Printed in Japan

デザイン―菊地信義
本文データ制作―講談社デジタル製作
印刷―――豊国印刷株式会社
製本―――株式会社国宝社

ISBN978-4-06-521859-4

講談社文庫刊行の辞

二十一世紀の到来を目睫に望みながら、われわれはいま、人類史上かつて例を見ない巨大な転換期をむかえようとしている。

世界も、日本も、激動の予兆に対する期待とおののきを内に蔵して、未知の時代に歩み入ろうとしている。このときにあたり、創業の人野間清治の「ナショナル・エデュケイター」への志を現代に甦らせようと意図して、われわれはここに古今の文芸作品はいうまでもなく、ひろく人文・社会・自然の諸科学から東西の名著を網羅する、新しい綜合文庫の発刊を決意した。

激動の転換期はまた断絶の時代である。われわれは戦後二十五年間の出版文化のありかたへの深い反省をこめて、この断絶の時代にあえて人間的な持続を求めようとする。いたずらに浮薄な商業主義のあだ花を追い求めることなく、長期にわたって良書に生命をあたえようとつとめるところにしか、今後の出版文化の真の繁栄はあり得ないと信じるからである。

同時にわれわれはこの綜合文庫の刊行を通じて、人文・社会・自然の諸科学が、結局人間の学にほかならないことを立証しようと願っている。かつて知識とは、「汝自身を知る」ことにつきていた。現代社会の瑣末な情報の氾濫のなかから、力強い知識の源泉を掘り起し、技術文明のただなかに、生きた人間の姿を復活させること。それこそわれわれの切なる希求である。

われわれは権威に盲従せず、俗流に媚びることなく、渾然一体となって日本の「草の根」をかたちづくる若く新しい世代の人々に、心をこめてこの新しい綜合文庫をおくり届けたい。それは知識の泉であるとともに感受性のふるさとであり、もっとも有機的に組織され、社会に開かれた万人のための大学をめざしている。大方の支援と協力を衷心より切望してやまない。

一九七一年七月

野間省一

塚本邦雄

新古今の惑星群

解説・年譜＝島内景二

万葉から新古今へと詩歌理念を引き戻し、日本文化再建を目指した『藤原俊成・藤原良経』。新字新仮名の同書を正字正仮名に戻し改題、新たな生を吹き返した名著。

978-4-06-521926-3
つE12

塚本邦雄

茂吉秀歌『赤光』百首

解説＝島内景二

近代短歌の巨星・斎藤茂吉の第一歌集『赤光』より百首を精選。アララギ派とは一線を画して蛮勇をふるい、歌本来の魅力を縦横に論じた前衛歌人・批評家の真骨頂。

978-4-06-517874-4
つE11

2020年9月15日現在